Orlando: A Biography

吴尔夫
作品集

奥兰多

[英]弗吉尼亚·吴尔夫 著
林 燕 译

人民文学出版社

Virginia Woolf
ORLANDO：A BIOGRAPHY

图书在版编目(CIP)数据

奥兰多/(英)弗吉尼亚·吴尔夫著;林燕译.—北京:人民文学出版社,2022

(吴尔夫作品集)
ISBN 978-7-02-014788-5

I.①奥⋯ II.①弗⋯②林⋯ III.①长篇小说—英国—现代 IV.①I561.45

中国版本图书馆 CIP 数据核字(2018)第 283928 号

责任编辑	马爱农
装帧设计	李思安
责任印制	王重艺

出版发行	人民文学出版社
社　　址	北京市朝内大街 166 号
邮政编码	100705
印　　刷	河北鹏润印刷有限公司
经　　销	全国新华书店等
字　　数	147 千字
开　　本	880 毫米×1230 毫米　1/32
印　　张	6.625　插页 3
印　　数	1—3000
版　　次	2003 年 4 月北京第 1 版
印　　次	2022 年 1 月第 1 次印刷
书　　号	978-7-02-014788-5
定　　价	59.00 元

如有印装质量问题,请与本社图书销售中心调换。电话:010-65233595

弗吉尼亚·吴尔夫肖像（1912 年）

凡妮莎·贝尔 绘

吴尔夫作品集

远航　　*The Voyage Out*

夜与日　　*Night and Day*

雅各的房间　　*Jacob's Room*

达洛维太太　　*Mrs. Dalloway*

到灯塔去　　*To the Lighthouse*

奥兰多　　*Orlando: A Biography*

海浪　　*The Waves*

岁月　　*The Years*

幕间　　*Between the Acts*

一间自己的房间　　*A Room of One's Own*

普通读者 I　　*The Common Reader: First Series*

普通读者 II　　*The Common Reader: Second Series*

前　言

一九二七年秋,四十五岁的弗吉尼亚·吴尔夫正值创作盛年。此前出版的《达洛维太太》和《到灯塔去》,奠定了她在现代主义文学中的地位。但十月里的一天,她在给女友维塔·萨克维尔-威斯特的信中写道:"昨天早上我感到绝望之极……一个字也榨不出来,最后双手抱头,笔伸进墨水瓶,鬼使神差地在空无一字的白纸上写下:奥兰多——一部传记。写完这几个字,我全身霎时间沉浸在狂喜之中,头脑中充满了各种各样的念头……"

一年后,奇幻小说《奥兰多》问世。据记载,吴尔夫称之为"写作者的假日"和"一个大玩笑",由此可见她写作本书时的心情是多么轻松愉快。其实,吴尔夫早就考虑用笛福式的叙述方式写一部小说,也就是说,用传统的叙述方式,一反以往她对小说形式进行的种种实验。主人公奥兰多的原型,正是出身名门望族的维塔·萨克维尔-威斯特。维塔本人是诗人,美丽、优雅、风流、大胆、世故,是当时有名的"女性同性恋"。此前,她曾为祖传大宅"诺尔"的继承权卷入官司,因非男嗣而败诉。如此一个原型,又与吴尔夫关系非同寻常,给了作家无限的遐想空间。于是一个跨越时间、跨越空间、跨越性别的人物诞生了。

奥兰多的故事,始于十六世纪伊丽莎白时代,终于一九二八年吴尔夫搁笔的"现时",历时四百年。奥兰多先是一位天真无邪的贵族少年,因深受伊丽莎白女王宠幸而进入宫廷。詹姆斯王登基后,大霜冻降临,奥兰多偶遇一位俄罗斯公主,坠入情网,结果是失恋亦失宠,隐居乡间大宅。奥兰多从小迷恋文学和诗歌,莎士比亚的身影令他难以忘怀,设法与小有名气的诗人格林相识,不料又受戏弄,加之不堪忍受罗马尼亚女大公的纠缠,遂请缨出使土耳其。在君士坦丁堡的一场大火之后,奥兰多变为女子,离开官场,混迹于吉卜赛人之间。再后她返回英国,成为上流社会的贵妇,结识蒲伯、艾迪生、斯威夫特等当时著名文人。进入维多利亚时代,为了继续写作,奥兰多只能与时代精神妥协,并嫁给了一位海船长。到故事结尾时,奥兰多已是二十世纪的获奖诗人,回到那贯穿全书、象征传统的大宅,来到大橡树下,回顾她对文学与诗歌的永恒追求。

《奥兰多》付梓后,吴尔夫突然开始怀疑,担心它"作为玩笑太长,作为严肃作品又过轻浮"。但与她的担忧相反,本书出版后第一年就售出八千册,在当时可谓商业上的一大成功。吴尔夫夫妇从此摆脱生活的拮据,买了汽车,盖了小楼。虽说当时的很多读者,把《奥兰多》看作是维塔的风流逸闻的花边写照,但这部奇书给后人留下了巨大的解释和评论空间。几十年过后,女权主义风起云涌,《奥兰多》在评家眼中,无疑是女权主义的先驱作品,有力地批评了女作家在文学史中所受的不平等待遇和历来传记写作之偏向男性。后来的解释更是众说纷纭,仅英美两国平装本各版的封面设计和英国在九十年代拍摄的电影,就引起过种种旷日持久的讨论和辩论。

我不是吴尔夫的研究者,只读过她的一些作品。在我看来,

《奥兰多》虽算不上吴尔夫的代表作,却是她最有魅力的作品之一,因为它以最有趣的方式,从最有趣的视角,深入且广泛地审视和探讨了两性在私人生活和社会生活中的角色与关系。由于奥兰多兼具男女两性之特点,他/她所面临的问题和看待这些问题的视角都是男女两性的,由此给了男读者理解女性的机会,也给了女读者理解男性的机会。在经历了女权主义最富战斗性的年代之后,我们现在也许可以承认,男女两性的真正平等,必得建立在这种相互理解之上。当然,本书的真正含义,要由读者自己去解读。

我应出版社之约,着手翻译本书,是在二〇〇一年春。最初窃喜它不似吴尔夫的其他作品已有众多中文译本,乍读之下又不似意识流那般东拉西扯而难以捉摸。不料深入进去,才发现并非如此简单。且不说书中典故、隐喻、意象遍布,仅叙述的语气,把握起来也需下大功夫。全书从始至终使用了反讽的笔调,而这讥讽又非冷嘲热讽,反透着温暖的色彩,衬出吴尔夫对人性弱点的大彻大悟。

本来翻译任何作品,译者对作者文字背后所蕴藏的东西,就需时时揣摩,而吴尔夫又是个生活在思想之中的人,即使如此一部奇幻成分很重的小说,她对传统、历史、时空、文学、诗歌,乃至人生和两性关系的思索和见解亦比比皆是。因此译她的书,必须钻入她的思想,想其所想,这对于母语非英语的人来说,是件困难的事情,有时非得求助讲英语的人不可。幸而本书的大部分翻译,是在纽约完成,因而方便了我的请教。

吴尔夫的文字,非常讲究,真正称得上诗的语言,加之相隔七十几年,遣词造句亦与当代英文有所不同。许多词语,她为了写得好玩,信手拈来,而我从理解到找到贴切的中文,都颇费周折。对于当时英语中流行的长句,为了不妨碍中文的理解,只能拆句,又得避免切断贯通上下的"气"。

以上三点,让我深感把大师的作品移译成另一种文字之不易。幸有几位好友,给了我很大的鼓励和帮助。尽管他们不愿我在此处提及姓名,我仍要对他们表示深深的感谢。当然,《奥兰多》本身的魅力也起了很大作用。我常一边翻译,一边被吴尔夫的文字深深感动。我希望我的译文也能给读者同样的感受。第六章中有一段话,表达了奥兰多、亦是吴尔夫对文学与诗歌的追求:

> 萦回梦绕!我还是孩童时即如此。野鹅飞过。野鹅从窗前飞过,飞向大海。我跳起来,伸出胳膊想抓住它。但野鹅飞得太快。我看到过它,在这里——那里——那里——英格兰、波斯、意大利。它总是飞得很快,飞向大海,而我,总在它身后撒出网一般的文字,它们皱缩成一团,就像收回的网,我在码头上看到过的,网中只有水草;有时,网底有一英寸的银子——六个字。但从来没有捕到珊瑚丛中的那条大鱼。

或许我对译文的追求,也如那野鹅,可望而不可即,但我想,只要追求在,希望就不会泯没。

林　燕
二〇〇二年六月

第 一 章

他,这自然就表明了他的性别,虽说其时的风气对此有所掩饰,正朝梁上悬下的一颗摩尔人①的头颅劈刺过去。这骷髅,除了深陷的面颊和一两缕椰棕般干硬的头发,颜色很像只旧足球,形状也有几分相似。它是奥兰多的父亲,或许是他的祖父,从一个魁梧的异教徒肩上砍下来的。当年在非洲的蛮荒之地,月光下他们不期而遇。现在,这骷髅正在微风中不住地轻摆,因为这所府邸属于那位夺命勋爵,在阁楼上的这些房间中,微风回环往复,从不停息。

奥兰多的祖先曾在原野上驰骋,那是些开满常春花的原野,荒石遍布,流淌着神奇的河流。他们的刀锋所向,有无数头颅从无数肤色不同的肩膀上滚落下来,他们把这些头颅带回家,挂在梁上。奥兰多发誓,他也要这样做。但此时他只有十六岁,小小年纪,无法与父辈并肩驰骋在非洲或法国。他所能做的,惟有悄悄离开园中的母亲和孔雀,来到阁楼上他的房间,前腾后跃,操练剑术,剑刃划破虚空。有时,绳套被他斩断,骷髅落在地板上,

---

① 摩尔人,非洲西北部阿拉伯人与柏柏尔人的混血后代,公元8世纪成为伊斯兰教徒,进入并统治西班牙。

砰砰作响。他只得心怀一种骑士精神,把它重新系好,悬到自己够不着的地方。于是,他的敌人咧着干瘪的黑嘴唇,冲他得意地狞笑。骷髅前后摆动着,因为这幢宅邸巨大无比,在奥兰多所住的顶楼,风好像被禁锢在其中,吹过来,吹过去,无论冬夏。绿色的壁毯和画面上的猎手也在时时晃动。自这些壁毯织就以来,他的祖先就是贵族。他们来自北方的茫茫雾霭,头戴王侯的冠冕。房间中央斑驳的阴影,和反射在地板上的块块黄色,岂不恰恰来自阳光映照下彩色玻璃窗上那个巨大的盾徽?奥兰多恰好站在盾徽的黄色豹身中央。他伸手推开窗户,把手臂放在窗台上,手臂立即变成红、蓝、黄三色,仿佛蝴蝶的翅膀。那些喜欢符号、天生善于破解符号的人,可以观察到,虽然奥兰多线条优美的双腿、健美的躯干和端庄的肩膀都沐浴在盾徽的各色光亮中,但在窗子敞开的一刹那,他的面庞是沐浴在阳光中的惟一部位。这是一张纯洁无邪、郁郁寡欢的面庞。生育他的母亲有福了,因为永远不必生出烦恼;而为他的一生做传的人更应欣喜,因为不必求助小说家或诗人的手段。他将不断建功立业,不断博取荣耀,不断扶摇直上,也有人等着为他树碑立传,直到这一切达至欲望的顶峰。奥兰多的容貌,恰恰就是为这样的一生所预备。一层细细的绒毛覆盖在红润的脸蛋儿上,唇上的绒毛不过稍稍硬一点儿。秀气的双唇有点儿翘,遮住杏仁白色精巧的牙齿。鼻梁不大却箭一般笔挺,深色的头发,小巧的耳朵与头部正好相称。但天啊,描述青春之美,岂能不提额头和眼睛。奥兰多站在窗前,我们恰好可以直接看到他。必须承认,他的眼睛仿佛湿漉漉的紫罗兰,大得好像有一泓碧水充盈其间。太阳穴像两个光润的圆奖章,夹在它们之间的额头似大理石穹顶般浑圆。直视这额头和双目,我们不禁浮想联翩。直视这额头和双目,我们又不得不承认,有那么多怪僻是每一优秀的传记作者所避之不及的。有些景象令他不悦,譬如看到母亲,一位身着绿衣的美丽贵妇,走到室外去喂孔雀,身后跟着侍女特薇琪;有些景象令他欣喜,譬如鸟儿和树林;还有些景象令他迷恋死亡,譬如夜空和归巢的秃鼻鸦;凡此种种,都像旋转楼梯一样进入他的脑海,那里面有无穷无尽的空间。所有这些景象,还有花园里的各类响动,如击捶声和劈柴声,都开启了激情与心绪的放纵和混乱,这一点,每一传记作者都会有所察觉。但是接下去,奥兰多慢慢定下神来,坐在桌旁,心不在焉地拿出笔记本和旧鹅毛笔,蘸了墨水写起来,人们日复一日在同一时间做同一件事时都会是这副样子。笔记本上标了"埃瑟尔伯特:五幕悲剧"。

仅一会儿工夫,他已写满十几页诗行。很流畅,这一点显而易见,但也很抽象。邪恶、犯罪、苦难是他剧中的角色;乌有之邦的君主王后,饱受可怕阴谋的折磨而不知所措;他们心中充满高尚的情感;没有一个字是奥兰多自己会说出来的,但一切又都那么滔滔不绝,那么伤感;考虑到他不足十七岁的小小年纪,况且距十六世纪结束也还有些年头,这实在算是很惊人的成就。不过,他终于收住笔。犹如世上所有青年诗人都会做的那样,他也在描写自然,而且为了与绿荫相吻合,他正在注视(此时他表现得比多数人大胆)自然本身,而它恰好是窗下的一丛月桂。当然,这之后,他就无法再写下去。因为自然中的绿与文学中的绿完全是两码事。自然与文字,天生就不相容;凑在一起,它们会把对方撕成碎片。奥兰多眼中的绿荫破坏了他心中的节奏和韵律,何况大自然还有自己的把戏。一旦望见窗外夕阳斜照,蜜蜂在花丛中飞舞,狗在打哈欠,一旦想到"我还能看到多少次日落"(这种想法太稀松平常,因此不值一写),他不禁抛开纸笔,拿了披风,大步走出房间,脚却绊到大漆柜子上。这倒是常事,奥兰多在琐事上总是有些笨手笨脚。

他小心翼翼,想避开所有人。那边路上来了花匠斯塔布斯,他赶紧躲到树后。等他过去后,奥兰多从花园边墙的一个小门溜出去,绕过马厩、养狗场、酿造场、木工房、洗衣房,以及人们做蜡烛、杀牛、钉马掌、缝制紧身无袖皮衣的地方。因为这大宅子本身就是个城镇,处处都有形形色色的手艺人在忙碌自己的活计。他踏上一条上山的路,路边长满羊齿草。这路要穿过一个很隐蔽的大庭园。或许,人的各种禀性密切相连,此处传记作者应注意到,上面提到的笨手笨脚常常与孤僻寡合相连。既然绊到柜子上是常事,奥兰多当然喜爱无人的地方和开阔的景观,而且希望永远、永远、永远只是孑然一身。

沉默良久,他终于吁了一口气说:"总算只剩我一人了。"在这个记录中,他是第一次开口说话。他快步向山上走去,穿过羊齿草和荆棘丛,惊动了鹿和鸟儿,来到山顶,上面只有一棵浓阴如盖的大橡树。这里地势高耸,英格兰十九郡尽收眼底;无云的日子能看到三十郡,天朗气清之时更可看到四十郡。远处的英吉利海峡碧波涟涟,近处的河面上游船浮泛。西班牙大帆船出海了,舰队喷出团团白烟,还传来沉闷的炮声;海岸边的要塞和茵茵绿草之中的古堡现出身影;这里一处瞭望塔,那里一处堡垒,还有一些大宅,譬如奥兰多父亲的这一所,大得像峡谷中一座墙垣环绕的城镇。东面现出伦敦城的尖塔和笼罩城市的烟雾;在天边,没准风向对头的时候,斯诺登峰①陡峭的峰巅和锯齿般的山脊,会从云中显露她的峥嵘。半晌,奥兰多站在那里点

---

① 斯诺登峰,位于英国威尔士西北部,海拔1085米。

数,凝视,辨认。一边的宅邸属于他父亲,另一边的属于他叔父。他的姑母拥有树丛中那三座高耸的角楼。荒野和森林属于他们,还有野鸡和鹿、狐狸、獾和蝴蝶。

他深深吁了口气,扑向大橡树脚下的土地。他的动作洋溢着一股激情,所以值得用"扑向"这个词。面对夏天转瞬即逝的种种景象,他渴望感受身下大地的脊梁;他觉得橡树坚实的根须就是这脊梁,或者说一个又一个的意象就是这脊梁,譬如胯下骏马的脊背、大海中颠簸的舰船的甲板。其实,是什么并无所谓,只要它坚实可靠,因为他觉得自己这颗浮动的心,需要有什么东西可以依附。这是颗不安分的心,一到傍晚这个时辰,一到室外,它就会波澜起伏,鼓荡着激情和爱欲。他躺倒在地,把心系在大橡树上,渐渐地,内心和周围的骚动都静止了。树叶儿悄没声地挂在空中,麋鹿驻足伫立,夏日天空中的薄云纹丝不动。他的四肢变得沉重起来,摊在那里,无声无息。麋鹿渐渐走近,秃鼻乌鸦在他四周盘旋,燕子俯冲下来,兜着圈子,蜻蜓滑翔而过。夏日傍晚这一切充满生机和柔情的活动,宛如在他的身体四周织成了一张大网。

约摸一小时过去,夕阳西沉,白云化为漫天的红霞,把山峦映成淡紫色,树林成了深紫色,山谷则成了黛色。突然,远处响起号角声,奥兰多翻身跃起。那嘹亮的号角声来自山谷,来自山谷深处一个紧凑和突起的小黑点,来自那所属于他的大宅的心脏。那是一座迷宫、一座墙垣环绕的城镇。来自峡谷深处的号角声一遍遍响起,与别的更尖利的声音交叠在一起。刚才那里还是茫茫一片黑暗,不过瞬间功夫,已是灯火通明,有些灯光很微弱,急促地移动,好似仆人们听从指挥,在走廊里飞奔;另一些很明亮,好像空荡的宴会大厅,已灯火通明,准备好接待即将来临的贵宾；还有的灯光上下左右晃动，好像握在一大群仆人手里，他们毕恭毕敬地躬身、屈膝、起身、迎驾，引领和护送一位刚下马车的贵妇进门。马车调转头，驶进庭院，马儿甩着毛茸茸的大尾巴。女王驾到了。

奥兰多不再眺望，匆匆冲下山，跑进边门，三步并两步攀上旋转楼梯，来到自己的房间。他脱下长袜，甩向房间的一侧，又脱下紧身无袖皮衣，甩向另一侧。他梳理好头发，擦干净手，修剪好指甲，借助一个约摸六英寸大的镜子和一对用了很久的蜡烛，不到十分钟，就已穿戴齐整：猩红色外套、布里奇马裤、蕾丝领圈、塔夫绸坎肩，鞋子上的玫瑰花结大似重瓣大丽花。一切就绪，他脸泛红光，非常兴奋，但他已经到得太迟了。

他抄近道穿过一长溜儿房间和楼梯，向宴会厅跑去。这宅子方圆五英亩，宴会厅在宅子的另一端。跑到一半，在穿过仆人住的下处时，他停住了脚步。斯图克雷太太的起居室门开着，毫无疑问，她人不在屋里，肯定是拿了钥匙伺候女主人去了。但是在她的饭桌旁，坐了一个体态臃肿的男子，身边放一只大啤酒杯，面前摆了一张纸。他衣衫不整，棕色粗呢外套，轮形皱领有点儿脏。此人手拿一支笔，却并没有写什么，似乎正在脑子里翻来覆去地掂量某个想法，直到积聚起令他满意的形态和力量。他的眼珠圆圆的，迷迷蒙蒙，如纹理奇异的软玉，一动不动地盯住一个地方。他并没看见奥兰多。尽管步履匆匆，奥兰多还是蓦地站住了。难道这是个诗人？他是不是正在作诗？"告诉我，"他想说，"这世上的一切，"因为他对诗人和诗，抱有极其疯狂、荒唐的过分想法。但一个人对你视而不见，只看到食人妖魔、森林之神，或许还有海底深处，你又能对他说什么呢？奥兰多呆呆地站在那里，看那人把笔夹在手指间转来转去，凝视，思考,然后急急写了几行字。那人抬起头来,奥兰多突然觉得很不好意思,赶忙拔腿就跑。他赶到宴会厅,刚好来得及惶恐地垂下头,屈膝向高贵的女王陛下呈上一只盛满玫瑰水的钵。

他太腼腆了,以致除了女王伸入水中的那只戴着戒指的手,其他什么都没有看到,但这就足矣。那是一只让人难忘的手,瘦骨嶙嶙,细长的手指佝曲着,好似王位上的宝球,又似象征王权的节杖。它是那么神经质、乖戾和病态,又是那么威严,稍稍一抬就会有人头落地。他猜,它附着的衰老躯壳,就像一只衣柜,为了保存皮衣而加了樟脑。这躯壳为华丽的锦缎和宝石所装饰,虽然笔挺,却饱受坐骨神经痛的折磨,虽然从不退缩,却因无数恐惧而不安。女王的眼球是淡黄色的。这一切都是那几个硕大的戒指在水中闪烁时奥兰多感受到的。然后,有什么东西压在他的头发上,这或许说明他没有看到可能对历史学家有用的东西。事实上,此时他的头脑一片混乱,充满截然相反的意象:黑夜和燃烧的蜡烛,蹩脚的诗人和高贵的女王,沉寂的原野和熙熙攘攘的仆人。因此,他什么也没有看到,或者说只看到一只手。

同样,女王也只能看到奥兰多的头顶。不过,如果根据一只手就能演绎出一个身体,了解一位伟大女王的所有禀性,她的乖戾、无畏、脆弱和惊惧,如果这是可能的话,那么一位贵妇坐在富丽堂皇的大椅子上俯视人的头顶,肯定也能产生如此丰富的联想。况且如果威斯敏斯特里的蜡像可信,这位贵妇的两眼永远炯炯有神。在她面前,垂着一颗有长长的深色鬈发的头颅,它是如此恭敬,如此天真无邪,暗示了这位贵族少年有两条笔直秀美的长腿、一双紫罗兰色的眼睛,一颗金子般的心,他还有忠诚和迷人的男子气概。所有这些,都是这位老妇人所无法拥有、因而也就愈发钟爱的气质。因为她老了,厌倦了,顺从命运了。她耳中时时有炮声回响。她总看到闪光的毒药和长长的匕首。她坐在桌旁,就听到英吉利海峡炮声隆隆,她害怕,那是诅咒吗?还是窃窃私语?在这副阴暗背景的衬托下,天真、简单在她看来格外亲切。据说,同一天夜里,奥兰多熟睡之际,她在羊皮纸文件上最后按了手印,加盖了玉玺,作为礼物,向奥兰多的父亲正式转让了那座曾经属于大主教、后来成为皇家资产的大寺院。

奥兰多这夜睡得很熟,对此一无所知。女王吻了他,他却浑然不觉。女人的心是复杂的,或许正是因为他的单纯、她的嘴唇触到他时他吓了一跳,让她对这位年轻的表亲(他们血缘相通)记忆犹新。无论如何,奥兰多又过了不到两年平静的乡间生活,这期间他可能写了二十来部悲剧,还有十余个历史故事和一些十四行诗,然后敕令降临,命他去白厅作女王的侍卫。

"我的傻孩子来了!"(他周身散发出一种宁静的气氛,显得非常天真无邪,其实,这词已不再适合他)她说,看他出现在长长的走廊上,向她走来。

"过来!过来!"她正笔直地坐在炉火旁。她让他站在一英尺开外的地方,上下打量起来。她是否正在用不久前那个夜晚自己的期望来衡量眼前的现实呢?她是否发现自己的猜测很有道理?眼睛、嘴、鼻子、胸脯、胯部、手,一一打量过来,她的嘴角明显地抽动了几下。最后,她的目光落到他的腿上,她不禁开怀大笑起来。他的模样完全符合一个高贵绅士的形象。但是内心又如何呢?她那双鹰一般的黄眼珠闪闪发光地盯在他身上,仿佛要穿透他的灵魂。在她的凝视下,年轻人的脸红了,红得像一朵大马士革蔷薇。力量、优雅、浪漫、荒唐、诗人气质、青春,他的一切她了然于胸。她当下就从自己(关节肿大的)手指上褪下一只戒指,戴在他的指上,封他为皇家司库和总管。然后她在他身上挂了一堆项链,表明他荣膺的公职,并让他屈膝,在他腿上最苗条的部位系上镶嵌了珠宝的嘉德勋章①。这之后,自然事事顺遂。她威风凛凛外出寻访,他骑马侍护左右。她派他出使苏格兰,觐见郁郁寡欢的苏格兰女王。他正准备乘船去波兰打仗,她将他召回。她怎能忍心想到他那柔嫩的身躯被撕碎,鬈发飘逸的头颅滚落尘埃?她把他留在身边。在她权倾一世之时,伦敦塔礼炮轰鸣、火药味铺天盖地,呛得人直打喷嚏,窗下人们的欢呼声惊天动地。宫女们为她铺了垫子(因为她确实垂垂老矣),她拉他伏在上面,脸埋在令人惊异的一大堆衣料之中。她已有一月未换衣服,他觉得,那气味足够全世界享用的,让他忆起儿时家里的旧箱子,里面存了母亲的毛皮衣服。他抬起身来,差点儿被那拥抱所窒息。她气喘吁吁地说:"我赢了!"一枚火箭飞上天空,把她的双颊染得绯红。

是啊,他颇得这老妇人的宠幸。女王为他设计了雄心勃勃的锦绣前程。是不是男子汉,她一目了然,虽然据说并非以通常的方式。她赐他土地,赐他宅邸。他将是她老年时的儿子、体衰时的拐杖、生命危浅时可依靠的大橡树。她嗓音低哑地说出这些允诺,她的温柔古怪又专横(他们此时在里奇蒙德②),她身着僵挺的锦缎,笔直地坐在炉边,不论火烧得多旺,她从没有觉得暖和过。

与此同时,漫长的冬季仍在延续。庭园里,棵棵树上雪挂满枝,河水也淌得很缓慢。一天,积雪覆盖大地,镶着木板的房间

---

① 嘉德勋章,嘉德勋位为英国最高勋位。
② 里奇蒙德,伊丽莎白女王的行宫。

里光线黝暗,阴影重重,庭园里传来牡鹿的叫声。因为害怕奸细,她四周总有镜子;因为害怕杀手暗算,她命令无论何时都要敞开大门。这时,她从镜子中看到,门外有个小伙子(会不会是奥兰多?)在吻一个姑娘(那恬不知耻的荡妇究竟是谁?)她抽出金柄宝剑,朝镜子猛击过去。镜面四碎,人们纷纷跑来,把她抬回到椅子上。自此之后,她受到巨大打击,不停地抱怨男人的背信弃义,直到生命走向终结。

或许,这是奥兰多的过错。但我们应该责怪奥兰多吗?那是伊丽莎白时代,人们的道德观念与我们大不相同。他们的诗人、他们的气候,甚至他们的菜蔬都与我们不同。一切都与我们不同。甚至可以认为,连天气本身,即夏之炎热和冬之寒冷,都完全是另一番景象。光明灿烂、爱意盎然的白昼与黑夜的区别,有如陆地与水一般分明。落日更红更亮;晨曦更淡更浅。他们从未经历过我们这种半明半暗、朦朦胧胧、挥之不去的拂晓和黄昏。雨要么不下,要么下个不停。天空要么漆黑一片,要么骄阳当头。诗人们惯于将此转移到精神领域,他们讴歌玫瑰的凋零,讴歌这短促的瞬间;瞬间逝去,等待人们的将是漫漫长夜。至于用温室和暖房这类人工方法,来延长或保持玫瑰鲜艳的粉红和玫瑰色,却不是他们的方式。我们现在这个时代不但变化多端,而且难以预测,这一切的错综复杂和模糊不清,都是他们闻所未闻的。在他们那个时代,激烈就是一切。花开花谢,日出日落。爱人来而复去。诗人们诗中所言,年轻人都拿来付诸实践。少女恰似玫瑰花,她们的美貌短暂如花季,必须在黑夜降临之前采撷,否则白昼一去不返,黑夜漫漫无际。因此,奥兰多不过是循着气候、诗人和年龄的引导,去采撷窗台上属于他的鲜花,即便屋外白雪皑皑,屋内女王虎视眈眈,我们也不忍心去责怪他了。

他年轻、稚嫩,他所做的一切不过是率性而为。至于那少女的姓名,我们知道得并不比伊丽莎白女王更清楚。她可能叫多丽丝、克罗丽丝、达丽亚或戴安娜,因为他轮流为她们赋诗。同样,她也可能是宫中的一位女官,也可能是某个婢女。因为奥兰多兴趣广泛,不仅喜爱花圃里的花、野地里的花,甚至野草也让他心仪。

此处,我们像传记作家常做的那样,鲁莽地披露了他的一个怪癖,或许,这应归咎于他的某位女性祖先曾穿过粗布衣、提过牛奶桶。肯特郡或苏塞克斯郡的砂石,融入他血管中流淌的来自诺曼底的高贵血统。他喜欢这种棕色泥土与蓝色高贵血统的混合。当然,这就是他为何热衷混迹于下等人中间,尤其是那些聪明反被聪明误的潦倒文人。他与他们好似血缘相通,惺惺相惜。在他生命的这个阶段,奥兰多满脑子充斥着诗歌,入睡前总是浮想联翩。这时,比起宫廷贵妇、客栈老板的女儿面颊似乎就更鲜嫩,猎场看守人的侄女脑子也许更聪明。因此,他开始在夜间频繁出入外坪老台阶①和露天啤酒馆,裹一件灰色披风,遮掩颈上和膝上的勋章。可想而知,这些地方的建筑很简陋。在沙地和草地的地滚球场之间,他面前摆一只大啤酒杯,听水手讲故事,讲他们如何在西班牙海上经受艰辛、恐惧和残忍,有人丢了脚趾,有人掉了鼻子。口述的故事从不像写成文字的故事,它们不加雕琢粉饰。他尤其爱听他们齐唱亚速尔群岛的民歌,这时,他们从那些地方带回的鹦鹉会来啄他们的耳环,用坚硬的喙叩击他们手指上的红宝石,还会像主人一样说脏话。女人们的言谈举止往往像这些鸟一样大胆、随意。她们坐在他腿上,搂住他的脖子,猜他的厚呢披风下

---

① 外坪老台阶,位于伦敦东区,伦敦塔附近,台阶直伸至泰晤士河畔的码头。

藏着什么不寻常的东西,像奥兰多一样,急着搞清事情的真相。

他们的机会真不少。河里从早到晚漂着各式驳船、舢板和大小船只。每天都有驶往印度群岛的大船出海,不时亦有一两条破旧的小船偷偷驶进港口抛锚,甲板上立几个来历不明的野人。姑娘小伙儿日落后在水上调情是常事,看见他们搂抱着酣睡在装珍宝的麻袋之间,听到这样的传言也没人会大惊小怪。奥兰多、苏姬和坎伯兰伯爵三人就有这样一出经历。那天天气酷热,奥兰多和苏姬的恋情也正如火如荼,后来他俩在红宝石当中进入梦乡。入夜,伯爵只身一人,挑灯出来查看他的战利品,他的财富多与西班牙探险有关。灯光照在一只桶上,伯爵吓得大叫一声,连退几步。酒桶边睡着两个人,紧紧抱在一起,裹在一件红披风里,苏姬的酥胸如奥兰多诗中咏叹的永不融化的白雪。伯爵天生迷信、又因作恶太多而良心自责,竟以为这一对是溺死水手的鬼魂,从墓中跳出来谴责他。伯爵吓得连连在身上画十字,发誓一定要洗心革面、痛改前非。希恩路上现在还有一排贫民屋,即是这一刻惊恐失措的结果。教区十二个家境贫寒的老妇今日仍在一起喝茶,整晚求老天保佑伯爵,感激伯爵让她们不致露宿街头。因此,那私情本身就是只宝船,但我们此刻略过道德问题不谈。

不过,奥兰多很快厌倦了这种生活方式,不仅厌烦它很不舒适,周围的街道弯弯曲曲,而且厌烦人们的举止粗野,与原始人没什么两样。我们务必记住,在伊丽莎白时代,人们可不像我们这样,觉得犯罪和贫穷非常有趣。他们不像我们现代人,羞于埋头书本,也不像我们,以生为屠夫之子为荣,不识字反而成了美德。对我们所谓的"生活"与"现实"多少总是与无知和残忍相关联,他们想都没想过,也根本没有相当于这两个词的同义语。

奥兰多结交他们，不是为了寻求"生活"，离开他们，也不是为了寻求"现实"。他多次听他们讲杰克如何掉了鼻子，苏姬如何失去贞操。必须承认，他们把这些故事讲得活灵活现，但他开始对这种重复感到厌倦，因为切掉鼻子的方式只能有一种，少女失去贞洁也是如此，至少在他看来是这样。而千姿百态的艺术和科学却深深刺激着他的好奇心。于是，在怀恋他们的同时，他不再经常光顾啤酒馆和撞柱游戏球道，他将灰披风挂进衣柜，又露出颈上亮晶晶的星和膝上闪闪的嘉德勋章，再次出现在詹姆斯国王的宫廷里。他年轻、富有、英俊，他所得到的喝彩声，无人可比。

确实，有许多淑女为他倾倒。至少有三人的名字可在婚姻中与他的名字连为一体，她们是克罗琳达、斐薇拉和欧佛洛绪涅，他在他的十四行诗里如此称呼她们。

下面我们来依次介绍。克罗琳达小姐仪态秀美，有六个半月的时间，奥兰多确实与她来往频繁，但她的睫毛是白色的，她又见不得血。父亲餐桌上端来的烤野兔，竟让她昏了过去。她还颇受教士的影响，节省下自己的内衣，送给穷人。她以改造奥兰多、洗清他的罪孽为己任。这让他很厌烦，索性退掉婚约，而且对她不久患天花而亡倒也不太悲伤。

下一位斐薇拉，完全属于另一类型。她是苏默塞特郡一位穷乡绅之女，全凭钻营和察言观色，在宫中步步高升。她总是一身骑手装束，秀美的足弓和优雅的舞步，在宫中赢得一片称许。但有一次，就在奥兰多的窗下，一只小狗扯了她的丝袜（公正而言，斐薇拉的袜子不多，而且大多是羊毛袜），她情急之下欠考虑，竟用鞭子抽它，差一点要了它的命。酷爱动物的奥兰多这下注意到，她的牙齿参差不齐，两颗门牙内凹，他说，在女子身上，这肯定是刚愎自用和性情残忍的征兆,当晚就终止了婚约。

第三位欧佛洛绪涅,恐怕是至此让他真正动情的一位。如同奥兰多,她也出身名门,是爱尔兰戴斯蒙德家族的千金。她美丽、健康,从不大惊小怪。她讲一口流利的意大利语,虽然下牙有点变色,但上牙完美,无可挑剔。她的膝边总有一条小狗相伴,她用自己盘中的白面包喂它。在维金纳琴的伴奏下,她的歌喉美妙之极。她很注意保养,总要睡到正午时分,才肯起床梳洗打扮。总而言之,对奥兰多这样的贵族,她堪称一位完美妻子,而且此事已进展到双方律师忙着商量婚约、寡妇授予产、财产赠与、住宅及其宅基、财产保有权,以及两大财富结合之前所需的一切事项;但凛冽的大霜冻突然降临,而凛冽和突如其来那时就是英国气候的特征。

历史学家告诉我们,大霜冻是英伦诸岛经历过的最严重的霜冻。飞鸟在半空中冻住,像石头一样坠到地上。在诺里奇,一位身强力壮的年轻农妇过路,旁人看到凛冽的寒风在街角处袭击了她,瞬间她就化为齑粉,像一阵尘灰般被吹上房顶。这期间,无数牛羊死去。人的尸体冻得硬邦邦的,无法与床单分离。常常会看到整整一群猪冻僵在路上,动也不能动。田野中遍布活活冻死的牧羊人、农夫、马群和赶鸟的小男孩。有的人手放在鼻子上,有的人瓶子举到唇边,还有的人举着石头,正要掷向一码远外树篱上的乌鸦,而那乌鸦也像是一只标本。这次霜冻异常严酷,接着发生了石化现象。不少人推测,德比郡的一些地区之所以岩石剧增,不是由于岩浆喷发,因为并没有发生过这种喷发,而是由于一些倒霉的行路人凝固了,实际上他们就在原地变成了石头。教会对此帮不上多少忙,虽然有些土地拥有者把这些遗体尊为圣物,但多数地区宁可用它们作地标、羊搔痒的柱子,如果形状适合,还拿来做牛的饮水槽。时至今日,它们大多仍被派作这种用场。

然而,就在乡民生活极端匮乏,乡村贸易停滞不前之时,伦敦却沉浸在一片骄奢淫逸的狂欢气氛中。新王把宫廷设在格林尼治,并乘加冕之机笼络民心。他下令将封冻二十多英尺厚的河床及两岸六七英里宽的地带清扫出来,装饰成公园或游乐园,修建凉亭、曲径、球道、酒肆等等,一切开支由他负担。他令人划出正对宫门的一块地,用丝绳拉上,与百姓隔开,供他与廷臣专用。此地立即成为英国上流社会的中心。面蓄胡须、颈套轮形皱领的大政治家们在皇家宝塔绛红色的遮棚下处理国事。军人们在顶铺鸵鸟毛的藤条凉亭里策划如何征服摩尔人和攻陷土耳其。元帅们手擎玻璃杯,在狭窄的小路上踱来踱去,挥手指向地平线,讲述西北通道①和西班牙无敌舰队②的故事。情侣们在铺着紫貂的长沙发上调情。王后率领女官们来到室外,冻玫瑰雨纷纷扬扬洒落下来。彩色气球悬在空中纹丝不动。四处燃起一堆堆巨大的松木和橡木篝火,里面撒了大把的盐,火苗因此闪烁着绿色、橘黄色和紫色的火焰。但不管篝火烧得多旺,也融化不了钢一般坚硬的透明冰层。这冰层清澈见底,几英尺下的深处,时而可见一条鲆鱼或一只鼠海豚。一群群鳗鱼纹丝不动,仿佛处于昏睡状态,它们是真死,还是因为窒息而假死,回暖后尚可复生,这是让哲学家疑惑的问题。伦敦桥附近的河面,冰结了近二十英寻厚,河底的一条沉船清晰可见。前一年秋天,这条运

---

① 西北通道,伊丽莎白时代的探险家沿美洲北部海岸行驶,希望找到一条通往远东的海路。
② 西班牙无敌舰队,16世纪西班牙舰队,1588年被西班牙国王菲利普二世派遣去攻打英国,战败。

苹果的船因超载而沉没于此。有个老妇,身穿彩格呢上衣和环裙,肩负水果,要乘小贩船去对岸萨里的市场。现在她坐在那里,膝上都是苹果,看似正准备向哪位顾客兜售,但她那青紫的嘴唇透露出真情。这是詹姆斯王格外喜爱的一幅图景,他会带领廷臣,在那里极目眺望。简而言之,青天白日下,顶数这景象辉煌、艳丽。但狂欢节最热烈的时刻当在夜里。霜冻仍在持续,万籁俱寂,月亮和满天星斗闪烁着宝石般幽冷的光。廷臣们伴着长笛和小号的优雅音乐,翩翩起舞。

不错,奥兰多不属于那种舞步轻盈、擅长跳库朗特舞和伏尔特舞的人,他有点笨拙,还有点心不在焉。与那些复杂花哨的外国舞相比,他宁可跳自己从小熟悉的简单的民族舞。一月九日傍晚六点,他刚跳过几曲四步舞或小步舞,便瞥见一个身影,从莫斯科大公国使馆凉亭那边飘了过来。他的好奇心大发,因为那人身着宽松的俄罗斯式束腰衣裤,让人辨不出男女。这位不知姓名,不辨性别的人,中等身材,苗条纤细,一身牡蛎色的天鹅绒,用罕见的绿色皮毛镶边。然而在那全身散发出的特殊魅力映照下,所有这些细节都淡化了。奥兰多脑中迅速涌出各种最极端和最奢侈的意象和比喻。他称她为西瓜、菠萝、橄榄树、翡翠和雪中之狐,一切都是在三秒钟之内;他不知道自己是听到、嗅到、看到她,还是三者兼而有之。(虽然我们的叙述一刻不能停,但此处我们可以飞快指出,此时他脑中所有的意象都极其简单,符合他的感觉,而且大多来自幼年他所喜爱嗅闻的东西。不过,若说他的感觉非常简单,这些感觉同时也非常强烈,让人难以停下来寻找其中的原因。)……西瓜、翡翠、雪中之狐,他如此狂热地赞美着,目不转睛地凝视着。那男孩,天哪,一定是个男孩,女子绝不可能如此敏捷、矫健。那男孩几乎是踮着脚尖从他身边掠过,奥兰多懊恼万分,几乎要揪自己的头发,因为如果此人与他同性,那么一切拥抱就成了泡影。但那人又滑近了,双腿、双手和姿态都像男孩,但没有一个男孩会有那样的双唇;没有一个男孩会有那样的胸脯;没有一个男孩会有那样晶莹剔透的碧眼。最后,不知名的滑冰者停下来,向从旁经过的国王行礼,姿态雍容华贵。此刻,国王正由某位等待加官晋爵的廷臣陪跳曳步舞。她站在那里,距奥兰多只有咫尺之遥。是女子。奥兰多痴痴地望着,浑身颤抖,忽冷忽热;他渴望扑向夏空,渴望踩碎脚下的橡树果,渴望用双臂搂抱杉树和橡树。实际上,他时而抿住嘴唇,时而半张半闭,好像要用秀气、雪白的牙齿咬住嘴唇。而此时,欧佛洛绪涅小姐正依偎着他的臂膀。

他发现,那陌生女子名叫玛露莎·斯坦尼罗夫斯卡·达姬玛尔·娜达莎·伊丽亚娜·罗曼诺维奇公主,是随从莫斯科公国大使前来参加典礼的,大使是她的叔父,或是她的父亲。关于莫斯科大公国,人们知道得不多。这些人都蓄长须,戴皮帽,沉默寡言。他们喝某种黑色的液汁,但不时把它们啐吐到冰上。他们都不说英文,但有些人会说法文,而在英国宫廷中,能说法文的人又寥寥无几。

下面这件事促成了奥兰多与公主的相识。为款待王公贵族,在巨大的遮棚下摆开了一溜长桌。公主被安排坐在两位青年贵族之间,一位是弗朗西斯·弗瑞勋爵,一位是年轻的摩里伯爵。奥兰多与她隔桌相对。看到她很快让他们陷于难堪,是件很好笑的事,因为他们虽然都是不错的小伙子,但他们的法语与未出世的婴儿相差无几。晚宴一开始,公主便转身对伯爵说(她那妩媚的模样让他销魂):"我想,去年夏天,我在波兰遇到一位来自你们家族的绅士"或"英格兰宫廷贵妇的美丽把我迷住了。我从未见到过像你们王后这样典雅的夫人,还有她那精致无比的发式"。① 弗朗西斯勋爵和伯爵两人立即面露尴尬之色。于是一人给她盛辣根沙司,一人吹口哨,唤狗过来讨吃髓骨。公主看了,不禁大笑。坐在对面的奥兰多,视线越过桌面上的野猪头和填馅儿孔雀,与她的视线相交,也大笑起来。但他的笑容突然僵住了,因为他感到了某种疑惑。他激动地自问:迄今为止,我究竟爱过些什么人呢?答案是,一位骨瘦如柴的老妇,不计其数的红脸蛋儿妓女,一位成天哀诉的修女,一位刚愎自用、言语刻薄的女冒险家,一位毫无主见、沉浸于花边与礼仪的女人。爱情于他,恍若锯末和炭渣。他的全部体验乏味之极。他惊诧自己如何能够历经一切而不觉厌倦。因为当他注视公主时,他体内的血融化了,血管中的冰化为美酒。他听到水在流淌,鸟在鸣啭,春天降临,荡涤了冬天枯寒的景象;他的男性气概随之苏醒;他跃马冲向凶悍甚于波兰人和摩尔人的敌人;他潜入水底;他看到裂隙中长出危险之花;他伸手……事实上,当公主对他说"劳驾,请把盐递过来"时,他正匆匆作成一首激情洋溢的十四行诗。

他的脸涨得通红。

"不胜荣幸,小姐。"他回答道,说得一口标准的法语。感谢上帝,这种语言他运用自如,好似母语;他的老师是他母亲的女仆。但是对他来说,也许,从不会说这种语言,从未回答过这个声音提出的问题,从未追寻过这双眼睛射出的光芒……也许结局会更好。

公主接着问他,这些蠢家伙是些什么人?那个坐在她身旁、

---

① 原文为法语。

举止像马夫的人是谁？他们倒在她盘子里的是什么？那堆乱七八糟的东西让人恶心。难道英国人与狗同桌用餐？那个坐在长桌另一端、头发梳得像五朔节花柱①的滑稽人物，难道真的就是王后？国王平素吃东西也这样口水四溅吗？那群花花公子，哪位是乔治·维利耶②？这些问题最初令奥兰多不安，但它们提的是那样俏皮和离奇，奥兰多不禁开怀大笑起来。周围的人一脸茫然，奥兰多看出他们没一人听懂一个字，回答她的提问，也开始变得无拘无束起来，而且像她一样，说地道的法语。

就这样，他们两人开始了一种亲昵的关系，而它很快又演化成宫中的丑闻。

没过多久，人们就注意到，奥兰多对这位莫斯科女子的关照，远远超出了礼节的需要。他从不离她左右，别人虽然听不懂他们的谈话，却能看出，他们总是谈得很热闹，而且经常脸红，笑出声来，所以哪怕最迟钝的人，也能猜到他们的话题。况且，奥兰多本身的变化令人惊奇。从未有人见过他如此活泼，一晚的功夫，就摆脱了孩子气的笨手笨脚。过去这小伙子整天郁郁寡欢，一进女人屋，总要把桌上一半的饰物碰翻在地。现在他变了，变成了一个风度翩翩、殷勤有礼的绅士。看他搀那个莫斯科娘们儿（人们就这么称呼她）上雪橇，看他伸出手来请她跳舞，接住她故意掉下的花点手帕，或履行这位高高在上的女人吩咐而其情人等不及的无数义务中的任何一项，那些情景让老年人昏花的老眼发亮，年轻人的心跳加速。但这一切之上，笼罩着一层阴云。老年人不以为然，年轻人窃窃私语，大家都知道奥兰多

---

① 五朔节花柱，英国民间庆祝五朔节时常绕此柱舞蹈、游戏。
② 乔治·维利耶，詹姆斯王的宠臣，后封为白金汉公爵。

另有婚约。玛格丽特·奥布莱安·奥代尔·奥瑞利·泰尔科奈尔勋爵小姐(这正是十四行诗中欧佛洛绪涅的真实姓名),她的左手食指上戴着奥兰多送的闪闪发光的红宝石戒指呢。按理说,她最有权得到他的关照。但她即便将自己衣柜(她的衣柜很多)中所有的手帕一条条掉到冰上,奥兰多也不会弯腰去拾。要等他来扶她上雪橇,二十分钟不算多,最后还只能屈尊让黑人仆从伺候。她滑冰时——她的姿态很笨拙——无人在旁喝彩。她摔倒后——她常常摔得很重——也没人会扶她起来,掸去她衬裙上的雪。她虽然生性冷静,难得较真儿,更不愿像多数人那样,以为一个外国女人就能夺走奥兰多对她的爱,但最终,连玛格丽特勋爵小姐本人亦开始怀疑,有什么让她失去平静心境的事件正在酝酿之中。

的确,随着时间一天天过去,奥兰多越来越不屑于掩饰自己的感情。他会找个借口,离开刚刚还在一起吃饭的伙伴,或从准备跳四步舞的滑冰者身边溜走。此后片刻工夫,人们就会发现,那莫斯科娘们儿也不见了踪影。而最让宫廷恼怒,同时刺痛其最敏感处,即其虚荣心的,是常有人看到,这一对男女溜出河上用丝绳拦出的皇家圈地,混迹于普通百姓之中。因为公主会忽然跺着脚大喊"带我走。我讨厌你们那些英国痞子。"她此处是指英国宫廷。她说自己已忍无可忍,英国宫廷中处处是热衷窥探他人隐私的老太婆、死盯着人看个不停,还有处处自以为是的男人,只会踩人的脚。他们发出难闻的味道。他们的狗在她的腿中间跑来跑去。活在这里像活在笼子中,不像俄罗斯,他们的河床有十里宽,任六匹马并驾奔驰一天,不见人的踪影。再者,她也想看看伦敦塔、皇家禁卫军仪仗队、教堂栅栏门上的首级,还有城中的珠宝店。于是奥兰多带她到城里看了禁卫军仪仗队和叛匪的首级,在皇家交易所买下她中意的所有珠宝。但仅仅如此还不够,两人都愈来愈渴望整天私下里厮守在一起,躲过众人的大惊小怪或窥视。所以他们没有回伦敦,而是调转头,很快远离了冰封的泰晤士河面上的人群。一路上,他们没有遇到一个人影儿,除了海鸟。只有一个乡村老妇枉然地在冰上凿洞,想汲出一桶水,或划拉到干树枝树叶用来烧火。这时辰,穷人不会远离自家的茅屋,富裕一点的人,只要负担得起,都挤到城里取暖享乐去了。

于是,这河便归了奥兰多和萨莎独享。萨莎是他送给她的爱称,他儿时有一只俄罗斯白狐,就叫这名字,它浑身雪一般柔软,却有一口利齿,奥兰多曾被它狠狠咬了一口,这之后父亲便令人杀掉了它。现在,他们两人因滑冰和爱情而热血沸腾,裹着皮大氅扑到岸边荒芜的黄柳丛中。奥兰多把她搂在怀里,喃喃地说,这是他第一次尝到爱的喜悦。两情缠绵后,他们心醉神迷地躺在冰上,他将自己的风流韵事讲给她听。与她相比,那些人不过是木头、抹布和炭渣。她嘲笑他言辞激烈,再次在他的怀中蠕动,而且为了爱,再次拥抱他。之后,他们惊奇身下的冰竟没有因他们的热情而融化,怜悯那贫苦的老妇人没有这副融雪化冰的好身手,只得用冰冷的镐头刨冰。然后,他们裹在紫貂皮袍中,无所不谈:世象和旅行;摩尔人和异教徒;男人的胡须,女人的肌肤;老鼠跳到桌上,从她手里吃食,他家大厅中的挂毯总在晃动;一张面孔,一根羽毛。在这样的对话中,根本不存在话题太大或太琐碎的问题。

后来,奥兰多忽然陷入阴郁之中,这在他倒是常事,也许是因为看到冰上蹒跚而行的老妇,也许并无来由。他把脸贴到冰上,注视着封冻的河水,不由想到死亡。有位哲学家说得不错,快乐与忧郁只有一步之遥。那位哲学家还认为,二者是孪生兄弟,因此推论,一切情感的极致,都与疯狂相连,他于是恳求我们去真正的教会(他指的是再洗礼派教会)寻求慰藉,他说,对坠入情海之人,那里是惟一的港口、码头和抛锚地。

"死是万物之归宿。"奥兰多阴云满面地坐直身子。(此时他的大脑就是这样活动的,从生到死,大起大落,之间没有任何停顿,因此作传者也不可停顿,而需飞跃得与奥兰多一样快,跟上他在人生这一时刻显然已沉湎其中的充满激情的轻率举动和突如其来的越轨言辞。)

"死是万物之归宿。"奥兰多直起身子,坐在冰上。但是萨莎的血管中,流淌的可不是英国血统。在她的家乡俄罗斯,日落时分长些,黎明来得缓些,人们说话常常吞吞吐吐,疑惑怎样结尾最好。萨莎盯着他,一言未发,她或许是在笑他,因为在她眼里,他一定像个孩子。但是,他们身下的冰终于变冷了,她开始觉得不舒服,拉他站了起来。她一张口,就那么迷人,妙语连珠,透着聪颖(遗憾的是,她只说法文,众所周知,这些话一译成英文,立即韵味全无),奥兰多当即忘掉冻冰的河水,忘记夜晚即将来临,也忘记了那老妇人或随便什么。他在成千上万个意象中上下寻觅,想找出一些恰如其分的比喻,但这些意象都如同那些曾经给过他灵感的女人,一点儿没有新意。白雪、奶油、大理石、樱桃、雪花石膏、金丝线?都不是。她似狐狸,似橄榄树,似从高处俯瞰大海的波涛,似翡翠,似未被云彩遮蔽、照耀葱翠山岚的丽日,总之,她不同于他在英格兰的一切所见所知。他搜肠刮肚,寻觅不到适当的辞藻。他渴望另有一番风景,另有一种语言。因为用来描绘萨莎,英语太直白,太甜蜜。她的一切言谈,无论听起来多么坦率、放浪,总有闪烁其词之处;她的一切举止,无论多么大胆,看起来总有点儿躲躲闪闪。因此,那绿色的火焰似乎隐藏在翡翠之中,丽日总被山岚遮蔽。只有外表清晰可见,内里却是一团变幻无常、来去不定的火,从没有英国女子放射出的那种平稳的光束。然而此时,奥兰多想起玛格丽特勋爵小姐和她的衬裙,就又控制不住自己的狂喜,猛力在冰上推着萨莎,愈推愈快,气喘吁吁地发誓要追逐火焰,要潜入水底取宝,等等,等等,五花八门的辞藻从他口中喷薄而出,好像一个积郁了满腔痛苦的诗人突然激情爆发。

萨莎却沉默不语。奥兰多告诉她,她是狐狸、橄榄树、翠绿的山岚;他向她讲述自己的全部家史;他家的宅邸是不列颠最古老的宅子;他的家族来自恺撒统治的罗马,那时他们可以乘坐镶流苏的轿子行在罗马的主要街道上,他说唯独皇家血统的人才能享有这一特权(他身上流露出的那种高傲的轻信倒挺讨人喜欢)。说着说着,他会停下来问她,她家在何处?父亲是何人?可有兄弟?为何独自与叔叔在一起?她三言两语回答了他的问题,但这之后,两人都觉得很尴尬。最初,他怀疑这是因为她的地位其实并非那样高贵,像她的外表显现得那样;或者她为自己同胞的粗野感到羞愧,因为他听说,在莫斯科大公国,女人蓄胡须,男人以毛皮遮羞。人人为御寒用动物油脂涂身,用手撕肉,住的草棚在英国贵族看来连牲口棚都不如。他便克制自己,不去逼她回答。但是回过头来想,他断定,她的沉默并非为此原因;因为她的下颏很光洁,她身着丝绒,颈戴珍珠,仪态万方,哪会出身牛棚那种地方?

如此说来,她又有什么需要相瞒?他的激情之下,潜藏了一股疑惑,宛如一座纪念碑下的流沙,突然移动,整个建筑就会摇摇欲坠。他会突然觉得心如刀绞,火冒三丈,让她不知如何安慰他是好。或许她并不想平抚他的痛苦,或许她恰恰喜欢看他发火,因此故意招惹他。或许这是莫斯科大公国人脾性奇怪的一面,一种精神变态。

现在我们继续来讲故事。那天,他们滑得比平时要远,到了船只抛锚的地方,这些船现在都结结实实地冻在河中央。泊船中有一条属于莫斯科大公国,主桅杆上飘扬着那面双头鹰旗帜,桅杆上悬了几码长的五彩冰溜。萨莎说她有些衣服留在了船上。他们猜想船上没人,便爬上甲板,去找衣服。奥兰多还记得以往生活的一些片断,因此倘若有些品行端正的公民在他们之前躲到了那里,他并不会感到惊奇。结果情况正是如此。他们还没走出几步,就有一个漂亮小伙子忽然冒了出来,不知他刚才在那一大卷绳子后面干什么勾当。猜得出他说——因为他说的是俄文——他是个船员,可以帮公主找到她要的东西。他点上一截蜡烛,和她一起消失在船舱里。

时间一点点过去,奥兰多沉浸在自己的梦中,只琢磨生活的欢乐、他的宝贝儿、她的不可多得、如何永远永远拥有她,不让她消失。他知道这中间障碍重重,必须克服许多困难。她是决心不离开俄罗斯的,那里有封冻的河流,野性十足的骏马和据她说相互残杀的男人。的确,他并不喜欢松树和雪原构成的景色,还有放浪和屠杀的习惯,也不想放弃自己快乐的乡间生活方式,譬如运动和植树,不想放弃自己的公职,毁掉自己的生涯。他不想放弃野兔而改射驯鹿,放弃加那利白葡萄酒而改喝伏特加。他也不想莫名其妙往袖子里藏把刀。然而,为了她,他愿意做这一切,甚至做得比这更多。至于他与玛格丽特勋爵小姐的婚礼,本定在一周后的这一天举行,而它显然荒唐到家了,他连想也不去想它。她的族人会来兴师问罪,他的朋友会嘲笑他为了一个哥萨克娘们儿、为了雪域荒原毁掉自己的锦绣前程,然而与萨莎相比,这一切都轻如鸿毛。他们将在第一个月黑风高之夜逃走。他们将乘船去俄罗斯。他这样思忖着,一边谋划,一边在甲板上走来走去。

他转过身,面向西方,夕阳像只柑橘,斜照在圣保罗大教堂①的十字架上,这情景让他一下子清醒过来。它的颜色血红,正在迅速下沉。一定是到了黄昏时分。萨莎已走了一个多钟头。他突然又被那些不祥的预感攫住,他对她的那些信任蒙上了阴影。他钻进船舱,循着他看见他们走的路,在箱子和大桶中间摸索着,跌跌撞撞地向前走去。透过远处角落里一星昏暗的灯光,他看见他们坐在那里。有那么一秒钟的工夫,他看见了他们。他看见萨莎坐在那水手腿上,向他俯下身去,看见他们搂抱在一起。这之后,由于愤怒,他眼前的灯光化作一团红云。一声痛苦的嚎叫冲口而出,在整条船中回荡。若不是萨莎挺身挡在两人中间,那水手来不及抽刀,便要被奥兰多掐死。后来,奥兰多感到阵阵致命的恶心,他们只得把他放倒在地板上,给他灌了几口白兰地。他慢慢缓了过来,坐在甲板的一堆麻袋上,萨莎依偎在他身边,轻轻抚着他那昏花的眼睛,仿佛一只狐狸咬了他,又来甜言蜜语地哄骗他,谴责他,让他怀疑自己亲眼所见。难道烛光不是摇曳不定吗?难道影子没有晃动吗?那箱子很沉,她说,那人是在帮她搬箱子。奥兰多一会儿相信她,谁能肯定不是他的怒火幻化出他最怕发生的景象?一会儿又对她的谎言感到更加怒不可遏。萨莎开始变得面色苍白。她在甲板上跺着脚

---

① 圣保罗大教堂,这是一个有意的时代误植。旧圣保罗教堂只有一方塔,1666年伦敦大火期间被烧毁。

说,如果她一个罗曼诺夫家族的女人,竟躺在一个水手的怀抱中,她当晚就祈求她的保护神来摧毁她。的确,把这两人摆在一起(对此他几乎无法想象),奥兰多为自己内心的龌龊而恼火,竟然想象那么一个长毛畜生将如此娇弱的尤物玩弄于股掌之中。那人膀大腰圆,光着脚也有六英尺高,耳朵上戴着毫不起眼的铁环,看起来像匹负重的辕马,鸫鹎和歌鸫飞累了会落在他的背上栖息。奥兰多屈服了,相信了她的话,求她原谅。但就在他们言归于好,走下船舷时,萨莎停下脚步,把手放在舷梯上,回头冲那个褐色面孔的魔鬼喊出一连串话,不知是打情卖俏,还是嘘寒问暖,她说的是俄文,奥兰多一个字也听不懂。但她的语调中有某种东西(这可能是俄文辅音的毛病),让他想起几天前的一个情景:他碰上她在角落里偷偷啃食地板上捡起的蜡烛头。不错,蜡烛是粉红色的,镀了金,又是从国王的桌上掉在地上的,但它仍是动物脂油,而她竟然啃食它。奥兰多扶她下船走到冰上,不禁怀疑她身上是否有些粗鲁、鄙俗的农夫习气?他想象她四十岁时会变得何等颠顸丑陋,何等无精打采,虽然此刻她纤细如芦苇,轻盈若云雀。然而,他们向伦敦滑去时,他心中的这些疑团再次冰释,他感到自己仿佛被一条大鱼钩住了鼻子,不情愿但又低心下首地在水中飞驰。

　　那个黄昏出奇的美丽。夕阳西下,暗蓝的暮色中,火红的晚霞衬托出伦敦大大小小的穹顶、尖顶、角楼和小尖塔。这边是万字浮雕装饰的查林十字架;那边是圣保罗教堂的拱顶;再过去是雄伟、方正的伦敦塔建筑群;教堂栅栏门尖上的人头,像树丛被剥尽树叶,只留下梢顶的树瘤。威斯敏斯特①的窗格里透出燃

---

① 威斯敏斯特,伦敦著名教堂,是英王加冕和名人下葬之地。

烧的灯光,如天堂里色彩斑斓的盾牌(这是奥兰多的想象);西方天边仿佛是一扇金色的窗子,在通往天堂的梯子上,成群结队的天使(又是奥兰多的想象)正川流不息地攀上攀下。他们两人似乎一直滑行在飘渺的虚空中,冰层透蓝透蓝的,玻璃般平滑,他们向城里滑去,愈来愈快,白色的海鸥在他们头顶盘旋,双翼有节奏地在空中划动,好似他们破冰而行的冰刀。

仿佛为了安抚奥兰多,萨莎比平时愈发温柔可爱。她原本从不谈及往事,现在却向他讲述,俄罗斯的冬天,她会听到狼嗥叫着穿越草原。她三次学狼嗥给他听。他也讲给她听,在乡村,雪地中的牡鹿为了避寒,跑进屋里,有个老人从桶中盛出粥来喂它们。她赞美他,赞美他爱生灵,赞美他的侠义,赞美他的双腿。奥兰多陶醉在她的赞美之中,羞愧自己竟会如此龌龊,认为她坐在水手腿上,四十岁时变得肥胖臃肿,无精打采。他对她说,他不知用何种言语来赞美她,但看到她,他会立即想到春天、绿草和喷涌的泉水。他更紧地抓住她,带着她不停地旋转,直到河中央,连鸥鸟和鸸鹋也与他们一同旋转起来。等到他们终于气喘吁吁地停下来,她微吁着说,他像一棵燃着千百万支蜡烛的圣诞树(就像他们俄罗斯的圣诞树),树上悬挂着黄色的小球,闪闪发光,足以照亮整条街。(人们可以这样翻译),在熠熠生辉的双颊、深色的鬈发、红黑两色的披风衬托下,他看起来好像正在光芒四射地燃烧着,那光芒来自他心中的一盏灯。

片刻时光,除了奥兰多面颊上的红晕,一切色彩都褪去了。夜已来临。落日橘红色的余辉消失了,取代它的,是奇特、耀眼的白光,它们来自燃烧的火炬、篝火、号灯或河上其他照明工具。一切都发生了奇特无比的变化。大大小小的教堂和王公贵族的府邸,它们正面的白色岩石,都仅露出条条块块,仿佛悬浮在空中。尤其是圣保罗教堂,只剩下了一个镀金的十字架。威斯敏斯特灰色的轮廓宛如一片树叶。一切都变得形销骨立。他们接近游乐场,听见好像有音叉奏响了低音,这声响愈来愈大,最后变成喧嚣一片。不时有欢呼声伴随火箭窜上夜空。渐渐地,他们分辨出游离在巨大人群之外的一些细小的人影,旋转着,像河面上飞舞的蠓虫。在这明亮的光圈之上和它的周遭,是漆黑的冬夜,宛如一只硕大的碗倒扣下来。然而,漫漫黑夜中,时断时续地腾起缤纷的烟火,给人以期待和惊喜:新月、蟒蛇、王冠,形态各异。忽而,树林和远处的山岚露出夏日的葱茏,忽而,四处又是一片严冬的黑暗。

此时,奥兰多和公主已接近皇家禁地,却发现有一大群平民挡住了他们的去路。这些人已涌到丝绳近旁,不敢再向前了。奥兰多和公主讨厌丝绳另一边那些监视他们的刺人目光,不想结束他们的秘密,便混在摩肩接踵的人群之中。学徒、裁缝、渔妇、马贩子、骗子、饥肠辘辘的学生、头裹方巾的女仆、卖柑橘的姑娘、马夫、严肃的公民、猥亵的酒吧招待,还有一大群衣衫褴褛的小孩子,哪里有人群,哪里就少不了他们,尖叫着在人们脚下爬来爬去。实际上,伦敦街头的乌合之众悉数聚集于此,他们说说笑笑,打打闹闹,推推搡搡,掷色子、算命,做什么的都有。有的地方熙熙攘攘,有的地方又很沉闷。有人打哈欠,嘴张得一码大,有人像房顶上的寒鸦般寒碜,他们装束打扮各不相同,完全看他们的钱包大小和身份高低了。有人穿裘皮和绒面呢,有人则破衣烂衫,脚上裹了洗碗布,才没有直接踩在冰上。人们蜂拥而至的地方,似乎是一个我们现在演《潘奇打朱迪》①的箱子或

---

① 潘奇打朱迪,传统儿童木偶戏,其中潘奇先殴打、然后杀死妻子朱迪,暗指奥兰多看到的是莎士比亚的戏剧《奥瑟罗》。

者说是戏台,台上似乎正在上演某出戏。一个黑人挥着手臂高声喊叫,一个白衣女人躺在床上。舞台搭得简陋,演员们在几节台阶上跑上跑下,有时跌跌绊绊,观众们又是跺脚,又是吹口哨,厌烦时还会把橘子皮扔到冰上,让狗去追,但那些奇妙、婉转、抑扬顿挫的台词仍像音乐一样在奥兰多心中唤起了什么。伶牙俐齿连珠炮般吐出的那些台词,让他想起在外坪露天酒馆唱歌的水手。这些台词即使毫无意义,对他来说,也像烈酒一样。时不时,一句台词会越过冰面击中他,让他觉得撕心裂肺。那摩尔人的狂怒似乎就是他的狂怒。那摩尔人把女人扼死在床上,仿佛是他用自己的双手杀死萨莎。

戏终于演完。一切复归黑暗。泪水顺着他的面颊淌下来。仰望天空,那里也惟有黑暗。毁灭与死亡笼罩了一切,他想。人生的归宿是坟墓,我们终将被蠕虫所吞噬。

> 我想现在的日月应该晦暗不明,
> 受惊的地球……也要吓得目瞪口呆。①

甚至在他这样说时,一颗苍白的星在他的记忆中升起。夜很黑,漆黑一片,但他们等待的就是这样的一个黑夜,他们正是计划在这样的一个黑夜私奔。他记起了一切。时机已到。他突然冲动地一把搂过萨莎,在她耳边喃喃低语道:"生命之日!"这是他们的暗号。子夜时分,他们将在布莱克弗里亚斯附近的一家客栈汇合。那里有备好的马在等待他们。为他们的私奔,一切都已安排就绪。于是两人分手,返回各自的帐篷。还有一小时的时间。

---

① 《奥瑟罗》第5幕。

距子夜还有好久,奥兰多便已等在那里。夜色漆黑,伸手不见五指。这对他们很有利,但在这万籁俱寂之中,马蹄声或婴儿的啼哭声,半英里远处就能听到。确有许多次,在小院子中踱步的奥兰多听到石子路上平稳的马蹄声,或女人裙裾的簌簌声,心都提了起来。但那夜行者只是某个迟归的商人;或是当地某个不那么清白的女人。过后,街上愈发静谧。又过了一会儿,在狭小拥挤的城市贫民区,楼下的灯光开始移到楼上的卧室,然后一盏盏熄灭。在这些边缘地带,街灯本来就寥寥无几,加上巡夜人玩忽职守,常常远在黎明到来之前,街灯就没了光亮。四周更黑了。奥兰多不时查看一下提灯的灯芯儿,紧紧马匹的肚带;给手枪装满火药,再看看枪套是否合适。这些事他至少已做了十几遍,再没有什么还需要他操心的了。虽然距午夜还有二十来分钟,他却无法说服自己进屋去。客栈的厅堂里,老板娘还在给几个水手斟萨克葡萄酒和廉价的加纳利葡萄酒。水手们坐在那里,高声唱着小调儿,讲述德雷克、霍金斯和格伦维尔①的故事,直到掀翻板凳,滚到沙地上呼呼大睡。还是黑夜更怜悯奥兰多那颗膨胀和剧烈跳动的心。他留神每一声脚步,揣摩每一分动静。每一声醉醺醺的喊叫、每一声因分娩阵痛或其他病痛而发出的尖叫,都让奥兰多揪心,恐怕给他的历险带来厄运。但他并不担心萨莎。她很勇敢,这样的历险不算什么。她会独自前来,披风、裤子、马靴,一身男子装束。她的脚步轻盈,即便万籁俱寂,也难以听见。

就这样,他在黑暗中等待着。忽然,他的脸上挨了一击,软软的,但很沉重,打在一边的面颊上。他的神经因期盼正绷得紧

---

① 德雷克、霍金斯和格伦维尔,均为16世纪英国海军战功卓著的著名将领。

紧的,禁不住心中一惊,手按到剑上。这击打又在前额和面颊上重复了十几下。干冷的霜冻持续的时间太长了,过了一会儿,他才意识到是天上落下的雨点,下雨了。最初,雨点落得很慢,不慌不忙、一滴一滴的。但很快,六滴就变成了六十滴;然后是六百滴,再后就汇集成瓢泼大雨。仿佛凝为一体的整个天空像个丰沛的喷泉,一泻而下。只有五分钟,奥兰多就被淋成了落汤鸡。

他赶紧给马找了个避雨处,自己躲到门檐下,因为在那里,他仍能看到院子里的动静。此时空气愈发窒闷,大雨发出巨大的吱吱声和嗡嗡声,已不可能听到任何人声或马蹄声。本已坑坑洼洼的道路,漫溢雨水,或许根本就无法通行了。然而,这会对他们的私奔有什么影响,他几乎想也不想。他的所有感官都凝神于那长长的、此时在路灯下闪着光的石子路,等待萨莎的到来。有时,在黑暗中,他似乎看到她,夹裹在雨中。但幻影消失了。一个可怕和邪恶的声音,一个充满恐怖与惊惧、令奥兰多毛骨悚然、惊魂不定的声音响了起来,那是圣保罗教堂午夜第一声报时的钟声。它又无情地敲响四下。奥兰多心怀恋人的迷信,断定她会在钟声敲响第六下时到来。但第六下钟声的回音已经远去,然后是第七下、第八下。他那颗疑惧重重的心感到,它们似乎先是预示,然后宣告了死亡和灾难的到来。第十二下钟声敲响了,奥兰多明白,他的劫数已定。靠理性去推测她可能迟到、受阻、迷路都没有用途。奥兰多那颗多情善感的心明白事情的真相。别处报时的钟声也接二连三响起,仿佛全世界都在宣告她是个骗子,都在嘲弄他。原本潜藏在他心底的疑惑,如洪水决口般奔涌而出。无数条毒蛇在吞噬着他,一条比一条恶毒。大雨滂沱,他一动不动站在门洞里。时间一分一秒地过去,他的腿开始瘫软。大雨不停地下,风雨声最激烈时,仿佛大炮轰鸣。橡树挣扎和撕裂的巨大响声传来,还有野兽的咆哮和非人的可怕呻吟。而奥兰多呆呆站在那里,直到圣保罗教堂的钟声敲响两下,他才咬牙切齿地狂吼"生命之日!"声调中充满讥讽。他把提灯摔在地上,飞身上马,毫无目的地疾驰而去。

必定有某种盲目的直觉——因为他已失去理智——驱使他沿了河岸,驶向大海。破晓时分,他发现自己来到外坪边的泰晤士河畔。这天的拂晓来得格外突然,天空现出淡淡的黄色,雨已经停了。在他的眼前,展现出一片奇观。三个多月来,此处只有厚如岩石的坚冰,整个城市的骄奢淫逸全部建筑在这坚冰之上。此刻,这里却成了一片汪洋,到处奔流着浑浊的黄水。泰晤士河在一夜之间获得了自由。仿佛一股硫磺泉(许多哲学家喜爱这类景观)从地下火山区喷薄而出,撼天动地,顷刻将坚冰撕成碎片。仅仅看一眼这河水,就足以令人头晕目眩。到处是一片嘈杂混乱,河里布满冰山,有的宽似草地滚木球场,高似高宅大屋,有的小到像人的帽子,但扭曲成乱糟糟的一团。不时有整列冰块顺流而下,碾过挡住它去路的一切。有时,河水奔腾翻卷,如一条饱受折磨的大蟒,在碎冰之间腾跳咆哮,把它们从一岸抛向另一岸,可以听到碎冰撞击码头和柱子的巨大声响。但最可怕、最恐怖的景象,是看到前一晚就给困在那里的人们,他们惊恐万状、焦虑不堪,在岌岌可危的栖身小岛上踱来踱去。无论是跳入洪流,还是呆在冰上,他们的毁灭已经注定。有时,一大群这样的可怜人被挟裹着一起顺流而下,有人跪在冰上,有人还在哺乳婴儿。一位老翁似乎正高举《圣经》大声诵读。还有时,会看到一个不幸的家伙只身在自己狭窄的领地上走来走去,他的命运或许是最可怕的。在滚滚洪流冲向大海之际,可以听到有人枉然地狂呼救命,疯狂许诺要改邪归正,重新做人,发誓倘若上帝听到他们的祈祷,他们一定为他建造祭坛,捐输财富。其他人已吓得呆若木鸡,不知所措地盯着前方。一群年轻的水手或邮差(根据他们所穿的制服判断),好像为了壮胆儿,高声唱着淫秽小调儿。水冲得他们撞到一棵树上,沉没时嘴里还在骂骂咧咧。一个老贵族——他身上的裘皮袍子和金链子宣告了他的身份——在离奥兰多不远的地方沉下水去,他用尽最后一口气高喊要向爱尔兰叛匪复仇,是他们策划了这场罪恶。许多人在陷于灭顶之灾之前,怀里还紧紧抱着银壶或别的宝物;至少有些倒霉的家伙是因为贪心而淹死的,他们宁可从岸上扑到水中,也不愿放弃一个小金球,或者眼看一件皮袍从他们面前消失。因为冰山卷走了家具、贵重物品和各式各样的财富。还可以看到其他各种各样的怪异景象,一只猫在吞噬幼仔;一张布好丰盛晚宴的餐桌,足够二十人享用;一对夫妻睡在床上;还有无数炊具。

奥兰多感到天旋地转,目瞪口呆,好一阵,他什么也不能做,惟有眼看狂暴的激流从身旁奔腾而过。最后,他似乎终于想起什么,沿着河岸,向大海的方向策马狂奔。拐过河流蜿蜒处,他来到两天前大使们的舰船还被封冻得结结实实的地方,急切地点数着所有的船只,法兰西的、西班牙的、奥地利的、土耳其的。所有的船都漂在水上,虽然法兰西的船已漂离泊位,土耳其的船舷裂了个大缝,水正在迅速倒灌进去。惟有俄罗斯的那条船不见了踪影。有那么一刻工夫,奥兰多觉得它一定是沉没了;但他踏在马镫上,站高了一些,用手遮住光线,凭着鹰一般的目力,刚刚可以分辨出,远方地平线上,有一条船的轮廓,桅杆顶部飘扬着黑鹰的旗帜。莫斯科大使馆的那条船正停在出海口处。

奥兰多猛地跳下马,仿佛在震怒之中要与洪流决一死战。

他站在没膝的水中,使出了女性注定摆脱不掉的所有最恶毒字眼,痛骂那个无情无义的女人。他骂她无情无义、反复无常、水性杨花;骂她是魔鬼、荡妇、贱人。湍急的河水打着漩涡,卷走了他所说的一切,而抛到他脚边的,只有一只破罐和一根细细的稻草。

第 二 章

此刻,传记作者遇到了难题,对此,与其掩饰,不如老老实实地承认。此前,讲述奥兰多的生平,无论是依靠私人文件,还是依靠历史文件,传记作者都有可能履行其首要职责,沿着无法抹去的事实真相的足迹,一路直行,不环顾左右,不贪恋花草,不理睬路边的阴凉,只管踏踏实实走下去,直至蓦地跌入坟墓,然后在头顶的墓碑上镌刻"剧终"二字。但是现在,我们遇到了一段插曲,横亘在路上,无法回避。然而,这是一段阴暗、神秘的插曲,没有文件记载,因此无法解释。要解释这件事,可以写上几大卷;整个宗教系统就建筑在其意义的基础之上。我们的任务很简单,就是叙述已知的事实,然后让读者自己去推断。

那是个灾难频仍的冬季,霜冻过去,洪水又来,成千上万的人命丧黄泉,奥兰多的希望也彻底断送。他遭到宫廷的驱逐,失宠于当时的权贵。爱尔兰的戴斯蒙德家族自然更是怒不可遏;而国王呢,他与爱尔兰人的麻烦已经够多了,可不欣赏这火上加油。那个冬季过后,夏天来临时,奥兰多回到乡间自己的庄园,在那里过着离群索居的生活。六月的一个早晨,确切地说,是十八日星期六早晨,到了起床的时辰,他的房间里却没有动静。男仆去唤,发现他睡得很沉,无论如何唤不醒。他躺在床上,没有明显的呼吸,仆人们把狗放在他窗下吠叫,在他屋里不断敲鼓击钹,又把荆豆枝放在他的枕头下,把芥末膏药贴到他的脚底板,他仍然整整七天七夜没有醒过来,不吃东西,也没有任何活着的迹象。第七天早晨,到了平素起床的时候(七点三刻),他却自己醒来,把一大群尖叫的妇人和占卜的村民赶出了房间。这倒是很自然的事情,但奇怪的是,他好像浑然不知自己昏睡了好几天,而是穿好衣服,令人把马牵来,仿佛自己只是小睡了一夜。但人们怀疑,他的大脑必定发生了某种变化,因为他虽然表现得非常理智,举止也比以往严肃、安详,对往事的记忆却仿佛残缺不全。人们谈到大霜冻、滑冰和狂欢时,他只是听着,从未表现出亲历这些事件的任何迹象,除了用手抹一下眉毛,仿佛要抹去天上的乌云。如果讨论六个月前发生的事件,他似乎并不似人们料想的那样悲伤,却好像是为记不清很久以前发生的事情而苦恼,或正在努力回忆别人讲过的故事。据人们观察,若提到俄罗斯、公主或船,他会很不自在地陷入忧郁之中,或者站起来望向窗外,或者唤来一只狗,或者拿刀在雪松木上刻点什么。不过,那时的医生并不比现在高明多少,他们开出的药方无非是休息或锻炼、饥饿疗法或加强营养、社交活动或闭门独处、整日卧床或午餐与晚餐之间骑马跑上四十英里,加上通常服用的镇静剂和兴奋剂,五花八门,全看他们的想象力了,例如起床后服大量水蝾涎水,或睡前服一剂孔雀胆汁。经过种种尝试之后,他们不再理会他,结论是他不过睡了一星期而已。

然而,倘若这是睡眠,我们不禁要问,这样的睡眠倒是什么性质的呢?它们会不会是一种疗法?在昏睡中,一只黑色的巨大翅膀,把最痛苦的记忆,即可能让人的生活一蹶不振的记忆,一笔勾销,抹去它们的苦涩,为它们涂上光亮的色彩,甚至对最丑陋、最卑贱的记忆也是如此。会不会是死的愤怒必得时不时地遮蔽生的喧嚣，免得它把我们撕成碎片？会不会我们天生必得每天一小口一小口地品尝死亡的滋味，否则就无法继续存活？那么，在我们并不情愿的情况下，那些渗透我们最隐秘的生活方式，改变我们最宝贵的自制力的神奇力量究竟是什么呢？奥兰多是否因痛不欲生而死去一星期，然后死而复生？倘若如此，死的本质是什么？生的本质又是什么？对此类问题的答案，我们等了大半个钟头，既然毫无结果，我们还是继续讲故事吧。

眼下，奥兰多完全沉湎于一种离群索居的生活。他在宫中遭受了奇耻大辱，他悲痛欲绝，这些都是原因，但他没为自己辩解半句，也从不邀请别人前来造访（虽然他有许多朋友乐意这样做），似乎闭门独守父亲留下的大宅正对他的脾气。孤独是他的选择。无人知道他是如何打发时间的。他养了一大群仆人，他们的主要任务，就是打扫空荡荡的房间，掸平从未有人睡过的床罩。漆黑的夜晚，他们围坐在一起吃蛋糕喝麦芽酒。这时，他们看到一星灯光沿走廊移动，穿过宴会厅，上了楼梯，一直进到卧房，他们知道这是主人独自在宅子里游荡。无人敢跟随他，因为这宅子里有形形色色的鬼魂出没，而且宅子很大，一不小心就会迷路，或者从暗处某个隐秘的楼梯上跌下去，或者刚打开一扇门，恰好一阵风刮来，门就会在你身后永远关上。这样的事故并不罕见，因为经常发现死人和动物的遗骸，姿势都很痛苦，就证明这一点了。一会儿工夫，灯光完全消失了，管家格里姆斯迪奇太太会对牧师杜普尔先生说，她希望爵爷没遇上什么倒霉事。牧师会说，爵爷肯定是在小教堂里，跪在祖先的墓穴中间。小教堂位于南边的弹子盘庭园，有半里路远。杜普尔先生说，爵爷他是因为罪孽而感到愧疚，格里姆斯迪奇太太听了立即反唇相讥道,我们谁又不是呢。此时斯图克雷太太、菲尔德太太和老保姆卡彭特都会亮开嗓门,齐声赞美她们的爵爷。男仆们发誓,看到如此高贵的一位爵爷无精打采在宅子里闲逛,真让人糟心遗憾,他本该去打猎的。甚至小小年纪的洗衣女工和正为大家递酒杯和糕饼的厨房女工,朱迪啦,菲丝啦,也要极力证明爵爷的豪爽,因为再找不到比他更善良的绅士了,他从不吝惜,经常赏些小钱给她们,可以买蝴蝶结或花朵插在头上。他们说个没完,直到那个被他们称为格雷丝·罗宾逊的黑摩尔人也明白了他们的意思。他们给她取这个名字,是为了让她皈依基督教。她也赞成爵爷是位英俊、快活、勇敢的绅士,但她无法表达自己的意思,只有咧开大嘴,露出满脸的笑意。一句话,奥兰多的所有男女仆人都对他交口称誉,诅咒那个让他倒了大霉的外国公主(不过,他们对她的称呼可要比这粗野得多)。

杜普尔先生想象爵爷在墓穴间游荡很安全,不用他去寻,或许不过因为他胆小,或许是他想留下来喝热麦芽酒,但他多半并没有错。奥兰多眼下正沉浸在一种奇特的喜悦之中,他正在思考死亡和腐朽。他手秉蜡烛,缓缓走过长长的走廊和舞厅,细细观看墙上的每一幅画作,仿佛在寻觅某个失去了踪影的人的肖像。随后,他来到教堂里家庭专用的包厢,一连几小时坐在那里,看彩幛飘动,月光摇曳,四周只有蝙蝠或骷髅天蛾与他为伴。他甚至觉得这还不够,他必须下到地窖去,那里排列着一排排的棺椁,他的祖先葬在那里,有整整十代人。这地方很少有人光临,老鼠于是大行其道,奥兰多经过时,一根大腿骨挂住了他的披风,否则他真有可能会踩碎滚到他脚下的某位马利斯老爵士的头盖骨。这是一块令人毛骨悚然的墓地,挖得很深,在宅子的地基之下,好像这个家族的第一位勋爵,即那个与征服者①一同来自法兰西的人,一心证明浮华建筑在腐朽之上,肉体依附在骨架之上;我们这些在上面载歌载舞的人,最终也会躺到下面来;大红丝绒化为尘土;戒指(奥兰多弯腰用灯一照,就可捡起一只金指圈,上面的钻石已经滚到角落里)上的红宝石已经遗失,曾经明亮的眼睛也光彩不再。"这些王公们的一切都已烟消云散,"奥兰多会说,有点儿夸张了他们的地位,这也可以原谅,"除一根手指外。"他拿起一只手的骸骨,来回扳动着它的关节。这是谁的手呢?他接着问。是右手还是左手?男人的手还是女人的手?老人的手还是青年的手?它曾用来驱策战马,还是用来穿针引线?采摘玫瑰,还是擎握冰冷的生铁?它——?但是此处,或者是他虚构不出来了,或者更可能是,它给他提供的例子太多,一只手可以做的事情实在太多,他像以往一样退缩了,不想去费尽心思删除多余的东西。他把那手骨和其他骸骨放在一起,并想起有一位名叫托马斯·布朗②的作家,此人是诺维奇的一位医生,他论述这些主题的著作曾使奥兰多非常着迷。

于是,他拿起蜡烛,小心翼翼地把那些骨头摆放整齐,因为尽管生性浪漫,他的井井有条却是罕见的,一团线掉在地上都令他无法容忍,遑论先祖的头骨。他重又陷入那奇怪、阴沉的情绪,接着在走廊里踱步,在画像中找寻着什么。这情景终于被一阵真切的呜咽所打断,他看到了一幅无名画家的荷兰雪景画。这时,他觉得生活不再值得继续。他忘掉了先祖的遗骨,忘掉了

---

① 征服者,即征服者威廉,指1066—1070年征服英国的诺曼底公爵,史称威廉一世。
② 托马斯·布朗,英国医生、作家、爵士,把科学和宗教融为一体,名著有《一个医生的宗教信仰》等。

生命如何建筑在死亡之上,他站在那里,不住地哽咽,全身颤抖,皆因为渴望一个女人,一个穿俄罗斯裤子、眉梢上斜、噘嘴、颈戴珍珠项链的女人。她走了。她弃他而去。他再也见不到她了。他就这样呜咽着,摸索回自己的房间。格里姆斯迪奇太太看到房里的烛光,从嘴边挪开大酒杯,说赞美上帝,爵爷他又安全回屋了;因为这半天,她一直觉得他给人邪恶地谋杀了。

奥兰多把椅子拉到桌旁,打开托马斯·布朗爵士的著作,开始探索这位医生最长亦是最精妙的一段奇谈怪论。

虽然这些事情并不值得传记作者去发挥,但是对读者而言已经足矣,他们根据零星的暗示,猜想出一个活生生人物的整个身世和现状。他们能够从我们的窃窃私语中听到活的声音,往往我们还未张口,他们已经猜出他的模样。无须任何引导,他们就能确切知道他的想法。我们的写作正是为了这样的读者。那么对这样的一个读者来说,很明显,奥兰多的性格是由多种气质混合而成,这很奇特。他忧郁、懒散、冲动、喜欢独处,更不用说本章开篇时提到的所有那些怪异和细微之处了。当时,他冲那黑鬼的骷髅头砍去,斩断了绳子,又很有骑士精神地把它吊到自己够不着的地方,随后坐到窗台上读书。奥兰多幼年时就对书感兴趣。孩提时代,男侍有时发现他半夜仍在读书。他们拿走蜡烛,他就养萤火虫来照明。他们拿走萤火虫,他就用火绒,几乎把房子烧掉。简而言之,他是一位患上文学病的贵族。其他的说起来就很复杂,还是留给小说家去发挥吧。在他那个时代,许多人,尤其是他那个阶层的人,都避开了这种传染病,因此,他们可以随心所欲地去奔跑、骑马或做爱。但有些人很小即染上一种细菌,据说这种细菌来自希腊和意大利,它们由常春花的花粉培育而成,有致命的效果。感染了这种细菌的人,出击时手会颤抖,寻找猎物时眼会昏花,求爱时言语会变得结结巴巴。这种疾病的致命之处,在于它让人以幻象代替现实。因此奥兰多,虽然命运赐给了他一切,衣食住行样样不缺,还有仆人在旁伺候,却只要打开一本书,就把他所拥有的巨大财富忘得干干净净。他的占地九英亩的石砌大宅消失了;他的一百五十名家仆消失了;他的八十匹坐骑不见了;计算地毯、沙发、服饰、瓷器、盘子、调味瓶、火锅和其他动产(多是金箔)太费时间,反正它们也像弥漫的海雾一样蒸发了。就这样,奥兰多独自坐在那里读书,一个人,再无其他。

现在,这病在孤寂的奥兰多身上迅速蔓延。他常常连续读书六小时,直到深夜。仆人们来请示是否宰牛或割麦,他推开手边的对开本,好像不懂他们在说些什么。这太糟糕了,驯鹰师豪尔、男仆吉尔斯、管家格里姆斯迪奇太太和牧师杜普尔先生都为此大为伤心。他们说,这么好的绅士根本不需要书,还是把书留给那些瘫痪和垂死的家伙吧。但还有比这更糟糕的。因为阅读的毛病一旦形成,人体的机能也随之削弱,很容易成为笔墨中所潜藏的另一灾祸的牺牲品:那可怜的人开始写作。穷人沾上这事,已经麻烦多多,但他毕竟没有很多东西可以失去,或许漏雨的屋顶下一桌一椅就是他的全部财产。但对富人而言,写书是一件极端悲惨的事情。他有房屋、有牛群、有女仆、有财产、有各式亚麻制品,但这一切对他来讲味同嚼蜡,惟有写书的念头,折磨得他坐立不安,仿佛被滚烫的熨斗烫,被臭虫咬。他愿交出自己的每一个铜板(这正是那细菌的危险之处),只为写成一本小书并因此成名。然而,即便是秘鲁的所有金矿,也无法为他买来一行优美动听的诗句。他为此心力交瘁,绞尽脑汁,面壁枯坐。他在人们眼中的姿势并不重要。他已经穿越死亡之门,品尝过地狱之火的滋味。

所幸奥兰多体格强健,(因上文指出的原因而罹患的)疾病打垮过他的许多同龄人,却从未打垮过他。但他中毒至深,以后的故事会表明这一点。有天晚上,他在读托马斯·布朗爵士的书,读了差不多一小时,外面传来牡鹿的叫声和守夜人的喊声,表明万籁俱寂的深夜已经来临。他走到房间对面的墙角,从口袋里拿出一把银钥匙,打开嵌在墙里的一个大柜子。柜里大概有五十个雪松木抽屉,每个抽屉上面都贴了一张标签,上面是奥兰多工整的笔迹。他犹豫了一下,好像是拿不定主意,究竟打开哪个抽屉。一张标签上写着"埃阿斯之死",另一张写着"皮拉姆斯的诞生",其他分别写着"奥利斯的伊菲格涅亚""希波吕托斯之死""默勒阿格洛斯""奥德修斯之归来"等等①。事实上,这些标题几乎个个涉及身处逆境的神话人物。每个抽屉里都放着厚厚的一叠手稿,都是奥兰多亲手所写。事实上,奥兰多罹患此病已有多年。奥兰多儿时对纸张的贪求,比男孩讨吃苹果都要强烈;对墨水的贪求,也要赛过他们讨吃甜食。他常常在谈话和游戏进行中间溜走,藏在窗帘背后,或躲在牧师的小房间里,或藏到母亲卧房后面的柜子里,那里的地板有个大洞,散发出紫椋鸟粪的可怕味道。他会一手端着牛角制的墨水瓶,一手拿笔,膝上放一卷纸。就这样,未满二十五岁,他已经用散文体或韵文体、法文或意大利文完成了四十七部剧本、历史故事、爱情故事和诗歌,而且全是大部头的浪漫传奇。有一部书稿他让奇普塞德圣保罗教堂十字架对面的约翰·保尔的羽饰和头饰店印了出

---

① 埃阿斯、皮拉姆斯、伊菲格涅亚、希波吕托斯、默勒阿格洛斯、奥德修斯均为希腊神话中神的名字。

来。每次看到它,他都会欣喜若狂,但他从不敢拿给母亲看,因为他知道,对贵族来说,写作已是莫大的耻辱,遑论出版。

然而,时至深夜,万籁俱寂,他又是独自一人,便从这一宝库里,挑出厚厚的一本,标题无非是《克赛诺菲拉,一部悲剧》什么的,又挑出薄薄的一本,标题很简单,就叫《大橡树》(在那一大堆手稿中,这是惟一单音节的标题)。他坐到墨水瓶旁边,用手指捋了捋鹅毛笔,又做了其他几个手势。有此恶习的人开始仪式时惯于如此。但他忽然停了下来。

这一停顿对他的一生意义重大,实际上,竟要胜过许多导致众人屈膝、血流成河的征服行为。我们因此有必要提问,他为何停下来?经过充分的思考,原因大致如下。大自然在我们身上耍了无数古怪的花招,它很不公平地用不同的材料造就我们,或者陶土或者钻石,或者虹或者花岗岩。它把我们塞进一副躯壳,往往又生搬硬套,诗人长了一张屠夫的脸,而屠夫却长了一张诗人的脸;大自然喜欢把事情搞得乱七八糟、神神秘秘,所以至今(一九二七年十一月一日),我们仍然搞不清自己为何上楼,又为何下楼,我们日常的作为,如同一条船在神秘的海域航行,桅杆上的水手用望远镜瞭望天边的地平线,问道:那边可有陆地?对此,我们若是先知,就回答"有";我们若诚实,就回答"没有";因为或许除了这一笨拙、冗长的句子外,大自然还有许多事情等着处理,它已使自己的任务更加复杂,它不仅往我们头脑里塞进了一大堆琐事,琐碎得好似五颜六色的碎花布,例如一条警察的裤子与亚历山德拉王后的结婚面纱并排摆在一起,让我们莫名其妙,而且设想出用一根细线,把一切都轻巧地连缀起来。记忆就是这位女裁缝,而且是位变幻无常的女裁缝。记忆的针线上下翻飞,里外穿行,我们不知下一个出现的,或再下一个出现的会是什么。因此,世上最普通不过的动作,譬如坐在桌旁,把墨水瓶拉向自己,就可能搅出千百种古怪和支离破碎的联想,时明时暗,仿佛大风天,一个十四口之家的内衣,晾在一根绳子上,它们上下摆动、飞荡、飘扬。我们的日常作为往往并不是单一的、直截了当的,有时令人感到羞愧,而且有各种反反复复。奥兰多就是这样,他用笔蘸了墨水,眼前却现出弃他而去的公主那张讥讽的脸,他立即有无数问题要问自己,这些问题都像狂风中坠落的箭。她在哪里?她为何抛弃了他?那大使究竟是她的叔叔还是情人?他们是串通好了,还是她迫不得已?她是否已经嫁人?她是否已经不在人世?凡此种种,有如毒液浸透了他的全身。好像为了发泄痛苦,他将鹅毛笔狠狠地杵进墨水瓶,墨水溅了一桌子,人们无论怎么解释(或许不可能有什么解释,因为记忆是不可解释的)这一行为,公主的脸立即被一张完全不同的脸取代了。但这是谁呢,他问自己?他必须等等看,研究一下这叠加在旧影像上的新影像,就像幻灯片,前一张模模糊糊地透了出来。可能过了半分钟,他才能自言自语道:"是那个邋遢的胖子,许多年前老贝斯女王①光临时,他坐在特薇琪屋里;我当时看见了他。"奥兰多接着说,又抓住一块色彩鲜艳的花布头。"我下楼时见他坐在桌旁,一双眼睛奇特无比。"奥兰多说。"但他究竟是谁呢?"奥兰多问。此时,在额头和眼睛之外,记忆先加上了一圈粗糙、油腻的皱领,然后是一件棕色紧身上衣,最后是一双笨重的靴子,奇普塞德的居民穿的都是那种靴子。"他不是贵族,不属于我们这类人。"奥兰多说(他不会大声把这话说出口,因为他是文雅绅士;但这表明贵族血统对精神的影响,

---

① 老贝斯女王,即伊丽莎白女王。

顺便说说,也表明贵族要成为作家有多困难)。"一位诗人,我敢说。"按惯例,记忆在足足把人打扰了一番之后,现在本该把这件事整个抹去,或者再往下回想起某件极其愚蠢和不协调的事,例如狗追猫,或老太婆拿一块红棉布手帕擤鼻涕等等,然后奥兰多就会因无法跟上记忆的变化多端而绝望,开始认真在纸上写作。(因为只要我们有决心,就能把记忆那个轻佻女子和她的那些乌七八糟的东西扔出去。)但奥兰多停了下来。记忆仍在他眼前展现那个邋遢男人的形象,还有他那双明亮的大眼睛。他仍在看,仍然停在那里。正是这些停顿带来了我们的毁灭,叛乱分子攻进要塞,我们的军队也造反了。在此之前他停过一次,那次是爱情冲了进来,带着它可怕的喧哗、它的肖姆管、它的铙钹,还有血淋淋的头颅,刚从肩膀上扯下来,还带着一绺绺头发。因为爱,他曾饱受折磨。而现在,他又停了下来。名叫抱负的泼妇、名叫诗歌的女巫和名叫名望的淫妇看到有机可乘,立即携手跳了进来,奥兰多的心成了她们的舞场。他笔挺地站在空无一人的房间中,发誓要成为宗族中第一个诗人,给他的姓氏带来永恒的荣耀。他说(引证先祖的名字和功勋),他们个个征战沙场,杀人如麻;包利斯爵士血战穆斯林;加韦因爵士血战士耳其人;麦尔斯爵士血战波兰人;安德鲁爵士血战法兰克人;理查德爵士血战奥地利人;乔丹爵士血战法兰西人;赫伯特爵士血战西班牙人。但那一切杀戮征伐、荒淫无度和骑马狩猎,留下了什么呢?一个头盖骨、一根手指头。然而,他说,又停了下来,转向桌上摊开的托马斯·布朗爵士的书。那些话语的神圣旋律此起彼伏,仿佛是晚风中和月光下,从房间的各个角落飘出来的咒语。为了不被它们吓得连这一页也不敢再写下去,我们还是让它们躺在坟墓中不要出来,它们没有死,只是涂了防腐的香料,它们的肤色是那般鲜艳,它们的呼吸是那般平稳,奥兰多把这一成就与他的祖先的成就相比较,不禁惊呼他们连同他们的所作所为,轻薄如粪土,而这个人和他的话语永垂不朽。

但他很快就发现,当年麦尔斯勋爵和其他人为赢得一个王国与武装的骑士搏斗,他现在为赢得不朽与英国语言搏斗,相比之下,那种艰苦的程度不及他的一半。对创作的甘苦稍有了解的人,无须多说就知道个中细节:写的时候颇为得意,读一遍后又觉失望;改了又改,撕掉重来;删改、添加;喜出望外;灰心丧气;朝思暮想;灵感突发又稍纵即逝;明明看到自己的著作摆在面前,而它忽然烟消云散;一边吃饭,一边扮演自己作品中的角色;一边走路,一边默念;时哭时笑;在两种风格之间摇摆不定;忽而喜欢夸张雕琢,忽而喜欢平实简朴;忽而是藤比河①的溪谷,忽而是肯特郡或康威尔郡的田园;拿不准自己究竟是天下最大的天才,还是最大的傻瓜。

经过数月的狂热劳作后,为了解决这最后一个问题,奥兰多决定打破多年离群索居的生活,恢复与外界的来往。他在伦敦有个朋友,名叫贾尔斯·艾沙姆,是诺福克郡人,虽然出身高贵,却结识了不少作家。毫无疑问,他有办法让奥兰多接触到那个令人尊敬的神圣行业中的某些成员。因为,此时此刻,着了迷的奥兰多觉得,凡写书还能把它印出来的人,都是天之骄子,那书的荣耀超出了家族和地位带来的一切荣耀。在他的想象中,有此天资、思想非凡的人,外表也必定完美无缺。他们头上有光环

---

① 藤比河的溪谷,位于希腊奥林匹斯山附近,常因风景优美而在古典诗歌中受到赞誉。

萦绕,呼吸散发清香,口舌间绽放玫瑰,而他自己或杜普尔先生当然就不是这样。他觉得哪怕能坐在窗帘后面听他们谈话,也是莫大的幸福。想象那些自在无碍、洋洋洒洒的交谈,甚至使他感到,过去他和宫中的朋友们有多么愚蠢,无非是声色犬马、赌牌斗气一类。他自豪地提醒自己,过去他总被人称作学者,因为喜爱独处和读书而受人讥讽。他一向不喜欢恭维,常常呆立在一旁,面孔绯红,步态笨拙得像一个掷弹手踏进了贵妇人的客厅。他有两次因为心不在焉而从马上跌了下来。还有一次,他在做一首押韵诗,不小心碰坏了温奇尔西夫人的扇子。他怀了一个无以言喻的希望,急切地回忆自己与社交生活格格不入的例子,希望年轻时代的所有骚动,他的笨拙、腼腆、长时间散步、热爱乡间生活,都证明他属于那神圣的一族。他天生是个作家,而不是贵族。自那个大洪水之夜以来,他头一次感到非常快乐。

奥兰多委托诺福克的艾沙姆先生,向住在克利福德大院的尼古拉斯·格林先生传递一份文件,表述了奥兰多对其作品的仰慕之情(因为尼克·格林是当时远近闻名的一位作家),以及与他相识的愿望;因为无以回报,这一点他几乎不敢奢求;但尼古拉斯·格林先生若肯屈尊来访,一辆四轮马车将于格林先生自定的时间,在费特巷的拐角处恭候他,并将他安全送至奥兰多的宅邸。后面说些什么,随便人们自己去补充好了。人们还可以想象,格林先生不久就接受了这位尊贵勋爵的邀请,乘车于四月二十一日星期一七点,准时抵达主楼南面的大厅,而奥兰多此时别提有多高兴了。

奥兰多的大宅接待过众多的国王、王后和大使。在职法官、全国最可爱的贵妇和最骁勇的武士,都曾光临此地。这里悬挂的旗帜曾在弗劳顿和阿金库尔①上空飘扬。这里陈列了彩色盾徽,上面绘有雄狮、猎豹和小王冠。这里的长桌上摆满金制和银制的盘子,这里的壁炉用意大利大理石砌成,一夜可烧掉整整一棵大橡树,还有树上无数的叶子和鸟巢。而此时站在这里的诗人尼古拉斯·格林,手拎小包,软沿儿帽和黑色紧身上衣看上去毫不起眼。

急急赶出来迎接的奥兰多不免有点儿失望。诗人至多只能算中等身材,体态平庸,瘦削而有些驼背。他进门被獒犬绊了一下,那狗上去就咬了他一口。此外,奥兰多尽管阅人无数,却有点儿闹不清他应该算作哪类人。他身上有些东西,看上去既非奴仆、亦非乡绅或贵族。饱满的前庭和鹰钩鼻子还算差强人意,但脸颊凹陷下去。眼睛明亮,但嘴角耷拉,有点儿流口水。不过,令人别扭的是他整张脸的表情,既无贵族那种悦人的庄重和沉静,也无训练有素的家仆常有的那种体面的驯服。这是一张东拼西凑、生拉硬扯到一起的脸。虽为诗人,他却似乎更善于诟骂而非赞美,更善于吵闹而非倾谈,更善于争抢而非听任自然,更善于抗争而非息事宁人,更善于恨而非爱。而且他的动作急躁,眼神中流露出暴躁和猜疑。奥兰多有点左右为难,但还是请他一起用餐。

对众多家仆和餐桌上的美味佳肴,过去奥兰多习以为常,此时却第一次莫名其妙地感到羞愧。更奇怪的是,他反而自豪地提醒自己,他祖上曾有人挤过牛奶,因为一般说来,这想法并没有令人愉快之处。他刚要提及那一卑贱的女人和她的牛奶桶,诗人却抢先一步,说别看格林这个姓氏毫不起眼,他们却与征服

---

① 弗劳顿和阿金库尔,英格兰人1513年在弗劳顿战役中打败苏格兰人,1415年在阿金库尔战役中打败法兰西人。

者一起渡海而来,而且曾是法国的名门望族,尽管这听起来有点儿奇怪。不幸的是,如今他们的社会地位一落千丈,惟一的作为,就是把姓氏留给了皇家格林尼治区。此类谈话继续下去,全是讲些失去的城堡、盾徽、表亲在北部是准男爵、与西部贵族联姻、拼写姓氏时格林家族的有些成员在词尾加 e,有些不加等等,一直持续到鹿肉端上餐桌。此后,奥兰多想方设法谈了几句女祖先和她的奶牛,直到野味摆在面前,他才觉得轻松一些。直等到酒过三巡,奥兰多才敢提及,自己禁不住想到一件比格林的姓氏或奶牛更重要的事情,即诗歌这一神圣主题。他没想到诗歌一词刚出口,诗人眼里登时迸出火花,一改刻意摆出的雅士风致,砰的一声放下酒杯,开始讲起故事来。除了从弃妇口中,这是奥兰多迄今为止听到过的最冗长、最繁复、最动情、也是最尖刻的故事。它们有关格林的一个剧本、另一位诗人和一位评论家。至于诗歌本身,奥兰多只能感觉到,诗歌比散文更难卖出去,此外就是诗行虽短,写起来却更费时间。谈话就这样枝蔓交错地进行着,直到奥兰多冒险暗示他本人不揣浅陋,一直在写作,但这时诗人忽然从椅子上跳起来。护墙板里有一只耗子在叫,他说。他接着解释,事实上,他的精神状态不好,听见一只耗子吱吱叫,就会心烦意乱两星期。毫无疑问,这宅子里处处都有害虫,但奥兰多从没听见过它们的叫声。随后,诗人向奥兰多详细讲述了过去十年来他的健康状况。他的健康糟透了,活在世上实属奇迹。他患过瘫痪、痛风、疟疾、水肿,还连续罹患三种热病;此外,他的心脏肿大、脾脏肥大、肝脏也有病。他告诉奥兰多,尤其是他的脊椎,有一种无法描述的感觉。上数第三节有个包火烧火燎,下数第二节也有个包冰凉冰凉。有时,他一觉醒来,脑袋里好像灌了铅,有时又像点燃了一千支小蜡烛,体内充满烟火。他说,他能透过床垫感觉到下面有一片玫瑰叶子,而他在伦敦认路几乎全凭脚下的石子。总体上说,他是一架精妙的机器,无比奇特地组合在一起(此时他仿佛无意识地举起手来,而这只手的形状确实美妙无比),因此他无论如何弄不明白,他的诗为什么只卖出五百册。当然,这主要是因为有人阴谋反对他。最后,他一拳头砸在桌上,断言道,他惟一能说的是,诗歌的艺术在英格兰已经死灭。

这怎么可能呢?莎士比亚、马洛①、本·琼生②、布朗、多恩③,所有这些人当前都在写作或刚刚停笔,奥兰多一口气报出他最景仰的这些英雄的名字,想象不出格林的说法怎么可能。

格林放声大笑,声音中充满讥讽的味道。他承认,莎士比亚是写过一些还算不错的剧目;但他主要是抄袭马洛。马洛是个可爱的家伙,但对一个活了不到三十岁的小伙子,你能说些什么呢?至于布朗,他赞成以散文入诗,而人们很快就会厌烦这类别出心裁的玩意儿。多恩是个江湖骗子,用艰涩的词句来掩盖意义的贫乏。人们会上当受骗,但那种风格一年以后就会过时。至于本·琼生嘛,本·琼生是他的朋友,他从来不说朋友的坏话。

他断言,文学的伟大时代已经过去;文学的伟大时代是古希腊时期;伊丽莎白时代无论从哪方面说,都不如古希腊时期。那时,人们珍惜他称为荣耀(他的发音是"荣悦",因此奥兰多最初并没弄明白他说的是什么)的神圣理想。如今,所有的年轻作

---

① 马洛(1564—1593),英国戏剧家、诗人,发展无韵诗体,革新中世纪戏剧,为莎士比亚等人开辟了道路。
② 本·琼生(1572—1637),英国戏剧家、诗人、评论家。
③ 多恩(1572—1631),英国诗人,玄学派诗歌代表人物。

家都受雇于书商,大量生产能卖钱的垃圾。莎士比亚就是这类生产的罪魁祸首,而且莎士比亚已经在付罚金了。他说,当代的特征是十足的造作和疯狂的猎奇,而古希腊人片刻都不能容忍这两条中的任何一条。虽然这么说他也很伤心,因为他热爱文学,宛如热爱自己的生命,但他看不出当代有什么好,对未来也不抱希望。说到这里,他又给自己倒了一杯葡萄酒。

奥兰多听了这些理论,非常震惊,但他不禁注意到,批评者本人似乎并不沮丧。相反,愈是诋毁自己的时代,他就愈是沾沾自喜。他说,记得有一天夜里,在舰队街的考克客栈,科特·马洛和其他一些人都在场。科特那天情绪高涨,喝得醉醺醺的(他是沾酒即醉),非要说些蠢话。他现在仿佛看见他,一边对众人挥舞杯子,一边打着嗝说:"天哪!比尔(这是针对莎士比亚),大浪涌来,你就站在浪尖上。"格林解释说,他这是指,他们正处于英国文学伟大时代的边缘,而莎士比亚将成为一个略有影响的诗人。幸而两天后他在一次酒后斗殴中丧命,不致活着看到这一预言的结果。"可怜的傻瓜,"格林说,"说这种话!伟大的时代,确实,伊丽莎白时代是个伟大的时代!"

"因此,我亲爱的爵爷,"他接着说,一边用手指摩挲玻璃酒杯,并让自己在椅子上坐得更舒服些,"我们必须充分利用这一点,珍惜往昔,尊重那些作家,即那些效法古代、为荣悦而不为报酬写作的作家,他们现在已经所剩无几。"(奥兰多可能曾希望他的发音会更标准一些)"荣悦,"格林说,"可以鞭策高尚的头脑。我要是拿到三百英镑的年金,而且按季度支付,我就将只为荣悦而生。我会每天早上躺在床上读西塞罗①。我会效仿他的

---

① 西塞罗(公元前106—前43),古罗马政治家、演说家和哲学家。

风格,让你们看不出我与他们有什么不同。这就是我所说的优雅文体,"格林说,"这就是我所谓的荣悦。不过,必须要有年金,才能这样做。"

到此时,奥兰多已彻底放弃与诗人讨论自己作品的希望,因为谈话转到莎士比亚、本·琼生和其他人的生活和品德问题,这话题相比之下也就无所谓了。格林与他们大家均有私交,他有一千条他们的逸闻趣事可以公布于世。奥兰多一生从来没有如此开心地笑过,而以往这些人在他心目中都是神圣不可侵犯的。他们中间半数人酗酒,个个拈花惹草,大多与妻子打得不可开交,无一不撒谎骗人或搞阴谋诡计。他们的诗全都是垫着街门口印刷所学徒的脑门,潦草地写在洗衣账单的背面。《哈姆莱特》就是这样付梓的,《李尔王》也同样;还有《奥瑟罗》。格林说,难怪那些剧本漏洞百出呢。其他时间,他们在小客栈和露天啤酒馆里寻欢作乐,讲起话来,只管俏皮,不问信仰,做出事来,连廷臣们的胡作非为也相形见绌。格林津津有味地讲述这一切,奥兰多听得欣喜若狂。格林的模仿有起死回生的效果,他对书的赞美可达到极致,只要这些书是三百年前写的。

时间就这样过去了,奥兰多对他的客人有一种奇怪的感觉:喜爱和蔑视,钦佩和怜悯交织在一起,还有一种说不清道不明的感觉,但同时,这其中又有某种可怕而诱人的东西。他不停地谈论自己,却不失为谈话的好伙伴,听他讲自己患疟疾的故事,你永远不会腻烦。他是那样风趣,那样傲慢无礼,那样滥用上帝和妇女的名义。他精通五花八门的古怪手艺,脑袋里塞满各种奇谈怪论。他能做三百种不同的沙拉;他知道天下所有的调酒办法;他能演奏好几种乐器;他是在意大利大壁炉上烤奶酪的第一人,可能也是最后一个。但他分不清石竹与康乃馨,橡树与桦树,獒与驯犬、二岁羊与牡羊,小麦与大麦,耕地与休耕地。他不知道庄稼需要轮耕,以为橘子长在地下,蔓菁长在树上。他喜欢一切城市景观,厌恶一切田园风光。这一切乃至更多更多的事情,都使奥兰多惊诧不已,因为他过去从未遇到过这样的一个人。女仆们即便看不起格林,也给他的笑话儿逗得喊喊窃笑;男仆们虽然讨厌他,仍聚在周围听他讲故事。的确,他给这深宅大院带来了前所未有的生机,所有这一切都令奥兰多深思,他不禁把这种生活方式与过去相比较。他回想起过去习以为常的那些话题,不是西班牙国王中风,就是母狗交配;他回想起往日多是在马厩与衣柜之间度过的时光;他还记得爵爷们趴在酒杯旁呼呼大睡,谁唤醒他们,就要倒霉。他想起他们如何四肢发达、头脑简单。这些想法让他不安,同时他又无法平衡自己的心情,于是开始得出结论:他把一个讨厌的精灵引入家中,从此不得安宁。

而此时此刻,尼克·格林恰恰得出截然相反的结论。一天早上,他躺在床上,头枕松软无比的枕头,身盖平滑无比的被单,他向窗外望去,视线落到那片三百年来没长过蒲公英或野草的草坪上。他想,除非能够逃出去,否则他会活活闷死在这地方。起床,听到鸽子的咕咕叫声,穿衣,听到喷泉的潺潺流水声。他觉得,除非听到马车轰隆隆轧在舰队街的石子路上,否则他就再写不出一行字。他想,长此下去,听男仆在隔壁房间添火,在桌上摆放银餐具,我会睡着,甚至(此刻他打了一个大大的哈欠)睡死的。

于是他来到奥兰多的房间,解释说,因为四周太静,他整夜无法入睡。(的确,宅子四周有一片方圆十五英里的庭园,还有一道十英尺高的围墙。)他说,天下万物,寂静最令他的神经难以忍受。他请奥兰多原谅,因为他当天早上就得结束这次造访。对此,奥兰多觉得如释重负,但又不很情愿放他走。他觉得,没有他,这房子里显得很沉闷。分别之时(因为他从不喜欢提到这个话题),他冒昧地把自己描写赫克利斯之死的剧本塞给诗人,征求他的意见。诗人接了过去,嘟囔了几句荣悦和西塞罗,奥兰多打断他,允诺按季度付他年金;格林大大表白了一番自己的仰慕之情,然后跳上马车走了。

马车滚滚而去,大厅显得前所未有的庞大、堂皇,或者说空旷。奥兰多明白,他再不会有那份心情,在意大利壁炉上烤奶酪。他再不会有那份机智,去嘲弄意大利绘画;再不会有那份技巧,把潘趣酒调得像模像样;也再不会那样妙语连珠了。然而,不再听到那个牢骚满腹的声音,是多么大的解脱啊!又能一人独处简直是奢侈!他一边想,一边放开拴了六个星期的獒犬,因为它只要见到诗人,就要扑上去咬他。

当天下午,尼克·格林在费特尔巷的拐角处下了车,他发现几乎一切如故,也就是说,格林太太正在一间房间里生孩子,汤姆·弗莱彻在另一间房间里喝杜松子酒。房间里扔得遍地是书,晚餐很简陋,摆在靠墙带抽屉的桌上,孩子们一直在那桌上捏泥饼。但格林觉得这里的写作气氛浓厚;在这里,他可以写作,而且也就写了起来。他有了一个现成的主题:好客的贵族。乡间贵族造访记,他的新作将用这样一个标题。他的小儿子正拿着他的笔在捅猫耳朵,格林上去一把夺过来,插进充作墨水瓶的蛋杯①里,当场完成一首活泼的讽刺诗。他写得让人一看就明白,他所讽刺的青年贵族是奥兰多:从他私下的言行、热衷的

---

① 蛋杯,蛋形的杯子,用来盛放带壳煮熟的蛋。

事情、说的傻话,直到头发的颜色,发 r 这个音时的外国腔调,无不描绘得栩栩如生。倘若还有人怀疑,看了格林几乎毫不掩饰地引用那贵族气派的悲剧《赫克利斯之死》之中的几段,也就没什么可说的了。格林还说,如他所料,这几段啰啰嗦嗦、夸夸其谈到了极点。

格林的这本小册子立即印行了好几版,格林太太第十次分娩的开销因此有了着落。很快有留意此类事宜的友人将这小册子送到奥兰多本人手中。奥兰多读时,从始至终不动声色,最后摇铃唤进男仆,用钳子夹起小册子,命他扔到园里臭气熏天的大粪堆上去。男仆转身要走,他又叫住他,吩咐说:"去马厩牵一匹快马,星夜赶赴哈维奇,登上去挪威的船,到挪威国王的养狗场给我买最上等的纯种皇家猎犬,公的母的都要。立即带回来,不准耽搁。因为,"他嗫嚅道,转向自己的书,"我再不想和人打交道。"

训练有素的仆人俯首鞠躬,消失在屋外。他的任务完成得很不错,三周后的这天,他牵着三条上等的挪威猎犬返回,其中一只母犬,当晚就在饭桌下产下一窝八只可爱的小狗。奥兰多命令把它们抱到自己的卧室。

"因为,"他说,"我再不想与人打交道。"

然而,他依然按季度付给格林年金。

就这样,这位年仅三十岁的青年贵族不仅饱经沧桑,而且看破了红尘。爱情与抱负,女人与诗歌,都是同等的虚浮。文学不过是闹剧而已。读过格林的《乡间贵族造访记》,当天夜里,他将自己的五十七部诗作全部付之一炬,只留下《大橡树》,那是他童年的梦想,而且篇幅很短。现在世上他仍然信任的只有两样东西,那便是狗和自然;挪威猎犬和玫瑰丛。五彩缤纷的世界,多姿多彩的生活,到也不过如此简单。狗和花丛包含了一切。摆脱掉一切虚幻后,他一身轻松地唤了狗群去庭园散步。

他与世隔绝的时间太久了,只是写作和读书,几乎忘记了自然的可爱动人,那动人之处在六月可以是无与伦比的。他攀到山峦高处,在那里,天朗气清之时,可以看见大半个英格兰和一小块与之相连的威尔士和苏格兰。他扑到自己热爱的大橡树下,感到如果再不必与任何人对话,他的狗不会进化出言语的器官,他再不会邂逅一位诗人或公主,那么余下的岁月尚可忍受。

在这之后,日复一日、周复一周、月复一月、年复一年,他经常光顾此地,看桦树化为金色、蕨菜萌发嫩芽;看月圆月缺;看(或许读者能想象出下面的句子)四周草木由绿变黄,又回黄转绿;看日升月落,雨过天晴,四季循环往复。天下之事,二三百年一成不变,惟有些许尘灰、几只蛛网,一位老妇人半小时就可以抹净。如此一来,人们不禁觉得,只须使用"岁月荏苒"(此处可在括号内标上确切时间)、万事依旧这类简单用语,一切就尽在其中了。

然而,不幸的是,时光尽管精确无比地创造了动植物的兴衰,对人的心智却没有同样简单的功效。此外,人的心智对时光的作用也同样奇特。一旦嵌入人的精神的奇异成分,一小时就可能拉长,甚至可能超出其时钟长度的五十或一百倍。另一方面,在人的心智的计时中,一小时又可能由一秒钟来精确表示。对钟表表示的时光与心智的时光之间这一奇特的差距,人们知之甚少,因此很值得进一步充分探讨。但如我们所说,传记作者的兴趣很有限,他必须局限于简单的陈述:一个人年至三十,即像奥兰多现在这样,思考时时间就会大大拉长,行动时时间就会大大缩短。因此,奥兰多发号施令和管理自己庞大庄园的时间也就是那么一刹那,但他独自一人来到山上,来到大橡树下,时光立刻开始膨胀变大,仿佛永远不会滴落。此外,它们充满了各种奇特的问题。因为他发现自己面对很多连智者亦百思不得其解的问题,譬如何为爱情？何为友谊？何为真理？不仅如此,但凡他开始思考这些问题,往日的时光,在他看来极其漫长也极其纷繁的往昔,立即就会挤进水珠般正在滴落的时光,体积膨胀数倍,颜色五彩缤纷,充满宇宙中的一切零星琐碎。

他就是在这类思考(或者有其他适当称呼)中度过时光的。说他早饭后外出时三十岁,返回家吃晚饭时至少已是五十岁,倒也并不夸张。有的星期,他的年龄增加了一百岁,有的星期,他的年龄又至多只增加了三秒钟。总之,估计人的寿命长短(有关动物的寿命,我们不便冒昧评论),这差事超出我们的能力,因为我们刚说寿命很长,就有人提醒我们,它比玫瑰叶落地还要短暂。有两种力量,即短促与漫长,它们交替而且同时主宰着我们不幸的傻瓜,而后这一点更让人困惑。在这两种力量中,奥兰多有时受到象腿女神的影响,有时受到有翼昆虫的影响。他觉得生命惊人的漫长,同时又是那样倏忽即逝。然而,即使在生命延伸至最长、时光膨胀到最大、他仿佛独自漫步于永恒的沙漠时,也没有时间来舒解人生三十年郁积在他心头的乱麻。他还远远没有把爱情思考清楚(这期间大橡树已十二次新芽萌出,又十二次枯叶飘落),抱负就已把爱情挤出场地,而抱负又被友谊或文学所取代。第一个问题是何为爱情。因为并未得出答案,稍加触动、甚至毫无来由地它就浮现出来,把书籍或意象或生命的意义挤到一边,等待时机重新入场。这一过程延续了很久,原因在于,伴随这一切的,有形态：老态龙钟的伊丽莎白女王,侧卧在绒绣沙发上,身着玫瑰色锦缎长袍,手握象牙鼻烟盒,身边放一把金柄宝剑;有味道:她身上喷了大量的香水,散发着香气;有声音:那个冬日,牡鹿在里奇蒙德的庭园里叫个不停。于是,关于爱情的思考就因为雪和冬日的朦胧、燃烧的炉火、俄罗斯女人、金柄宝剑、牡鹿的鸣叫、老詹姆斯王的流涎、焰火、伊丽莎白时代大帆船上一袋袋的珍宝,呈现出琥珀色。他发现,任何一件事,只要他想在脑子里把它剥离开,它便会与其他事情纠缠在一起,仿佛掷到海底的一块玻璃,一年以后,周遭缠满了骨头、蜻蜓、硬币和溺水女人的长发。

"天啊,又一个意象!"他这样说时会惊呼(借此可以看出他头脑思维的混乱和反复无常,并解释了为何大橡树花开花落多少次,他对爱情仍然得不出一个结论)。"这又有何意义?"他自问道。"为何不用几个简单的词来表明呢?"这之后,他会用半小时——抑或是两年半?——来思考如何用几个简单的词表明何为爱情。"那种形象显然不真实,"他争辩说,"因为除非极例外的情况,蜻蜓没法活在海底。倘若文学不是真理的新娘和伴侣,她又是什么呢?该死,"他叫起来,"已经说了新娘,干吗还要说伴侣?为何不直截了当表明自己的意思了事?"

于是为了取悦诗歌朴实无华的精神,他试图只说草绿天蓝。虽然现在,他与诗歌的距离很远很远,但他仍然对诗歌保持敬畏。"天蓝,草绿。"他说,一边抬起头来,他所看到的景象却恰恰相反,天好似一千位圣母头发上坠下的面纱;草色幽暗,迅速摆动,宛如一队少女在躲避着魔的森林中跑出的长毛鬼的拥抱。"说实话,"他说(因为他已经养成了大声说话的坏习惯),"相比之下,我看不出哪个更真实,都是彻头彻尾的虚假。"他不禁心灰意冷起来,觉得根本解决不了何为诗歌和何为真理的问题。

此处,我们最好在他的独白中间停下来,思考一下眼前的景象有多么古怪。我们看到六月的一个早晨,奥兰多头枕着胳膊,躺在那里,我们看到这么一个才华横溢、体格强壮(只要看看他的脸蛋儿和四肢就可以明白)的好人,这么一个冲锋也不怕、决斗也不怕的人,会如此受制于思想的呆滞,如此敏感,一旦涉及诗歌及他本人在这方面的能力问题,他就会腼腆得像个躲在农舍门背后的小姑娘。我们相信,格林对他的伤害不下于公主,前者戏弄他的作品,后者戏弄他的爱情。不过,现在我们回到……

奥兰多在继续思考。他不时俯看草地,仰望天空,试图想象一位真正的诗人,一位在伦敦出版过韵体诗的诗人,会怎样描写它们。与此同时,记忆(它的习惯我们已经描述过了)不断在他的眼前展现尼古拉斯·格林的面孔,仿佛那个热衷冷嘲热讽、喜欢信口开河、已证明自己忘恩负义的家伙,就是缪斯本人,奥兰多必须为他奉献赞美之辞。于是在那个夏日早晨,奥兰多向他献出各种诗句,有些朴实无华,有些花团锦簇,而尼克·格林始终在摇头,耻笑他,或喋喋不休说些荣悦、西塞罗和我们时代的诗歌已经完结什么的。最后,奥兰多站起来(这时已是严冬),发了他一生中最惊人的毒誓。因为发了这个誓,他注定得去服严酷的劳役。"我若再写一个字,或试图再写一个字去取悦尼克·格林或缪斯,天打五雷轰。从今日起,是好是歹,我只为自己的快乐而写作。"此刻,他的样子好似在撕碎整整一叠纸,然后掷向那个热衷冷嘲热讽、喜欢信口开河的家伙。听到这话,记忆仿佛一个胆小鬼,你向他投掷石块,他忽地弯下腰去,藏起了尼克·格林的肖像,取而代之的是——什么也没有。

而奥兰多依然在思考。他的确有很多事情可以思考。因为在撕毁羊皮纸文稿的同时,他也撕碎了那涡旋花体字和纹章装饰的名册,那是他为了开心,独自躲在房间里写出的,一如国王任命大使,他自命为家族第一位诗人,当代的第一位作家,赐予他的灵魂永恒不灭,赐予他的肉体葬在桂冠和人们永世景仰的这些无形旗帜之中。所有这一切尽管很雄辩,他已把它们撕碎,扔进垃圾箱。"名望,"他说,"犹如(既然现在已无尼克·格林来阻挡,他就转而陶醉于各种形象之中,我们仅选其中最沉静的一两个)一件碍手碍脚的镶穗外衣,一件让人憋气的银盔甲,一个遮了稻草人的彩色盾牌"等等。他这些话的要义是,名望只能起到阻碍和限制的作用。无名无闻则像雾一样,把人夹裹于其中;无名无闻是昏暗、宽大和自由的;由于无名无闻,大脑可不受阻碍地自由驰骋。无名者的四周幸运地弥漫着昏暗,无人知道他从哪里来、到哪里去。他可以寻找到真理并把它说出来;惟独他是自由、诚实的;惟独他获得了安宁。他在大橡树下进入心平气和的境界,大橡树坚硬的根须露出地面,让他感到一种内心的安宁。

他长时间陷入沉思,思考寂寂无名的意义、思索它带来的快乐,正如海浪回归大海深处。思考寂寂无名如何可使厌倦的心摆脱妒忌和怨恨,血脉中自由流淌慷慨和宽宏大量,给予与索取无须感激或赞美。他假定(尽管他对希腊文的了解不足以证明他的假定是正确的)所有伟大的诗人必定如此,因为他觉得,莎士比亚必定那样写作,教堂的建造者必定是那样建造,隐名埋姓,不指望感激和名望,他们需要的只是白天工作,晚上来一点儿麦芽酒。"多么美好的生活啊!"他想,在大橡树下舒展了一下四肢。"为何不现在就享受一下这样的生活?"这想法如子弹一般射中了他。野心像铅块骤然坠地。他摆脱了失恋和虚荣心受挫引起的怨恨,摆脱了所有其他痛苦。在他渴望名声时,这些生活的烦恼纠缠着他。而现在他不把荣誉放在心上,它们也就再不能使他痛苦。他睁开眼睛,其实他的眼睛始终睁得大大的,但那时他只能看到思想,现在他看见了峡谷中那座属于他的大宅。

它沐浴在春天的朝晖之中,与其说它是个宅子,不如说是个城镇。但这个城镇并非是人们随心所欲拼凑而成,而是经过一位建筑师的缜密思考,遵循一个整体的设计。庭院和房屋是灰、红和青紫三色,布局对称有序;庭院或方或长,院中有喷泉,喷泉内有雕塑;房屋高低错落,鳞次栉比,小教堂和钟楼点缀其中;大片的绿草夹杂着簇簇雪松和花圃;所有这一切都被一道高墙蜿蜒环抱,但它们的布局精致,以至每一部分看似都有适当扩展的余地。无数烟囱烟尘袅袅,缭绕空中。这井然有序的庞大建筑群可容纳一千人和两千匹马,奥兰多想,不知多少无名的工人建造了它。多少世纪以来,这里居住着我的默默无闻的家族,多少代无声无息。这些理查德、约翰、安妮和伊丽莎白们,没有一人在身后留下自己的象征,而这些人用镐头、用针线,共同劳作、繁衍生息,最后留下了这个大宅邸。

它从未显得如此高贵,如此富有人情味。

那他有什么理由希望超越他们呢?试图超越这一出自无名之手的杰作,超越那些已消失的双手的劳动成果,看上去不免极端虚荣和傲慢。生而默默无闻,但身后遗下一个拱顶,一个盆栽棚,一道硕果累累的墙垣,终归胜于一颗流星,瞬间辉煌之后,不留一丝灰烬。奥兰多遥望山下绿丛中的大宅,不禁心潮澎湃,他说,居住大宅中的老爷太太虽然默默无闻,毕竟从未忘记留下一些东西给后人,给会漏雨的屋顶,给会倒下的大树。厨房中总有温暖的角落留给衰老的牧人,总有食物留给饥民。他们即便病倒,高脚酒杯总是擦得雪亮;弥留之际,屋里也总有灯火点燃。

他们身为贵族,却心甘情愿与捕鼠者和石匠一样默默无闻。默默无闻的贵族,被遗忘的建设者,他热情地呼唤他们,他的热情反驳了那些批评他冷漠、无情、怠惰的人(事实上,我们追求的品德与我们往往只有一墙之隔)。他用动人心弦的演讲来呼唤他的宅子和家族,最后轮到演讲的结束语,因为缺了结束语怎能成其为演讲?这时,他开始有些支吾。他想在结束语中用些华丽辞藻,譬如他将追随前人的足迹,为他们的建筑再添砖石之类。然而,这建筑群已经占地九英亩,似乎连再添一砖一石都很多余。那怎么办?难道在结束语中大谈家具?大谈桌椅和床边的小地毯?反正结束语里无论缺少什么,都是宅子所需要的。此刻,他暂时放弃了结束语,漫步下山,决心从此之后全力以赴装饰这大宅。善良的老格里姆斯迪奇太太,听到要她立即前来陪他的消息,老泪纵横,因为她现在已经很老了。她随他一起在房子里巡视了一遍。

国王卧房("是吉姆王①,老爷。"她说,暗示国王来他们这里下榻,已是很久远以前的事,但邪恶的议会时代已经结束,英国又恢复了王室)的毛巾架缺了一条腿;公爵夫人侍从官接待室外面的小房间里没有放水罐的台子;格林先生用讨厌的烟斗抽烟,弄脏了地毯,她和朱迪无论如何擦洗不净那块污迹。奥兰多开始算计用红木椅、雪松木柜、银盆、瓷碗和波斯地毯装饰宅子里的三百六十五间卧室,才明白这绝非轻而易举之事。他的家产即使还余下几千英镑,也仅够几条走廊悬挂壁毯,宴会厅摆设几把精致的雕花椅子,皇家寝室添置纯银镜子和同样金属的椅子(他格外喜爱银这种金属)。

---

① 吉姆王,即詹姆斯王。

他开始着手认真置办这一切,只须看看他的明细账,这一点就确定无疑了。现在我们来看一眼他这次的采购清单,页边留白处列出了开销的小计,但我们把它省略了。

一百条西班牙毛毯,相同数量的红白两色塔夫绸窗帷,配红白两色丝线绣花白缎子短幔……

七十把黄缎面座椅和六十张硬麻布面矮凳……

六十七张核桃木圆桌……

十七打匣子,每打内装五打威尼斯玻璃杯……

一百零二块小地毯,每块三十码长……九十七块镶银色羊皮纸花边的猩红花缎靠垫,薄绸面脚凳和相配的椅子……

五十盏枝型吊灯,每盏十二个灯头……

我们已经开始打哈欠了,这都是那清单在作怪。不过我们不再继续,倒不是那目录到此为止,而是因为它实在枯燥。其后还有九十九页,总开销高达数千英镑,相当于我们现在的数百万。奥兰多爵爷的日子如果都是这样度过,人们可能会发现他在时时计算,人工每小时十便士,铲平一百万座鼹鼠丘需要多少钱;五个半便士买半品脱钉子,修理方圆十五英里庭园四周的篱笆需要多少重量的钉子等等。

我们说了,这类算计颇为枯燥,因为柜子与柜子之间基本上没什么两样,一百万个鼹鼠洞也没多大区别。他为此兴致勃勃地奔波,也有一些很有意思的冒险经历。譬如有一次,他为了给一张有银制华盖的大床定制帐帘,把布鲁日①全城的织绣女工

---

① 布鲁日,比利时西北部城市,当时欧洲的商业和纺织中心。

忙得团团转。另外,或许他在威尼斯遭遇摩尔人的冒险故事,也很值得一讲,此人卖给他(不过是在刀尖威逼之下)一个漆柜。谈到工程,也不乏繁多的花样:一次,大队人马从苏克塞斯拖来几棵大树,锯了铺走廊的地板;还有一次,从波斯运来一只塞满羊毛和锯末的柜子,而最终,从中只掏出了一只盘子或一只黄晶戒指。

最后终于走廊里再没有地方可以多放一张桌子,桌上再没有地方可以多放一只瓷器,橱里再没有地方可以多放一个玫瑰花钵,花钵里再没有地方可以多放一点儿百花香,处处都是满满当当。简言之,这大宅子里已经是应有尽有,一应俱全。花园里,雪莲、番红花、洋水仙、木兰、玫瑰、丁香、紫菀、品种齐全的大丽菊、梨树、苹果树、樱桃树和桑树,以及各种珍稀开花灌木和多年生常青树,盘根错节,枝繁叶茂,浓荫如盖。更有甚者,他还从国外购进羽毛斑斓的野猫头鹰和两只马来熊,他相信,在它们的鲁莽举止背后,是一颗值得信任的心。

一切准备就绪,黄昏降临,无数盏银制壁式烛台点亮了,走廊中永不停息的轻风拂动着蓝绿相间的壁毯,仿佛马背上的猎手真的在奔驰,达弗涅真的在逃逸。银器闪闪发光,漆器熠熠生辉,木器光彩夺目,雕花的椅子伸出臂膀,墙上的海豚背负美人鱼破浪前行。这一切,乃至远远超出这一切的一切都已完工,奥兰多如愿以偿。他心满意足地巡视了全宅,身后跟着几条挪威猎犬。他想,现在他有题材了,可以完成演讲的结束语了。或许,还是重新开始更好。可是,他一边巡视,一边仍然觉得少点什么。桌椅金镂银雕,沙发镌了狮爪形装饰,下装天鹅曲颈般的沙发腿,床上铺了柔软无比的天鹅绒垫,但仅仅这些并不算完整。只有人坐和人躺,才能给它们以生气。于是,奥兰多开始设宴款待四方贵族乡绅。有时大宅里可以整整一个月宾客如云，三百六十五间房间挤得满满当当，五十二条楼梯上客人摩肩接踵。备膳室里三百仆人忙得不可开交，应付几乎每晚必开的宴会。结果短短几年光景，天鹅绒便磨光了绒毛，奥兰多的财产也散去多半，但他赢得了四乡邻里的一片赞誉。他在县里担任了数个公职，每年都有感激涕零的诗人送来十几大卷诗作，献给勋爵老爷，极尽谄媚之能事。尽管现在他有意不与作家打交道，而且处处避开外国血统的女子，他对女人和诗人仍然太过慷慨，这两种人对他自是无限倾慕。

然而，每当宴会达到高潮、宾客们欣喜若狂之时，奥兰多便会抽身而去，独自回屋，紧闭房门。在确信没人会来打扰后，他拿出一个旧笔记本，上面用男孩稚嫩的字体写着"大橡树——诗一首"。这本子是当年他偷了母亲的丝线缝在一起的。他会在这本子上一直写到午夜报时的钟声敲响，乃至更晚。不过，他写进去多少行，又会划掉多少行，到年底，它们的总行数甚至往往少于当初，仿佛在写的过程中，这诗歌反而消失不见了。因为，若要文学史家来评论的话，他的文风发生了惊人的变化。他的绚丽和丰饶受到了抑制，散文的时代正在使这些温暖的源泉凝结。外部的景观本身也少了很多斑斓，蔷薇丛不再那么多刺和盘根错节。或许，感觉本身就多了些许迟钝，味觉已不再受到蜂蜜和奶油的诱惑。同时，街道的下水系统更通畅，室内的采光更明快，毫无疑问，这对他的文风都有影响。

一日，他正勉力给《大橡树——诗一首》添加一两行字句，忽然眼角的余光瞥到一道阴影。他很快就看到，那不是阴影，而是一个身材高大的女子的身影，她头戴骑手风帽，身披骑手斗篷，正掠过他房间外面的庭院。在所有庭院中，这个庭院最为隐秘,而且奥兰多并不认识这位女士,因此非常惊奇她如何到了这里。三天后,同一幽灵又出现了,接着星期三中午再度现身。这回,奥兰多决意跟踪她,而她显然并不怕给人发现,因为等他走近,她反而放慢脚步,突然转身,和他撞了个满怀。别的女人若在贵族的私宅中被抓住,定会吓得魂飞胆破。别的女人若有那样一张脸、那样的发式和外观,也定会用花边披纱头巾来遮掩。因为这位女子的模样活像一只跳兔,一只受了惊吓而又很执拗的跳兔,一只愚蠢、厚颜无耻因而不知胆怯的跳兔;一只坐得笔挺、凸出两只大眼睛、怒视追赶者的跳兔。它两只耳朵竖起,簌簌直抖,鼻子尖尖,不断翕动。不过,这只跳兔足有六英尺高,还梳了一种古典发式,显得愈发高了。她直勾勾地盯着奥兰多,目光中交杂着强烈的羞怯和厚颜无耻。

首先,她恰如其分但多少有些笨拙地向奥兰多行了个屈膝礼,请他原谅她擅自闯入。然后,她直起身体,她的身高一定超过了六英尺二英寸。她接着说,她是罗马尼亚的芬斯特-阿尔霍恩和斯坎多普-伯姆女大公海丽特·格里塞尔达。她不时发出几声神经质的笑声,话也说得吞吞吐吐,不断发出嘿嘿和呃呃声,奥兰多不禁觉得,她一定是从疯人院里逃出来的。她说,她的最大愿望,就是与他相识。她寄宿在帕克盖茨一家面包房的楼上。她看过他的画像,觉得他很像自己一个早已过世的姐妹,说到此处她嘎嘎笑了几声。她目前正在拜访英国宫廷。王后是她的表姐妹。国王是个不错的家伙,但上床时从来都是醉醺醺的。说到这里,她又开始嘿嘿呃呃起来。总之,奥兰多无计可施,只有请她进屋喝上一杯。

进到屋里,她的举止恢复了一位罗马尼亚女大公本应有的神气活现。若不是她表现出一般女子少有的对酒的了解,并对火器和本国的运动家品头论足,而且说得很有道理,他们之间怕是无话可说。最后,她跳起来,宣布第二天还要来访,然后深深行了个屈膝礼,走掉了。第二天,奥兰多骑马跑了出来。第三天,他背转身子不理睬她。再下一天,他把窗帘拉了下来。到第五天,天下起雨来,他实在不忍心看一位女士在屋外淋雨,也并不完全反对有人陪伴,于是请她进来,拿出一副祖上披过的盔甲,问她觉得是雅可比还是特欧普打制的。他倾向特欧普,她持另一观点,其实是谁并不重要。但它对我们的故事发展有某些重要性,因为女大公海丽特为了说明她的论点,而这又与如何摆弄钮结有关,所以她拿起纯金的胫罩,套在奥兰多的腿上。

我们已经说过,奥兰多有两条曲线优美的长腿,这样的腿是别的贵族所没有的。

或许是她扣脚踝搭扣的方式,或许是她弯腰的姿态,或许是奥兰多长期以来的与世隔绝,或许是两性之间天生的相互感应,或许是勃艮第葡萄酒起了作用,或许是炉火,其中任何一个都可能成为原因。因为像奥兰多这样一位有教养的贵族,在家里款待一位女士,她比他年长很多,脸有一码长,眼神呆滞,穿着打扮也有点可笑,不顾天气已暖,还穿斗篷戴风帽,而奥兰多仍突然被一种强烈的激情所征服,不得不离开房间,那么这里一定是有原因的。

但我们实不妨问道,这倒是哪种激情?答案是双重的,有如爱情本身。因为爱情——不过我们暂时不把爱情扯进来,真实情况是这样的:

当女大公海丽特·格里塞尔达弯腰系搭扣时,奥兰多忽然莫名其妙地听到爱情在远处扇动翅膀。那柔软的羽毛在遥远的地方轻轻摇动,唤醒他心中无数的记忆:奔腾的河水、皎洁的白雪和负心的洪水;那声音愈来愈近,他的脸涨得通红,浑身战栗;他被感动了,而他本以为自己再不会受感动;他准备抬起手,让那美之鸟降落到他的肩膀;忽然,恐怖!开始回荡起一阵嘎吱嘎吱的声音,好似乌鸦从树上落下,天空一片昏暗,到处是丑陋的黑翅膀,嘶哑的声音、稻草棍、木屑和羽毛纷纷飘下,落到他肩膀上的,是世界上最笨重最肮脏的鸟——兀鹫。他冲出房间,命仆人送女大公海丽特上车。

现在我们可以回到爱情这个话题。爱情有两张脸,一白一黑;爱情有两个身体,一个光洁,一个粗糙。爱情还有两只手、两只脚、两条尾巴。的确,一切都有两个,完全相反的两个。然而,它们紧紧相连,无法分开。在奥兰多的情况下,爱情开始向他飞来,白脸对着他,露出光洁、可爱的身体。爱情离他愈来愈近,随风飘送来纯美的香气。突然(也许是看到了女大公),爱情倏地转身,露出自己漆黑、多毛、野蛮的一面。不是爱情这天堂之鸟,而是淫欲这兀鹫,沉重地、令人恶心地落在奥兰多肩上。他因此而逃走,因此唤来仆人。

但驱逐那大雕并非轻而易举。女大公不仅继续寄宿面包房楼上,奥兰多也日夜被那讨厌的幽灵所纠缠。似乎他家里装饰了银器、墙上悬挂了壁毯都是徒劳的,因为随时都可能有一只湿乎乎、沾满粪水的猫头鹰落到他的写字台上。她就在那里,在椅子中间笨拙地飞来飞去;他看到她摇摇摆摆、呆头呆脑地穿越走廊。这会儿,她暂栖在炉栏边。他逐她出去,她又回来,用喙敲击玻璃窗,直到把玻璃啄碎。

奥兰多终于意识到,他的家已成了不可栖居之地,必须采取对策,立即了结此事。他请求查理王委任他为驻君士坦丁堡特命全权大使。换了别的年轻人,处在他的地位,也会这样做。当时国王正在白厅散步,奈儿·格温①依偎在他身旁,给他敲榛子仁儿。那多情的贵妇叹息道,太可惜了,如此的两条美腿,却要远走他乡。

尽管如此,命运无情,她惟一能做的,是在奥兰多乘船启程之前,回头送他一个飞吻。

---

① 奈儿·格温,查理二世的情妇。

第 三 章

在奥兰多的职业生涯中,这一阶段是他在官场上最为活跃的阶段,但我们对此掌握的资料最少,这当然很不幸,令人十分遗憾。我们知道,他出色地履行了职责,受封巴思勋章和公爵爵位可以证明这一点。我们知道,他参与了查理王与土耳其人之间某些最机密的谈判,对此,档案馆档案柜中的条约可以为证。但是,在他的任内,爆发了革命,紧接着又发生一场大火,损毁了载有可信记录的所有文件。因此,我们的叙述很不完整,这不免可惜。往往,一句最要紧的话,中间却烧得焦黑。有时,我们以为,这下可以破解百年来让历史学家困惑不清的秘密,结果手稿上却突然出现一个指头大的窟窿。我们费了九牛二虎之力,试图根据虽已烧得支离破碎却存留至今的文件,一点点拼凑出一个梗概,却常常还得去推想、猜测,甚至要凭空虚构。

奥兰多的日子似乎是这样度过的。他大约七点起床,披一件土耳其长袍,点一支方头雪茄,然后支着双肘,靠在露台的矮墙上。他站在那里,凝视身下的城市,显然非常入迷。这个时辰,四周总是浓雾弥漫,圣索菲亚大教堂的穹顶和其他一切仿佛都悬浮在空中。慢慢地,浓雾散去,可以看到那些气泡似的圆顶显露出来,稳稳地固定着,然后河流露了出来,还有盖勒塔大桥。

可以看到缠绿色包头、遮住鼻眼的香客沿街乞讨,无主的野狗刨食垃圾,包头巾的女人,无数的驴子,男人手持长竿骑在马上。瞬间,整个城市洋溢着清脆的鞭声、锣声、声嘶力竭的祷告声、抽打骡子声、包铜车轮的嘎吱声。空气中弥漫着发面饼、焚香和调味香料混合而成的酸味儿,一直飘到皮拉山的高峰,似乎它就是这个吵吵嚷嚷、多姿多彩的野蛮民族的气息。

他凝视着此刻在阳光下闪闪发光的景色想道,它们与苏瑞郡和肯特郡的乡间风光,或是与伦敦和坦布里奇韦尔斯的城市风光,真可谓天壤之别。左右两侧高耸着光秃秃的亚洲山脉,岩石突兀、荒凉贫瘠。峭壁上或曾有过一两个强盗头子的城堡,现在已经了无生气。那里没有牧师寓所,没有采邑庄园,没有农舍,没有橡树、榆树、紫罗兰、常春藤,也没有野蔷薇。那里没有树篱可供蕨类生长,亦没有田野可以放牧牛羊。白色的房屋,像蛋壳一样秃裸。他很惊奇自己这个地道的英国人,何以从内心深处迷恋这一荒凉的全景,久久凝视山口的隧道和遥远的高原,盘算只身徒步前往那些昔日只有山羊和牧人出没的地方;何以喜欢那些鲜艳的奇花异草;怜爱那些毛发蓬乱的野狗,甚至冷落了家中的挪威猎犬;何以急不可耐地用力吸嗅街上刺鼻的酸味。他怀疑这是不是因为十字军东征时,他的一位祖先曾与某个切尔卡西亚农妇相好,想想觉得可能,又猜想自己肤色有点儿黑当是这个原因,然后回到屋里,开始沐浴。

一小时后,他已准备停当,薰了香,卷好头发,涂了油膏,开始接待大臣和其他高级官员的来访。这些人鱼贯而入,人人携带只有他的金钥匙才能开启的红盒子。盒内装有利害攸关的重要文件,至今仅剩一些碎片,时而有些花饰,时而有些盖在烧焦丝绸上的印章痕迹。因此,它们的内容,我们不得而知,只能证明奥兰多当初公务繁忙,忙着盖印和决定以不同方式系各种颜色的蝴蝶结,用大字体清晰端正地书写各种官衔,描画大写字母周围的花饰,直到午宴开始,这或许是一顿有三十道菜的午餐。

餐毕,男仆通报他的六轮马车已在门外等候,他便出发拜访其他大使和政要显贵。土耳其禁卫军士兵身着紫衣,手擎高过头顶的巨大鸵毛扇,一路小跑,在车前开路。拜访的仪式千篇一律。抵达庭院之后,禁卫军士兵上前用扇子拍打大门,大门立即敞开,现出装饰得富丽堂皇的接待大厅,厅内端坐两人,一般是男女各一。宾主相对鞠躬、行屈膝礼。在第一间大厅,只允许谈论天气。寒暄完毕天气的阴晴冷暖,大使来到另一大厅,厅里又有两人起身相迎。此处只准把君士坦丁堡作为居住地与伦敦比较;大使自然说喜欢君士坦丁堡,主人自然说,尽管未到过伦敦,伦敦却更让人喜欢。进入下一大厅,须得谈论一阵查理王和苏丹的健康。下一大厅,谈论大使的健康和主人妻子的健康,但简短一些。下一大厅,大使恭维主人的家具,主人恭维大使的衣饰。下一大厅,仆人奉上果脯,主人谦称入不得口,大使则称赞其滋味纯正。整个仪式最终以吸水烟袋和饮咖啡结束;不过,虽然吸烟和饮咖啡的招式一丝不苟,实际上烟斗里没有烟叶,杯子里也没有咖啡,因为如果都是真的,人的身体会因吸饮过度而垮掉。因为,此一轮拜访结束后,大使紧接着要去履行下一轮拜访。在其他政要的府邸,要以完全同样的顺序,重复六七遍同样的仪式,回到家里往往已是夜深。奥兰多出色地履行了这些职责,从不否认它们或许就是外交官职责最重要的一部分,但他无疑因此疲惫不堪,时常情绪消沉抑郁,晚餐时宁可独自一人,仅仅与狗为伴。不错,人们可以听到他用自己的语言和它们说话。据说,他有时会在夜阑人静之时走出家门,化装得连哨兵都认不出。他会混迹于盖勒塔桥上的人群,或在集市上溜达,或脱掉鞋子,加入清真寺朝拜者的行列。一次,在宣布他身体欠佳后,到市场卖山羊的牧人传说,他们曾在山顶遇到一位英国贵族,听到他向自己的上帝祷告。人们认为这必是奥兰多,所谓祷告无疑是高声吟诵一首诗,因为据说他仍随身携带一本标有很多记号的手抄本,藏在披风下的怀中;仆人们在门外,常听到大使独自一人时,怪声怪调地咏唱着什么。

就是凭借这类支离破碎的片断,我们力图拼凑出一幅奥兰多在这一时期生活和性格的图画。直至今日,对奥兰多在君士坦丁堡的生活,仍然存在一些无根据的流言蜚语、传说和轶闻(前面不过引了其中少数几条)。它们有助于证明,时值盛年的奥兰多有一种引人注目的力量,人们常常记住了他的引人注目,却忘记了产生这种引人注目的更持久的气质。这是一种神秘的力量,集俊美、血统和某种罕见的天赋于一身,我们可简单地称其为魅力。一如萨莎所说,"千万支蜡烛"在他身上燃烧,而他不必费力去点燃一支。他走起路来像只牡鹿,丝毫不必顾及腿的形状。他说话不用提高嗓门,四周就会响起银锣般的回声。于是他周围出现各种传闻。他成了无数女人和某些男人仰慕的对象。他们未必与他交谈过,甚至未必亲眼见过他,只是自己想象出一个衣冠楚楚的贵族身影,常常以浪漫的景色或日落为背景。他对穷人和不识字者,有对富人同样的魔力。牧人、吉卜赛人、赶驴人至今仍在吟唱"掷翡翠入井"的英国贵族。这无疑是指奥兰多。好像有一次,他在盛怒或狂喜之下,从身上扯下珠宝,掷入喷泉。后来,这些珠宝被侍者打捞上来。但众所周知,这种浪漫的力量往往与极端内向的气质相联系。奥兰多似乎没有什么朋友,而且就人们所知,也没有对谁产生爱慕之情。某位贵妇为接近他,不远万里从英国跑来,对他纠缠不休,但他继续孜孜不倦地履行大使的职责,以致在金角湾①任大使不到两年半,查理王就表明有意提升他至同侪中的最高官职。妒忌他的人说,这是奈儿·格温忆起了他的美腿,赞美有加的结果。然而,她只见过他一面,当时还忙着为她的皇主敲榛子壳。因此,替他赢得公爵爵位的,很可能是他的业绩,而不是他的腿肚子。

此处我们必须打住,因为到了奥兰多生涯的一个重要时刻。由于奥兰多获得公爵爵位,是个闻名遐迩又争议颇多的事件,现在为描述这一事件,我们不得不尽量在烧焦的纸片和布条中间摸索寻觅。巴思勋章和公爵爵位的特许状,是在斋月的大斋结束后,随亚德里安·斯克罗普爵士指挥的快船一起到达的。奥兰多为这一时刻举办了君士坦丁堡有史以来最辉煌的盛会。那晚天朗气清,人声鼎沸,大使馆内灯火通明。此处同样缺少细节,因为大火烧毁了所有的记录,最重要的关节全都模糊不清,只留下一些令人浮想联翩的断片。不过,根据当时作为宾客在场的英国海军军官约翰·芬纳·布里格的日记,我们猜想,各国人士挤在院子里,摩肩擦背,像"桶里的鲱鱼"。布里格被挤得很不舒服,不一会儿就爬到一棵南欧紫荆树上,从那里,倒是便于更好地观察事情的全过程。当地人纷纷传言(又一次证明奥兰多激发人们想象力的神奇力量),即将出现奇迹。"因此,"布里格写道(但他的手稿遍布焦痕和窟窿,一些句子根本无法识别),"当火箭开始飞上天空,我们都感到惶恐不安,惟恐当地人会……控制……充满大家都不愉快的结果……英国的太太小姐

---

① 金角湾,博斯普鲁斯海峡南口西岸土耳其欧洲部分的细长海湾。此处泛指土耳其。

在场,我的手握住了短弯刀。幸而,"他继续唠唠叨叨地写道,"那些恐惧当时似乎并无根据。观察当地人的举动……我断定,展现我们在烟火制造方面的技术,这一点很重要,即使只是向他们表明……英国人的优越性……的确,那景象之壮观无法描述。我发现自己一会儿赞美上帝,他允许……一会儿祝福我可怜和亲爱的母亲……遵照大使的指示,长窗全部敞开,这些长窗体现了东方建筑气势恢弘的特征,虽然他们在许多方面很愚昧……;我们看到窗里是一幅活生生的图画,或者说是舞台造型,英国的绅士淑女们……在表演假面剧……听不见他们在说什么,但看到如此之多的同胞,雍容华贵……我感动得热血沸腾,对此我并没有觉得不好意思,尽管无法……我正专心致志地观察某夫人的奇怪举动——这种举动的性质就是给她所属的女性和国家带来耻辱,让人人的眼睛盯住她,当时——"不幸的是,紫荆树的一根树杈突然折断,布里格中尉坠落在地,日记的其他部分只剩下他感谢上帝(上帝在这日记中举足轻重),还有伤势的轻重问题了。

幸而佩内洛普·哈托普小姐,同名将军的女儿,在室内目睹了当时的场景,她在一封信中继续讲述了这一故事。这封信也是面目全非,但它最终辗转到她的一位女友之手,这位女友住在坦布里奇韦尔斯。比起上面那位勇武的军官,佩内洛普小姐同样也毫不吝惜自己的热情。"令人陶醉,"她在一页纸上第十次这样宣称,"奇妙无比……根本无法描绘……纯金盘子……枝形烛台……穿长毛绒马裤的黑人……冰堆得像金字塔……尼格斯酒的喷泉……果冻做成国王陛下舰队的模样……天鹅烤成睡莲的形状……鸟关在金鸟笼中……绅士们身着猩红开衩丝绒礼服……淑女们的头饰至少有六英尺高……八音盒。……佩里格林先生说我看上去可爱极了,这话我只向你一人重复,因为,我亲爱的,我知道……啊!我太思念你们大家了!……胜过我们在潘泰勒斯看到的一切……酒应有尽有……有些绅士拜倒在……白蒂夫人很迷人……可怜的博纳姆夫人犯了个不幸的错误,没有椅子,空坐下去……男士们都很勇武……一千遍希望你和亲爱的贝特西……但所有其他人的视线,众所瞩目……是大使本人,众人都承认,因为无人能邪恶到否认这一点。如此俊美的双腿!如此迷人的面容!如此高贵的举止!仅仅看他走进房间!再看他走出去!他的表情中有某种有趣的东西,不知为何让人觉得他在遭受痛苦的煎熬!他们说,是因为一个女人。那没有心肝的魔鬼!!!在我们这些生性温柔的女性中,竟然会有如此无耻之人!!!他还未娶妻,到场的女士中有一半人苦苦渴求得到他的爱……一千个吻,给汤姆、加里、彼得和最亲爱的喵喵(显然是她的猫)。"

我们从当时的《时事报》上收集到,"十二点的钟声敲响时,大使出现在悬挂名贵壁毯的中央阳台,左右两侧各站六位手擎火炬、身高六英尺多的土耳其皇家卫队队员。他的身影一出现,烟花立即飞向高空,人群中欢呼声鹊起,大使深深鞠了一躬,然后用土耳其语讲了几句致谢的话。他的才艺之一是讲一口流利的土耳其语。之后,亚德里安·斯克罗普爵士,身着全套英国海军元帅服,走上前来。大使单腿屈膝,元帅把至高无上的巴思勋章套在他的脖颈上,又把星章别在他的胸脯上。之后,外交使团的另一位先生走上前去,郑重其事地将公爵的锦袍披在他的肩上,并呈递上一个大红垫衬,上面是公爵的小冠冕。"

奥兰多深深地垂下头,然后自豪、笔挺地站起身来,拿了草莓叶金圈,套在自己的额上。他的姿态格外尊贵高雅,令人过目难忘。而就在此刻,开始了最初的骚动。或者是人们期待的奇迹没有发生,因为有人说,先知预言金雨即将从天而降,或者是奥兰多的这个动作被当作开始攻击的信号;似乎无人知道到底是怎么回事;反正在奥兰多把小冠冕套到额上的一刹那,人群中响起了巨大的喧嚣。钟声骤起,鼎沸的人声之上可以听到先知沙哑的嘶叫声;许多土耳其人匍匐在地,不断磕头。突然,一扇门大开,当地人一拥而上,挤进宴会厅。女人们发出尖叫。某位女士,据说极其渴望得到奥兰多的爱,抓起一盏枝形烛台,摔在地上。若没有亚德里安·斯克罗普爵士和一队英国水兵在场,谁也说不清会发生什么事。但元帅命令吹号,一百名水兵当即立正站好,混乱平息了,现场一片肃静,至少当时是如此。

到此为止,我们还有确凿的根据说明事实真相,即使这根据还有些褊狭。但那天夜里后来发生了什么事,迄今无人确切知晓。不过,哨兵和其他人的证词似乎都证明,人群散去后,到夜里两点,使馆像往常一样关闭了大门。有人看到,大使依然佩戴着勋章,走进自己的房间,关上房门。有人说他锁上了房门,但这有悖他的习惯。有人坚称,那个深夜,听到院子里奥兰多的窗下,响起一阵乡间风味的音乐,好像牧人的音乐。有个洗衣妇,因牙疼一直无法入睡,说看到一个男人的身影,裹着披风或睡袍,走出来站在阳台上。然后,据她说,一个女人,裹得严严实实,但显然是个农妇,那男人放下绳子,把她拉上了阳台。据洗衣妇说,在阳台上,他们"恋人"般紧紧拥抱,然后一起走进房间,拉上窗帘,最后就什么也看不见了。

翌日早晨,秘书们发现公爵——我们现在必须这样称呼他——生气全无地沉睡着,身上的睡衣皱皱巴巴。房间里一片狼藉,小冠冕滚落到地板上,披风和袜带儿在椅子上堆成一团,桌上散落着纸片。开始并没有人疑心,以为他前一夜确实太累了。但到了下午,他依然没有醒来。他们招来医生,使用了以前出现这类情况惯用的办法,膏药、荨麻、催吐剂等等,都不见效验。奥兰多继续昏睡。他的秘书们这时才想到应该检查桌上的纸片。他们看到,许多纸片上潦草地涂写着诗句,大多提到一棵大橡树。还有各种国书和私人性质的文件,涉及他在英格兰的庄园的管理。不过最后,他们看到了一份至关重要的文件。它实际上相当于一份结婚契约,一份由荣膺嘉德骑士等称号的奥兰多爵爷与罗莎娜·皮佩塔起草、签署并经人作证的结婚契约。这罗莎娜·皮佩塔是个舞女,身世不明,据说她父亲是吉卜赛人,母亲则为盖勒塔桥下市场卖废铁的小贩。秘书们面面相觑,惊愕万分。奥兰多依然在沉睡。他们日夜守着他,但除了呼吸正常,两颊依旧红润外,他浑身没有一丝生气。为唤醒他,他们真可谓用尽了一切科学的办法和手段,但他依然在沉睡。

到他昏睡的第七天(五月十日,星期四),布里格中尉察觉出征兆的那场恐怖、血腥的暴动打响了第一枪。土耳其人揭竿而起,要推翻苏丹的统治。他们放火焚城,凡落入他们之手的外国人,或死在剑下,或遭受笞刑。有几个英国人逃脱了,但正如人们所料,英国使馆的先生们誓死护卫红盒子,万不得已,他们宁可吞下钥匙串,也不让它们落入异教徒之手。暴民冲进了奥兰多的房间,但看到他直挺挺地躺在那里,一副死人模样,就没有碰他,只抢走了他的冠冕和嘉德袍。

此处,再次出现含糊不清的情况,顶好它能再含糊一点,我们几乎已在心中呼喊,顶好它能含糊不清到我们根本无法穿透这重重迷雾,把事情弄个水落石出!我们此时是否就应拿起笔,给我们的作品画上句号!我们是否可以干脆告诉读者,奥兰多死了,下葬了,省得他担个心事。然而此时,唉,事实、坦率和诚实这三位守在传记作者墨水瓶旁的神祇,厉声喊道"不行!"他们举起银号,放在唇边,吹响了"真相"!这是他们所要求的。他们又呼喊"真相",并第三次齐鸣"真相,真相,只要真相!"

此时,赞美上苍给了我们一个喘息的机会,门轻轻敲开一条缝儿,仿佛吹来一阵神圣无比的轻风,三个身影走了进来。最前面的是"纯洁"小姐,她额上束一条洁白无比的羊羔毛发带,长发如崩塌的积雪,手中拿一根白色的鹅仔毛笔。她身后跟着"贞操"小姐,步态更加庄重,头上戴一顶冰溜王冠,状如燃烧未尽的塔楼,她的双目如晶莹的星星,她的手指触到你,会冻彻你的肌骨。紧跟其后的,是三姊妹中最柔弱也最秀丽的"谦恭"小姐。她其实是躲在两位庄重的姐姐的庇护下,只露出窄窄的一条脸,如镰刀状的新月,一半藏在云后。三人都走向屋子中央,奥兰多仍躺在那里沉睡。"纯洁"小姐姿态迷人而威严,她第一个说:

"我是这沉睡的小鹿的守护神;白雪是我的宝贝,还有初升的月亮、银色的海面。我用袍子遮盖有斑点的鸡蛋和深色斑纹的灰色贝壳;我遮盖邪恶和贫穷。我的面纱降下,遮盖一切脆弱、阴暗或可疑之物。因此,不要说话,不要泄漏。宽恕,啊,宽恕!"

此时号角声大作。

"纯洁走开!纯洁滚开!"

贞操小姐言道:

"我的触摸让人变为冰块,我的注视让人变为石头。我让闪烁的星星和汹涌的波涛凝结不动。高耸入云的阿尔卑斯山是我的居所;我行走时,闪电在我的头发上闪光,我的目光飘落之处,万物凋敝。与其让奥兰多醒来,不如把他冻透。宽恕,啊,宽恕!"

号角声又鸣响起来。

"贞操走开!贞操滚开!"

谦恭小姐开口了,声音低得几乎听不清:

"我是男人称为谦恭的女子。我是处女,永远是处女。我不喜欢硕果累累的田野和丰饶的葡萄园,我厌恶增产。苹果迅速生长、羊群繁殖时,我逃跑,我逃跑;我让斗篷掉落在地,头发遮住眼睛。我看不见。宽恕,啊,宽恕!"

号角再次高声鸣响。

"谦恭走开!谦恭滚开!"

三姊妹现出悲伤惋惜的样子,手拉手,缓缓起舞。她们掀开面纱,边走边唱:

"真相你勿要跑出可怕的洞穴。藏得更隐蔽吧,可怕的真相。你在光天化日之下,炫耀最好未知和未做的事情;你揭示耻辱,让真相大白。藏起来!藏起来!藏起来吧!"

她们好似要用自己多褶的长袍,把奥兰多蒙起来。同时,号角仍在高声吹奏。

"真相,只要真相。"

三姊妹听到,想用面纱捂住号嘴,不让它们发出声响,但这些努力并没有奏效,却招来号角齐鸣。

"可怕的三姊妹,滚开!"

三姊妹发狂似的齐声尖叫,依然旋转不停,把面纱掀开又拉上。

"情况变了!男人不再需要我们;女人憎恶我们。我们走,我们走。("纯洁"说)我去鸡窝。("贞操"说)我去未被霸占的萨里高地。("谦恭"说)我去长满常春藤和有许多窗帘保护的舒适角落。"

"那里,不是此处(三姊妹齐声说,手拉手对躺在床上昏睡的奥兰多绝望地打手势告别),在安乐窝和闺房、公事房和法院,仍有人爱我们,尊重我们,那些处女和市民,律师和医生,那些禁止别人、拒绝别人的人,那些无缘无故敬畏、莫名其妙赞美的人,那些为数依然众多(赞美上苍)的可尊敬的人,那些宁愿视而不见、孤陋寡闻的人,喜爱阴暗的人,毫无来由仍然崇拜我们的人,因为我们给了他们财富、成功、舒适和悠闲。我们干脆离开你们,去找他们好了。来吧,姐妹们,来!此处不是我们久留之处。"

她们匆匆退下,举动带褶的装饰物在头上挥舞,仿佛要遮挡住什么她们不想看到的东西,同时,她们关上了身后的房门。

现在只有我们与沉睡的奥兰多和号手们留在屋里。号手们站成一排,齐声吹奏可怕的一声:

"真相!"

奥兰多应声醒了过来。

他伸伸懒腰,起身笔挺地站在我们面前,全身赤裸,号角齐鸣"真相!真相!真相!"我们别无选择,只能承认:他是个女人。

号角声渐渐远去,奥兰多赤身裸体站在那里。开天辟地,从未有人看上去如此令人销魂。他的形体融合了男子的力量与女子的妩媚。他站在那里,银号拖长了乐音,好似不愿离开它们的齐鸣所唤醒的美丽景象。贞操、纯洁和谦恭无疑受到好奇心的驱使,透过门缝窥视,像扔毛巾似地向那裸体扔去一件衣裳,遗憾的是,它却落在了离奥兰多几英寸远的地方。奥兰多面对一面长穿衣镜,上下打量自己,没有现出丝毫慌乱的样子,然后径直向浴室走去。

我们可借叙述中的这一暂停,来做某些说明。奥兰多已经变为女子,这一点确定无疑,但在其他所有方面,奥兰多均与过去别无二致。性别的改变,改变了他的前途,却丝毫没有改变他的特性。他的脸庞实际上还是原样,这一点有他的画像为证。他的记忆——但是今后为方便起见,我们必须用"她的"来代表"他的","她"来代表"他"。那么是她的记忆,毫无障碍地重温了她过去生活的所有事件。偶尔有些朦胧之处,好似几滴浑水落入一池清澈见底的记忆之水;某些事情变得有些模糊不清;仅此而已。这一变化好像是在毫无痛苦的情况下完成的,而且完成得很彻底,以致奥兰多本人对此未流露出丝毫惊异。许多人考虑到这一点,并且认为这种变性违背常情,于是费尽心机要证明(1)奥兰多向来是女子,(2)奥兰多此刻是男子。这一点还是让生理学家和心理学家来决定吧,我们则只须陈述简单的事实:奥兰多三十岁以前是男子,后来变为女子,此后一直是女子。

不过还是让别人来论述性别和性的问题,我们要尽快了结这类可憎的题目。奥兰多已洗浴完毕,穿上那些不分男女一概适用的土耳其外套和裤子。她现在不得不开始考虑自己的处境。一直抱同情态度关注她的故事的读者,首先想到的,必定是此时她的处境极其险恶,也极其令人尴尬。她年轻貌美,出身高贵,一觉醒来,却发现自己的处境对一位有身份的年轻女子而言,真是再危急不过了。此刻,即使她摇铃、尖叫或昏厥过去,我们也不会发出非难之辞。可是奥兰多没有现出丝毫不安的迹象。她的一切举动都很从容,真有可能让人觉出有什么预谋。

首先,她仔细查看桌上的纸张,挑出那些上面似乎写了诗句的,揣进怀里;然后唤来塞琉西猎犬,这么多天,这猎犬始终守在她的床榻旁,寸步不离,已经饿得奄奄一息,奥兰多喂饱它,又为它梳理毛发。然后,她拿出两支手枪别在腰间,又在身上缠了几串精美的东方翡翠和珍珠,它们曾是大使衣饰的一部分。这之后,她从窗口探出身,低低吹了一声口哨,然后走下摇摇欲坠而且血迹斑斑的楼梯。她跨过满地狼藉的废纸篓、条约、快信、印章、印蜡,来到院子里。在一棵高大的无花果树的暗影中,一位骑驴的吉卜赛老人在等她。他还牵了另一头带辔头的驴,奥兰多抬腿跨了上去。就这样,在一条瘦狗的护卫和一个吉卜赛人的陪伴下,大不列颠驻苏丹国朝廷的大使,骑驴离开了君士坦丁堡。

他们赶了几天几夜的路,历尽千难万险,不论是面对人祸还是天险,奥兰多每次都表现得很勇敢。不到一星期,他们就来到伯鲁沙城外的高原,奥兰多投靠的吉卜赛部落的主要营地设在那里。在使馆时,她常从阳台上眺望这些山脉,渴望到那里去。那里是她一直向往的地方,对喜欢沉思的人来说,那里可以给予思想充分的滋养。然而,有些时候,她太喜欢生活的这种变化了,不忍让它因思考而遭到破坏。不再需要盖章或签署文件,不再需要描摹花饰,不再需要拜访什么人,这种快乐已经足矣。吉卜赛人逐草而居,草给牛羊吃光了,他们就会迁移到别处。她若要洗浴,就去溪流;不会有红盒子、蓝盒子或绿盒子呈递给她;整个营地都没有一把钥匙,更不用说金钥匙了;至于"拜访",则是闻所未闻。她挤山羊奶,拾柴,不时偷个鸡蛋,但总当场留下一个铜板或一颗珍珠。她牧牛,摘葡萄,踩葡萄轧汁,灌满羊皮囊,擎囊而饮。当她想起过去每天此时,都要面对没有咖啡的杯子和没有烟草的烟斗,摆出饮咖啡和吸烟的动作,就禁不住放声大笑,一边再给自己切一大块面包,或向老拉斯多姆讨来旧烟斗抽一口,尽管那烟斗里装的是牛粪。

那些吉卜赛人似乎视她为自己人(这向来是一个民族所能给予的最高礼遇),显然,她在革命前就与他们保持了秘密联络,而且,她的深色头发和肤色也证明,她天生就是他们中的一员,她在襁褓中被一位英国公爵从榛子树下抱走,带到了那个蛮夷之邦,那里的人因体弱多病而受不了风餐露宿,所以住在房子里。因此,尽管她在许多方面劣于他们,他们还是乐于帮忙,让她变得更像他们;他们向她传授做奶酪和编筐的手艺、偷窃和捕鸟的本领,甚至准备考虑让她嫁给他们中的一员。

不过,奥兰多在英国养成的一些习惯或毛病(随你怎样认为),似乎无法驱除。一天傍晚,大家围坐在篝火四周,血红的夕阳,映照在特萨利安山上,奥兰多高声感叹:

"多好吃啊!"

(吉卜赛语里没有"美"这个字的对应词,"好吃"即是最接近的。)

在场的男女青年哄堂大笑。天空好吃,想想看!而见识过更多外国人的老人却起了疑心。他们注意到,奥兰多常常几个钟头枯坐在那里,除了四下张望,什么也不做。他们会在某个山顶上碰到她,她的眼睛直勾勾地凝视前方,根本不管羊群是在吃草,还是已经走散。他们开始怀疑,除了他们的信仰外,她还有别的信仰。老人们觉得她落入了大自然的魔掌,而在所有的神祇中,大自然最邪恶、最残酷。他们的想法并非太离谱。热爱大自然那这种英国流行病,在她来说是与生俱来。这里的自然,要比在英国宏大得多,也强悍得多,她前所未有地落入它的掌心。这病众所周知,常有人对其加以描绘,因此除简短叙述外,我们无须再加重复。那里有高山,有峡谷,还有溪流。她攀登高山,漫游峡谷,在溪流边小坐。她把山丘比作城堡、鸽子的胸脯和母牛的胁腹。她把花朵比作珐琅,草皮比作土耳其旧地毯。树是枯槁的女妖,羊是灰色的卵石。实际上,每个东西都是其他的东西。她在山顶上发现一个小湖,差点儿跳进去探寻她认为湖中蕴藏的智慧。在山顶上,她眺望远方马尔马拉海彼岸的希腊平原,并辨出(她的视力令人钦佩)雅典卫城,那一两道白色,在她看来,必定是帕特农神庙。她的心灵随之膨胀,她祈祷自己也能分享山峦的壮美、平原的宁静,恰似所有持这种信仰的人。她低头看到红色的风信子花和紫色的蝴蝶花,欣喜若狂地高声赞美自然的善与美。她抬头看到鹰在空中翱翔,想象它的狂喜,也因此欣喜若狂。回家的路上,她向每一颗星、每一座山峰、每一堆篝火致敬,仿佛它们只向她一人发出信号。最后,她终于返回吉卜赛帐篷,扑到自己的草垫上,仍忍不住再次大声呼喊,多好吃啊!多好吃啊!(奇怪得很,人类的沟通方式尽管如此不完美,想说"美",却只能说"好吃",他们仍然宁可忍受嘲笑和误解,也不肯把任何经历存在心里,不与他人分享。)年轻人哄堂大笑,拉斯多姆·埃尔·萨蒂老人却坐在那里,沉默不语。是他用毛驴把奥兰多带出君士坦丁堡。他长了一个鹰钩鼻子,脸上布满深深的皱纹,好似经年累月遭受铁球般冰雹的袭击。他脸色黝黑,眼光锐利,坐在那里,一边往水烟筒里装烟,一边仔细观察奥兰多。他很怀疑她的神是大自然。一天,他发现她在流泪。他觉得是她的神惩罚了她,于是对她说,他并不感到奇怪。他给她看他左手的手指,给霜冻坏了;他给她看他的右脚,给山上落下来的岩石砸伤。他说,这就是她的神对人类的所作所为。她用英文说"但是多美啊!"他听了直摇头;她再次重复这话时,他很生气。他看得出,她不相信他的信仰。尽管足智多谋、德高望重,这也足以让他勃然大怒。

在此之前,奥兰多一直很快乐,现在,这种看法上的不合让她颇感不安。她开始思考自然究竟是美妙还是残忍,然后又开始自问何为美;美在事物本身,还是只在她自己心中。她追究现实的本质,这又引得她追问何为真理,继而是爱情、友谊、诗歌(如在家乡高地上的那些时日);由于这些冥思苦想无法说出,她对笔墨产生了前所未有的渴望。

"啊!若能写下来该多好!"她大声说(很奇怪,她也像那些写东西的人一样认为,写下来的文字可以分享)。没有墨水,纸也不多,但她用浆果和葡萄酒作墨水,利用"大橡树"手稿的页边和行间空白,琢磨出一种简略的速写方式,写素体长诗,描绘风光景色,或与自己对话,简洁地探讨美和真相的问题。她常为此一连几小时心花怒放。但是吉卜赛人起了疑心。首先,他们注意到,她挤奶和制作奶酪不如以前熟练;其次,她在回答别人的提问时,常常心不在焉。一次,一个吉卜赛小伙子从睡梦中惊醒,发现她的眼睛正盯着他。有时,整个部落成年男女几十人,都会感到这种紧张气氛。这是因为他们有了那种感觉(他们的感觉非常敏锐,大大胜于他们的词汇),即无论做什么,一切都会在他们手里化为乌有。譬如,老婆婆在编筐,小伙子在剥羊皮,他们大声唱歌或哼哼小调,对自己的杰作很是自得其乐。这时奥兰多走进营地,扑到火边,凝视火苗。她甚至不需要看他们一眼,他们就能感觉到,有那么一个人什么都怀疑;(我们对吉卜赛语做了一个粗糙但尚可一用的翻译)有那么一个人不为做事而做事,不为看而看;有那么一个人既不相信羊皮,也不相信筐子,而是从中看到(此时他们开始疑惧地打量帐篷周围)别的什么。这时一种朦胧但令人不快的感觉开始影响那小伙子和老婆婆。他们会折断柳条,割破手指。他们会怒火中烧。他们希望奥兰多离开帐篷,永远别再走近他们。可是,他们承认她性情欢乐、有求必应,而且她的一颗珍珠,就足以买下布鲁沙最好的羊群。

久而久之,她开始感到与吉卜赛人之间有某种隔膜,这隔膜有时让她犹豫不定,拿不准该不该结婚,该不该永远生活在他们中间。开始时,她试图如此解释这个问题:她出身一个古老、文明的种族,而吉卜赛人是一个无知的民族,比野蛮人好不了多少。一天晚上,他们向她打听英格兰的情况,她忍不住带了几分自豪的口气夸耀她出生的宅子,里面有三百六十五间卧房,而她的家族拥有这宅子,已有四五百年光景。她还补充了一句说,她的祖先是伯爵,甚至是公爵。这时,她再次注意到,吉卜赛人现出很别扭的神态,但没有像她以前赞美自然时那样愤怒。他们很有礼貌,但又很不安,仿佛出身高贵者看到陌生人不得已暴露自己出身低贱或贫穷时的那种模样。拉斯多姆独自跟在她身后走出帐篷,他说,如果她的父亲是公爵,拥有她所描绘的那些卧室和家具,她也不必在意,他们无人会为此而看不起她。这之后,她倒真有了一股羞愧难当的感觉。显然,在拉斯多姆和别的吉卜赛人看来,四、五百年的宗系实在是再微贱不过。他们自己的家族至少都有两、三千年的历史。在基督诞生数百年前,吉卜赛人的祖先就建造了金字塔,因此对他们来说,霍华德和安茹家族①与史密斯和琼斯宗系没多大区别,均属微不足道。此外,在牧童都有如此古老宗系的地方,吉卜赛人显然觉得,出身古老家

---

① 霍华德和安茹家族,均为古老的英格兰家族,前者为王族,后者是贵族。

族并无任何值得特殊纪念或仰慕之处,这是流浪汉和乞丐都不缺少的东西。尽管出于礼貌,他们把这不会说出口,但吉卜赛人显然认为,当他们拥有整个世界时(当时是黑夜,他们正在一个山顶上,四周耸立着逶迤的山峦),再没有比拥有百来间卧房更平庸的野心了。奥兰多明白,从吉卜赛人的角度看问题,公爵不过是巧取豪夺者和强盗而已,一心从那些根本不在乎土地和钱财人手中攫取这些东西。这些人甚至再想不出有什么事情可以胜过盖三百六十间卧室,其实一间就足矣,一间没有反而更好。她无法否认,她的祖先积累了无数的田地、房屋和封号,却没有一人是圣人或英雄,也没有人造福人类。她也无法反驳以下观点(拉斯多姆是个彬彬有礼的绅士,不会强迫别人接受自己的观点,但奥兰多明白),任何人,再去做祖宗三、四百年前做的事,都会给人指责为粗俗的新贵、投机取巧者和暴发户,尤其会受到自己家族的大声指责。

她试图用熟悉但转弯抹角的方式,证明吉卜赛人生活本身既粗鲁又野蛮,来对付上述说法。于是没过多久,他们之间就产生了更多的恶意,这类龃龉足以引起流血和革命。城镇曾因小小不然的芥蒂而遭洗劫,无数殉道者宁愿上火刑柱,也不肯在此处辩论的观点上退让一步。人们心中最大的激情莫过于渴望说服别人相信自己的信仰。而最伤人感情也令人愤怒的,莫过于自己所珍重的信仰遭到贬损。辉格党和保守党,自由党和工党,不为自己的名望,他们为何还争斗不休呢?地区之间反目为仇,教区之间相互拆台,为的不是对真理的热爱,倒是为了占个上风。人人追求心境的平静和他人的恭顺,而非真理的胜利和道德的升华。但这些道德话题如沟中死水,枯燥无味,它们属于历史学家,还是留给他们来论说吧。

"在他们看来,四百七十六间卧房一文不值。"奥兰多叹道。

"在她看来,一群羊还不如下山的太阳。"吉卜赛人说。

怎么办,奥兰多说不清。离开吉卜赛人,再去做大使,对她来说似乎无法容忍。但永远留在这里,同样也不可能,这里既无纸墨,又无对塔尔伯特家族或众多卧室的敬畏和尊崇。一个天朗气清的早晨,她在伊索山的斜坡上,一边牧羊,一边思索。这时,她所信任的自然或是欺骗了她,或是创造了奇迹——对此同样众说纷纭,孰是孰非无法说清。奥兰多郁郁不乐地凝视面前陡峭的山崖。其时正是仲夏时节,我们倘若必须把周围的风景比作什么,可以说它们是嶙峋的瘦骨、羊的尸骸、被千百只秃鹫啄食过的巨大白色头盖骨。热气蒸腾,奥兰多躺在一棵小小的无花果树下,它的惟一作用,只是把枝叶的图案映在她身上薄薄的长袍上。

突然,对面秃裸的山坡上凭空出现了阴影,颜色愈来愈深,没一会儿,原来岩石嶙峋的地方,就出现了一片翠绿的山谷。她眼看那山谷愈来愈深,愈来愈大,在山脊上展开了一大片状似庭园的空间。在那庭园中,她可以看到草坪茵茵起伏、橡树点缀其间、树枝上歌鸫跳跃。她可以看到树荫之间有小鹿在敏捷地奔跑,甚至可以听到昆虫的低鸣和英格兰夏日轻柔的叹息和颤动。她着迷地看着这一切,一会儿工夫,天上开始飘起雪花,金色的阳光消失了,整幅景致迅速被淡紫色的阴影所覆盖。她看到大车沿路驶来,满载沉甸甸的树桩,她知道,树桩要锯了用来烧火。接着,她家的屋顶、钟楼、塔尖和庭院都出现了。大雪霏霏,她可以听到雪滑下屋顶、落到地上的劈啪声。无数烟囱冒出的青烟冉冉升上天空。一切都是这般清晰,这般细腻,她甚至看见一只寒鸦在雪地上啄食蚯蚓。后来,渐渐地,淡紫色的阴影越变越深,盖没了马车、草坪和大宅。一切都被吞没了。翠绿的山谷什么也没有留下,茵茵草坪变成了燃烧的山坡,光秃秃的,仿佛已被一千只秃鹫啄食干净。看到这里,她不禁泪流满面,慢慢走回吉卜赛人的营地,告诉他们,她第二天非得乘船回英国不可。

她多亏这样做了,吉卜赛青年已在策划阴谋,要置她于死地。他们说,这是荣誉的要求,因为她的心思与他们不同。但他们其实不想割断她的喉管,因此很欢迎她即将离去的消息。幸运的是,有一艘停泊在海港的英国商船,正准备起航返回英国。奥兰多于是又从项链上取下一颗珍珠,不仅付了船票,而且在钱包里留下了几张钞票。她本想把这些钞票送给吉卜赛人,但她知道他们蔑视财富,无奈只好满足于与他们拥抱了,至少在她这一方面,这拥抱非常真诚。

第 四 章

奥兰多从变卖项链第十颗珍珠的所得中,拿出一些,给自己添置了一整套眼下流行的女装。现在,她坐在"痴情女郎"号的甲板上,俨然一副英国淑女模样。此前,她很少留意自己的性别,这听上去离奇,却是事实。或许,这与她始终穿土耳其裤子有关,那裤子转移了她的注意力。吉卜赛女子,除一两个重要的特例外,与吉卜赛男子别无二致。无论如何,直到感觉出裹在腿上的裙子,以及船长极为殷勤地提出要为她在甲板上支一副凉篷,奥兰多才大吃一惊,意识到自己所处地位的得失。而这一惊绝对出乎她的意料。

原因并非仅仅在于想到贞洁和如何保持贞洁。正常情况下,年轻美貌的女子孑然一身时,除此不会想到其他。因为女性道德行为的大厦,就建筑在这一基石之上。贞洁是女性的财富、女性最引人注目的品行,女性会狂热地捍卫自身的贞洁不遭劫掠,甚至情愿舍身一死。但若某人身为男子三十年,还荣升为大使,搂抱过女王,而且若那些不那么高尚的传闻属实,还搂抱过其他一两位贵妇,若他娶过一位罗莎娜·皮佩塔等等,他或许就不会如此大惊小怪。奥兰多吃惊的原因很复杂,很难立即概括出来。本来也一向无人说她脑筋机敏,事事都能立即抓住要害。

整个行程中,她一直在从道德角度思考自己为什么会吃惊,而我们也将按她的节奏来跟随她的思路。

"上帝啊,"她想,平躺在凉篷下,已恢复常态,"这当然不失为一种快活、懒散的生活方式。"她想,踢了踢腿。"可是,裙子拖到脚后跟,也够讨厌的。不过这料子(碎花棱纹丝)着实漂亮。我还从未看到过自己的肌肤(她把手放在膝盖上)像现在这样美丽。不过,我能穿着这样的衣裳跳下水去游泳吗?当然不行!因此,我不得不信任水手的保护。对此我会不会反对呢?会不会?"她疑惑起来,在一连串顺畅无阻的论据中第一次遇到障碍。

她还来不及解开这个结,晚餐已摆到面前,随后是船长本人——尼古拉斯·本笃·巴托罗斯船长,一位仪表堂堂的海船船长——为她擀了一片咸牛肉,同时解开了这个结。

"来一点肥的怎么样,小姐?"他问。"我只给你切手指甲大的一丁点儿。"听到这话,她感到一股甜蜜的震颤流过全身。鸟在鸣啭,激流在奔腾。这让她忆起,许久许久以前她第一次见到萨莎时,那种无以形容的愉悦。那时,她在追求;如今,她在躲避。两种做法,哪个更让人心醉神迷?男人的还是女人的?它们会不会是一码事?不,她想(谢了船长,但表示拒绝),最美妙的是拒绝,是看他眉头微蹙。好吧,如果他希望如此,她就吃一小片,世界上最薄、最小的一小片。在所有感觉中,最美妙的还是让步并看到他的微笑。"因为,"她想,重又坐到甲板上,继续思辩,"世上的事,最有意思的就是先拒绝再让步,拒绝和让步。精神因此达到其他一切无法企及的快感。"她继续想,"因此,我可不敢肯定,我就不会跳下海去,仅仅为了获得让水手搭救的那种快乐。"

（读者莫忘记，此时她就像一个刚刚拥有游乐园或玩具柜的孩子。她的论点不会为成熟女人所接受，因为这类事，她们一辈子碰得多了。）

"不过，为得到水手搭救的快乐而跳海，对那种女人，过去我们'玛丽·罗斯'号士官室的年轻人，会怎么评价？"她说。"我们有个词儿称呼她们来着。啊！我想起来了……"（但此处我们略去了这个词儿，因为它极为不雅，出自女人之口尤其不可思议。）"上帝！上帝！"她再次把自己思考得出的结论喊出声来，"莫非我得开始尊重另一性别的意见，不论我觉得这个意见有多么荒谬？我如果想穿裙子，我如果不会游泳，我如果非得让一个水手搭救我，上帝啊！"她喊道，"我就必得如此！"想到这里，她开始闷闷不乐。她天性直爽，厌恶各种形式的闪烁其词，说谎让她觉得无聊。在她看来，这无异于兜圈子。不过，她思考道，碎花棱纹丝和让一位水手搭救的快乐，倘若这些只能通过兜圈子的方式获得，她猜想，人就只得兜圈子。她记起自己当年身为青年男子时，坚持认为女性必须顺从、贞洁、浑身散发香气、衣着优雅。"现在，我自己不得不为这些欲望付出代价了。"她想。"因为女人并非（凭我亲身作女人的短暂经历）天生顺从、贞洁、浑身散发香气、衣着优雅。她们只能通过最单调乏味的磨练，才能获得这些魅力，而没有这些魅力，她们就无法享受生活的乐趣。仅梳头一项，"她想，"早上就要用去我一小时。照镜子，又要一小时，还要系紧身胸衣的搭带，洗浴敷粉，还要频频更衣，从丝绸到蕾丝到棱纹丝，还要经年累月保持贞洁……"她不耐烦地猛抬了几下脚，露出几分脚踝。此刻恰巧有一个水手从桅杆上向下张望，看到此一情景，大惊失色，一脚踩空，险些丧了性命。"倘若看到我的脚踝，就意味着一个老实人丧命，而那人无疑是拖家带口的,那我倒真得慈悲为怀,把它们遮掩起来。"奥兰多想。但她的双腿美轮美奂,她不禁思忖,要是惧怕水手从桅杆上跌下来,就必须掩饰一个女人的美,可真够荒唐的。"见他们的鬼去吧!"她说,第一次意识到,处于另一情形下,她儿时将受到何种教育,那一定是做女人的神圣职责。

"一旦踏上英格兰的土地,"她想,"我就再不能这样诅咒了。我再不能猛击某人的头顶,再不能戳穿他的诡计,再不能拔剑刺穿他的身体,再不能坐在贵族中间,再不能头戴小王冠,再不能走在队列中,再不能判处某人死刑,再不能统领军队,再不能雄赳赳气昂昂地骑马走过白厅,也再不能胸前佩戴七十二只不同的勋章。一旦踏上英格兰的土地,我惟一能做的就是给老爷端茶倒水,察言观色。要放糖吗?要放奶油吗?"她装腔作势地说出这些话,而后恐怖地觉察到,自己现在是多么看不起另一性别,即所谓的男子气概,而她过去曾对身为男子非常自豪。"只因看到女子的脚踝,"她想,"就从桅杆上跌下来;穿着如盖伊·福克斯①,招摇过市,只为得到女人的赞扬;拒绝让女人受教育,惟恐她会嘲笑你;明明拜倒在穿衬裙的黄毛丫头脚下,却俨然装出创世主的模样,老天爷啊!"她想,"他们可真能哄骗我们啊,我们又有多傻!"此处她的措辞有些含糊,好像同时在指摘男女两性,仿佛她本人既不属于男性,也不属于女性。而且的确她此刻似乎也在犹豫不决,说不清自己到底是男是女,因为她洞悉个中奥秘,兼有两性的弱点。她的头脑处于最困惑、最混乱的奇异状态。她似乎完全失去了无知带来的无忧无虑,成了狂

---

① 盖伊·福克斯,一个英国天主教徒,为1605年阴谋炸死詹姆斯一世的英国火药阴谋案的同谋。英国民间每年11月15日焚毁他的模拟像,喻穿着怪诞、荒唐。

风中飘摇的一根羽毛,她招惹两性对立,轮番发现两性都有可悲的缺陷,因此不能确定自己此身谁属,也就不足为奇。她差点儿喊出声,说自己想返回土耳其,再作吉卜赛人,也就不足为奇。不过此时,船锚落入海中,溅起巨大的浪花,船帆降了下来,她方才意识到(她一直陷入沉思,好几天对一切视而不见),船在意大利海岸抛锚了。船长立即派人来问,能否有幸陪她乘大艇上岸。

翌晨,她回到船上,重新躺到凉篷下的一把躺椅上,端庄地整理好衣裙,遮好脚踝。

"尽管与另一性别相比,我们无知、贫穷,"她想,接着前一天未结束的思路,"尽管他们全副武装,尽管他们连字母也不让我们识,"(就这些开场白来看,前夜显然发生了什么事,把她推向女性一边,她现在的口气俨然更像女子,而且还流露出某种满足)"他们还是得从桅杆上跌下来。"这时,她打了一个大哈欠,睡着了。待她醒来,船已离岸很近,正乘着徐徐清风向前行驶。峭壁上的城镇,若无巨大的岩石和盘根错节的橄榄古树遮拦,仿佛就要坠入水中。大片的橘林,枝头挂满累累硕果,散发出阵阵橘香,一直飘至甲板。十几条翘尾的蓝色海豚,不时高高跃出水面。奥兰多伸出双臂(她已得知,臂没有腿那样致命的影响),感谢上苍,没有让她正雄赳赳气昂昂地骑马走过白厅,甚至没有让她去判处某人死刑。"贫穷也罢,无知也罢,它们本来就是女人遮身蔽体的外衣,这世界不妨留给别人去治理;军事野心、迷恋权力,以及男人其他的一切欲望,都可以抛到脑后,只要能够更充分地享受人类精神所知晓的最崇高的愉悦,"她大声说,她深受感动时总是这样,"那就是冥思、隐居、爱情。"

"赞美上帝,让我成为女人!"她喊道,几近陷入为自己的性别感到自豪的愚蠢境地。无论男女,最令人头疼的莫过于此了。突然有一个词让她顿了一下,尽管我们尽量让它安分守己,这个词仍偷偷出现在最后一个句子的末尾:爱情。"爱情。"奥兰多说。爱情当即(它就是这样急不可耐)现出人的形状(它就是如此骄傲)。因为其他想法可以满足于始终抽象,但这个想法,除非有血有肉,有提花纱巾和衬裙,有长统袜和紧身皮衣,否则就无法得到满足。况且在此之前,奥兰多爱过的都是女人。现在虽然她也是女人了,但人的精神状态适应常规总有一种滞后,所以她爱的依然是女人。倘若意识到她与她们性别相同会起什么作用,那就是更加深刻地体会到她身为男人时的那些感觉。因为过去她觉得莫名其妙的千百种暗示和奥秘,现在都变得了了分明。过去的朦胧感,现在均已消失。那些朦胧感分隔开两性,使无数暧昧的想法久久隐藏在阴暗之处。如果说可以从诗人对真与美的描写中有所收获,那就是这种爱在美之中获得了因虚假而丧失的一切。最后,她喊道,她明白萨莎是怎么回事了。她欣喜若狂,沉迷于这一发现的热情之中,追逐着露出真相的所有宝藏,以致一个男子的声音响起,竟仿佛一颗炮弹在她耳旁炸响。那男子说:"小姐,请吧。"一只男子的手扶她站起来,那男子的手指指向地平线,中指上文了一条三桅帆船。

"英格兰的峭壁,小姐。"船长说,他抬起刚才指向地平线的手,行了一个礼。奥兰多又一次大吃一惊,吃惊的程度还要甚于前一次。

"耶稣基督啊!"她喊道。

幸亏看到久别的故乡能作为吃惊和脱口惊叫的借口,否则她很难向巴托罗斯船长解释此时她心中沸腾的愤怒和矛盾的感情。她如何告诉他,别看她此刻依偎在他的臂膀上,浑身颤抖,她却曾是位公爵和大使？她如何向他解释,别看她如今裹在棱纹丝皱褶中,如一枝百合,她却曾让人头落地,而且在郁金香盛开、蜜蜂嗡嗡飞离外坪老台阶的夏夜,与些荡妇酣睡在海盗船上的珍宝中间？她甚至无法向自己解释,当船长的右手坚定地指向英伦三岛的峭壁时,她为何会怦怦心跳。

"拒绝和让步,多么令人愉悦;"她喃喃道,"追求和征服,多么令人生畏;思考和推理,多么崇高。"在她看来,这些词如此组合,并没有什么不妥。然而,白色的峭壁越离越近,她开始感到内疚和耻辱,觉得自己很下流,而对一个从未想过这一问题的人来说,这些本来是很陌生的。他们离岸愈来愈近,直至肉眼能够看到悬在峭壁半空采海蓬子的人。奥兰多看着他们,感到犹如幽灵附体,萨莎在她的身体里上蹿下跳,不一会儿就要撩起她的裙子,炫耀着不见了。这是她失去的萨莎,她记忆中的萨莎,她刚才还在意想不到之间证实其真实性的萨莎。她觉得,萨莎扮着鬼脸,冲峭壁和采海蓬子的人打出各种不体面的手势。水手们开始哼唱"再会,再会,西班牙女人。"歌词在奥兰多忧郁的心头回旋,她觉得,无论上岸意味着何等舒适、富裕、出人头地和地位显赫(因为她无疑可以嫁个王公贵族,作为他的配偶,统治大半个约克郡),但如果这意味着循规蹈矩、奴役、欺骗,意味着拒绝她的爱情、束缚她的手脚、闭紧她的嘴巴,限制她的言语,她宁肯调转船头,再次扬帆驶向吉卜赛人。

然而,在这些走马灯似来去匆匆的想法当中,突然有什么东西冉冉升起,如同一座平滑、洁白的穹顶。无论是虚是实,这穹顶都使她激情荡漾的心受到很大震动,她停留在这个意象上,犹如看到一大群颤动的蜻蜓,心满意足地落在一个玻璃罩上,玻璃罩里是鲜嫩的菜蔬。在想象的一瞬间,玻璃罩的形状,勾起了她挥之不去的久远记忆。在特薇琪的起居室里,那个天庭饱满的男子,坐在那里写作,或者说只是向前看去,他当然不是看她,因为他似乎根本就没有看见衣着华丽的她,尽管她无法否认,自己当时是个翩翩美少年。每次想起他,这想法就会在记忆周围,铺开一层银色的静谧气氛,宛如汹涌的水面上升起一轮明月。她把手伸向怀里(另一只手仍搭在船长臂上),她本来可以在那里放一块护身符的,但现在,那里安安稳稳地藏着她的诗稿。性别及其含义给她带来的烦恼逐渐消失了。她现在想到的惟有诗歌的辉煌。马洛、莎士比亚、本·琼生、弥尔顿①等人的不朽诗句,开始在她眼前闪现,在她耳边回响,仿佛一只金钟锤敲击大教堂塔尖上的金钟,而这金钟就是她的意识。事实上,她眼前隐约出现了一个大理石穹顶的意象,她因此联想到一位诗人的前额,引发了一连串无关的遐想,而这个意象并非臆造,而是现实。船在泰晤士河上御风而行,这个意象变得赫然在目,它恰恰就是大教堂的穹顶,巍然耸立在众多精雕细刻的白色塔尖中。

"圣保罗大教堂。"站在她身旁的巴托罗斯船长说。"伦敦塔。"他接着说。"格林尼治医院,已故的威廉三世陛下为纪念他的妻子玛丽王后而建。西敏寺,议会。"随着他的话音,这些闻名遐迩的建筑物一一映入眼帘。这是九月的一个上午,天气晴好。熙熙攘攘的小船不停地穿梭往返于两岸之间。在返乡游子的眼中,再没有比这更欢乐、更有趣的景象了。奥兰多倚身船首,沉醉在眼前的奇观之中。岁月蹉跎,她的双目已习惯了野蛮人和大自然,现在,城市的壮观景象不能不令她陶醉。接下来是

---

① 弥尔顿(1608—1674),英国诗人、文豪,对18世纪英国诗歌具有深刻影响。

圣保罗大教堂的穹顶,这教堂是她离开时雷恩①先生的杰作。近处,一根柱子上飘起一绺金发,她身旁的巴托罗斯船长告诉她,那是纪念碑;他说,在她离开期间,曾发生了瘟疫和一场大火。她禁不住热泪盈眶,她记起女人流泪并无不妥,才任由泪水流淌下来。她想,此处,曾是狂欢节旧址。此处,在波涛拍岸的地方,当年矗立着皇家凉亭。此处,她第一次邂逅萨莎。约摸是在此处(她俯视波光粼粼的水面),人们可以看到那个冻僵的女贩,膝上放着苹果。当时的种种辉煌、种种腐朽,都已一去不返。黑夜、惊心动魄的滂沱大雨、脱缰野马般的洪水,亦已一去不返。当年,黄色的冰山旋转奔腾,挟裹走惊惶万状的人们,如今这地方只有几只高雅的天鹅漂浮水面,怡然自得。自最后一别,伦敦发生了天翻地覆的变化。她记得,当年的伦敦满是黑乎乎、了无生气的小房子。礼拜堂栅栏的铁尖顶上,挂着反叛者面目狰狞的头颅。鹅卵石的人行道,散发出垃圾和粪便的臭味儿。现在,船驶过外坪,她瞥到宽阔整洁的通衢干道。高头大马拉着富丽堂皇的马车,停在一排排房屋前。弧形的圆肚窗、格子玻璃窗、闪亮的门环,都显露出主人的富有和尊贵。女士们身着花绸衣(她把船长的望远镜举到眼前),在加高的人行道上漫步。男士们身穿绣花外套,在街隅的路灯下吸鼻烟。她瞥到彩色的店招随风晃动,上面画着烟草、各色衣料、牛奶、金银器、手套、香水或其他千百种商品,让人一看就立即明白那是家什么商店。船向伦敦桥旁的锚地驶去,她刚好能够瞥到咖啡馆的窗户。由于天气晴朗,咖啡馆的阳台上闲坐了许多有身份的市民,身前的桌上

---

① 雷恩(1632—1723),英国建筑师、天文学家、数学家,伦敦大火后设计了圣保罗大教堂等50多所伦敦的建筑物。

摆着瓷碟,身边放着黏土烟斗,其中一人正在朗读报纸,不时被其他人的哄笑和评论打断。这里可都是小酒馆?这些人可都是才子或诗人?她问巴托罗斯船长。他热心地告诉她,他们现在正经过可可树村,如果她稍稍向左侧一下头,顺着他的食指所指的方向看去,也许可以看到艾迪生①先生正在喝咖啡。瞧,他在那里。另外两位绅士,"那边儿,小姐,电线杆右边一点儿,一个驼背,另一个跟你我差不多。"是德莱顿②先生和蒲伯③先生。④"不可救药的家伙,"船长说,意指他们是天主教徒,"不过照样儿是能人,"他补充道。然后匆匆走向船尾,安排靠岸的事情。

"艾迪生,德莱顿,蒲伯。"奥兰多重复道,仿佛这是些咒语。刚才她还看到布罗沙耸立的高山,只一眨眼的工夫,就踏上了故乡的河岸。

但是此时,奥兰多将要领略到,面对铁面无私的法律,激情的作用是多么微不足道;法律之坚,胜过伦敦桥的岩石,法律之严,胜过大炮的炮口。她刚回到布莱克弗里亚斯的家,就不断有博街的跑腿儿和法庭派出的严肃差官,前来通知她,她已成为三大官司以及由此产生,或取决于此的无数小官司的当事方。那三大官司均是在她缺席的情况下提起诉讼的。对她的主要指控是(1)她已死,因此不应拥有任何财产;(2)她是女人,这基本上

---

① 艾迪生(1672—1719),英国散文作家、剧作家、诗人、期刊文学创始人之一,与人合办《看客》杂志。
② 德莱顿(1631—1700),英国桂冠诗人,剧作家、批评家。
③ 蒲伯(1688—1744),英国诗人,长于讽刺,善用英雄偶体,主要作品有《劫发记》等。
④ 随便查阅哪本文学教科书都能知道,船长必定是弄错了;但这错误无伤大雅,我们姑且不去纠正它。——作者注

与(1)是一回事;(3)她曾是英国公爵,娶了舞女罗莎娜·皮佩塔,育有三子,这三子现在宣称其父已去世,他的所有财产应归其所有。如此重大的指控,当然需要时间和金钱来应付。官司期间,她的所有财产由大法官监管,头衔归属待定。因此,现在不能确定她是死是活,是男是女,是公爵还是寻常百姓。就是在这种极端暧昧的情况下,她回到自己的乡间居所。法律允许她在司法判决之前,隐名埋姓居住于此,但是作为男人还是作为女人,还要视诉讼的最后结果而定。

那是十二月一个美丽的傍晚,她到家时,天空中正纷纷扬扬飘着雪花,那横斜的淡紫色阴影,恰似她在布罗沙山顶所见。大宅在雪中闪烁着褐、蓝、玫瑰、紫各色斑斓,屋顶上的烟囱忙碌地冒着白烟,仿佛焕发出自身的生气。与其说它是栋宅子,毋宁说它是座城镇。奥兰多看到它蛰伏在草坪中,宁静、浩大,禁不住冲口喊了起来。黄色的马车驶进庭园,车轮从两侧树木成行的小道上滚滚轧过,几只赤鹿昂起头,好似在期待什么。它们没有露出天生的腼腆,而是跟随马车之后,马车停下后,它们站在了院子四周。踏板放下来,奥兰多踏着它们下了车,赤鹿又是摇头晃脑,又是用蹄子蹬地。据说,还有一只,真的跪在了她面前的雪地上。她的手刚要触到门环,两扇大门豁然敞开,格里姆斯迪奇太太、杜普尔先生和由仆人组成的全体随从,高擎烛灯和火炬,列队迎接她。但挪威猎犬卡努特的狂热首先扰乱了这井然有序的队列,它热情地扑向女主人,险些把她掀翻在地。格里姆斯迪奇太太激动得说不出话来,只能喘着粗气连声说老爷!夫人!夫人!老爷!奥兰多亲切地吻了她的两颊,以示安慰。在此之后,杜普尔先生开始朗读一张羊皮卷子,但他没能有多少进展,狗就吠叫起来,猎人们吹响号角,成年牡鹿也趁着混乱跑进院子,冲着月亮乱叫一气。大家簇拥着女主人,千方百计表明,她回来带给了他们无比的欢乐,这之后,他们在屋内散开。

没有人现出瞬间的疑惑,怀疑奥兰多不是他们所熟悉的奥兰多。即使人们头脑中有疑问,鹿和狗的举动已足以驱散这些怀疑,因为众所周知,这些不会说话的生灵判断身份和特征的能力,远远超过我们。此外,那晚,格里姆斯迪奇太太一边喝中国茶,一边对杜普尔先生说,老爷现在若是变成了夫人,那可就是她见过的最可爱的夫人。根本不必在两者之间进行选择,他们就像一根树枝上结的两个桃子,哪一个都不错。格里姆斯迪奇太太然后用一种神秘的口吻说,过去她早有怀疑(此处她非常神秘地点点头),她对此并不感到惊奇(此处她非常会意地点点头),而且就她而言,这不啻是个很大的安慰;因为毛巾需要缝补,小教堂会客室窗帘的镶边流苏已被虫蛀,他们现在正是需要女主人的时候。

"再有一些小男主人和小女主人。"杜普尔先生补充说,凭他所担任的圣职,他有权对这类微妙的事情发表自己的看法。

老仆们在下屋里闲言碎语之时,奥兰多再次秉烛信步走过那许许多多的大厅、走廊、方庭、卧室;再次在冥冥之中,看到她的祖先,某位科波尔爵士、某位张伯伦爵士面色阴沉地俯视着她。她时而坐在贵宾椅上,时而斜倚欢乐榻,观察壁毯不断地晃动,看策马飞奔的猎手和惊惶逃逸的达弗涅。月光透过窗上盾徽的豹身,洒下一片黄光,她像儿时喜欢做的那样,把手臂沐浴在这一片黄光之中。她沿走廊那些打磨光滑的木地板滑行向前,这些木地板的反面,是粗糙的木材。她摸摸这块丝绸、那块绉纱,想象木雕上的海豚在水中遨游。她拿起詹姆斯王的银发刷,刷刷头发,把脸埋在百花香中,这些干花的制法,依然恪守几百年前征服者威廉的教诲,而且使用同样的玫瑰。她眺望花园,遐想酣睡的番红花、休眠的大丽菊,看到仙女们袅娜的白色身影在雪地和大片的紫杉丛中闪现,那些紫杉丛在漆黑夜幕的衬托下,浓密如房屋。她看到柑橘园和参天的欧楂树。她从这一切以及我们粗粗记下的每一景象、每一声响中得到慰藉,心中充满渴望和欢乐。最后,她终于疲惫不堪地走进小教堂,跌坐在古旧的红色扶手椅上,她的祖先曾坐在这把椅子上听礼拜式的乐曲。她点燃一支方头雪茄(这是她在东方养成的习惯),打开了那本祈祷书。

这是一本金线装订的小书,丝绒封面,当年苏格兰的玛丽女王在断头台上,手握的就是这本书。信徒的眼睛可以察觉出,书上有一块褐斑,据说这是一滴带有皇家血统的血迹。然而,看到在所有的交流中,与神的这种交流是最不可思议的,谁敢说它在奥兰多心中引起多少纯洁的遐想,又抚平多少邪恶的激情?小说家、诗人、史学家把手放在这扇门上,却都犹豫了。甚至信徒本人,也没有能给我们以启示,难道他比别人更乐于献身、更渴望与他人分享财产?难道他不是与别人一样,拥有众多的婢女和车马?而且在拥有这一切的同时,又有一个信仰,他说因为这信仰,财产化为虚幻,死亡成为渴求。在女王的祈祷书中,除了血迹,还有一绺头发和一小点儿面饼渣,现在,奥兰多又给这些纪念品添加了一小片烟叶,于是,奥兰多一边读祈祷书,一边吸雪茄,深受头发、面饼、血迹、烟叶所有这些尘世混合物的感动,陷入沉思,因而显露出一种与周围环境相符的虔敬神色,虽然据说,她并未与我们通常所说的上帝交流。讲到众神,只有一个上帝;讲到宗教,只有说话者信仰的宗教。虽然这种假定再普通不过,但它同样也再傲慢不过。看来奥兰多有自己的信仰。她正以世上最炽热的宗教情怀，思考自己的罪孽和偷偷潜入她精神状态的不完美之处。她反思到，字母 S 是诗人笔下伊甸园中的撒旦。她竭尽全力，但在《大橡树》的第一节中，仍有太多这些罪恶的爬行动物。不过在她看来，相比用"ing"结尾，"s"不算什么。现在分词是魔鬼本身，她想（既然我们现在处于相信魔鬼的境地）。她的结论是，逃避这种诱惑，是诗人的首要责任，因为既然耳朵是灵魂的前厅，诗歌肯定就能比欲望或弹药更多地掺假，并摧毁更多的东西。那么，诗人的职责就是最高的职责，她接着往下想。诗人的言语传得比别人更远。莎士比亚一首无聊的歌，对穷人和坏蛋所起的作用，超过天下所有的传道士和慈善家。因此，为了让传播启示的通道少一些扭曲，花多少时间和精力都不为过。我们必须塑造自己的辞藻，直到它们能够最清晰地表达我们的思想。思想是神圣的。因此，很显然，她又回到自己宗教的地盘，她不在英国的这段时间，她的宗教只是更加坚固，而且迅速获得了信仰的那种不宽容。

"我长大了。"她想，终于拿起细蜡烛。"我正在失去某些幻想，"她说，合上玛丽女王的书，"也可能又生出其他的幻想。"她从埋葬先祖尸骨的墓地间走下来。

然而，甚至先祖麦尔斯爵士、杰维斯爵士，还有其他人的遗骨，也多少失去了它们的神圣意义，这从那天晚上在亚洲的莽莽高原上开始，当时拉斯多姆·埃尔·萨迪大手一挥，对这一切根本不屑一顾。不过三、四百年前，这些骷髅的主人，如同现代的所有新贵，正在这个世界上奔走钻营。如同所有的暴发户，他们建大宅，谋高官，终于显赫一时。而或许诗人，乃至有思想、有教养的人，则更喜欢乡村的静谧。为此选择，他们付出了代价，沦为赤贫，如今或者在斯特兰德大街兜售大幅双面印刷品，或者在乡下牧羊。这些想法让她心中充满自责。她站在教堂的地窖里,想到埃及金字塔和那下面埋葬的尸骨。有一会儿,与这个拥有众多房间的府邸相比,马尔马拉海边那些连绵起伏、人烟稀少的山脉,似乎是更好的栖居之地,尽管这里每张床上都有锦被,每个银盘都有银盖。

"我长大了。"她想,拿起细蜡烛。"我正在失去某些幻想,也可能又生出其他的幻想。"她说,漫步走过长长的走廊,来到她的卧室。她想,这是一个不愉快的过程,一个麻烦多多的过程。但令人惊奇的是,这也是一个有趣的过程,她一边想,一边把腿伸向炉火(因为此时没有水手在场),她循着往昔的时光,回顾自己的进步,仿佛它是一条两侧楼宇林立的林荫道。

少年时代,她多么喜欢声音,在她看来,发自口中的一连串喧闹音节,是最美妙的诗歌。后来,或许是萨莎和她引起的幻灭起了作用,在阴郁情绪的笼罩下,她由狂热变得怠惰。慢慢地,某些复杂、千头万绪的东西,在她内心展开,只有打着火炬,才能在散文而不是韵文中寻觅到这些东西。她记得自己曾经狂热地研究那位诺维奇的布朗医生,他的书就在她手边。与格林的事情了结后,她孤独地在这里形成或试图形成一种抵御的精神,因为上帝知道这些成长需要漫长的过程。"我将写作,"她曾经说,"写我所喜欢写的。"于是她潦草地写出二十六大卷。然而,她出门旅行和历险,她不断深刻思考和转变,尽管如此,她依然处于成长过程中。未来可能带来什么,只有上帝知道。变化不断,而且变化永不会止息。思想在激烈斗争,本来好似岩石般牢固持久的习惯,在另一些思想的触动下,如阴影般坠落,露出无遮无拦的天空和光闪闪、亮晶晶的星星。此时,她走到窗前,窗外寒气逼人,她仍忍不住推开窗,探出身去,感受寒夜潮湿的空气。她听到树林里有一只狐狸在叫,一只野鸡扑簌扑簌在树枝中穿行。她听到雪在移动,从房顶滑落到地上。"就我的生活而言,"她高声宣布,"这里胜过土耳其一千倍。拉斯多姆,你错了。"她喊道,仿佛在与那吉卜赛人辩论(她想出一个论点,不断与本不存在因而无法与她抗辩的人去论争,靠了这一新生的力量,她再次显示了自己灵魂的成长),"这里胜过土耳其。头发、面饼、烟叶,我们就是这些零零碎碎的东西的混杂物。"她说(想到玛丽女王的祈祷书)。"人的头脑真是一个幻影,一个矛盾的汇合体。我们一会儿哀叹自己的出身和现状,渴望苦行的高尚,一会儿又为一条古老花园小路的气息所征服,为听到歌鸫的啁啾而流泪。"一如既往,事物的无奇不有令她困惑,这些事物需要得到解释,却只留下讯息,没有任何关于含义的暗示。她把方头雪茄扔出窗外,上床去睡了。

第二天一早,她拿出纸笔,循着这些思路,重又开始写作《大橡树》。对一个曾用浆果和页边勉为其难地应付写作的人,纸笔充足带来了难以想象的喜悦。于是,她时而因删去一词而陷入绝望的深渊,时而又因添加一个词而攀上喜悦的巅峰,正在这时,一道阴影落在纸上,她赶紧把手稿藏了起来。

她的窗户面向方庭中央;她吩咐过,不见任何人;她谁也不认识,而且从法律上讲,也没有人认识她,所以刚才看到人影,她始则惊讶,继而气恼,然后(她抬起头来,看到其原因)又喜出望外。因为这个熟悉、怪诞的身影非同小可,她正是罗马尼亚芬斯特-阿尔霍恩和斯坎多普-伯姆女大公海丽特·格里塞尔达。她正大步跑过方庭,依然身着一袭黑色女式骑装和披风,连头发都没有一丝一毫的改变。那么,这就是那个从英国一直追逐她的女人!这就是那个猛禽,那个代表淫欲的秃鹫——那个给人带来灾难的猫头鹰！想到自己为了躲避她的勾引(现在变得极其无味),一路逃到土耳其,奥兰多不禁大笑起来。那情景有一种无法表达的滑稽味道。奥兰多以前就觉得,她酷似一只畸形的跳兔,眼睛直勾勾的,两颊瘦长,发式也像那种动物。她现在停下脚步,活像一只跳兔蹲在玉米地里,以为无人看到它。她盯着奥兰多,奥兰多也从窗里盯着她。两人对视了一段时间,奥兰多别无办法,只好请她进来。很快,两位女士就开始相互赞美,女大公一边掸掉披风上的雪。

"愿上天降祸于女人,"奥兰多自言自语,去拿柜子里的葡萄酒杯,"她们从不肯给人片刻安宁。世上再没有人比她们更爱多管闲事,更爱搬弄是非。就是为了逃避这个瘦高个儿,我才离开英格兰,现在⋯⋯"说到这儿,她回身将托盘递给女大公,却看到站在那里的,是一位身着黑衣的高个儿绅士。一堆衣服搭在火炉的围栏上。她现在是独自与一个男人在一起。

奥兰多突然意识到自己的性别,她刚才已把这一点忘得干干净净。她也意识到他的性别,而男性现在遥远得同样令人不安。奥兰多突然觉得头晕目眩。

"啊呀！"她喊道,手捂住肋骨,"你简直吓死我了！"

"可爱的人儿,"女大公高声说,一条腿跪下来,同时把一种烈性甜酒贴在奥兰多的唇上,"原谅我曾经欺骗你。"

奥兰多啜着那美酒,大公跪在她面前,吻她的手。

简言之,有那么十分钟的时间,他们两人热烈地扮演了男人和女人的角色,然后才进入自然的交谈。女大公(以后得称他为大公了)讲述了自己的故事:他是男人,而且从来就是男人;当年他看到奥兰多的一幅画像,无可救药地坠入爱河;为达目的,他男扮女装,寄宿面包房;奥兰多逃到土耳其,他因此而痛不欲生；现在耳闻她的变化，他匆匆赶来为她效劳（此处他的窃笑令人无法容忍）。哈里大公说，这是因为，在他眼里，奥兰多一直是而且永远是女性的典范、佼佼者，完美无缺。若不是其间夹杂诡异的窃笑和呵呵大笑，这三个形容词会很有说服力。"倘若这就是爱情，"奥兰多此时站在女人的角度，看着火炉围栏另一侧的大公，心说，"此事可未免太荒唐了。"

哈里大公双膝下屈，热烈地宣布向她求婚。他对她说，他拥有差不多两千万达克特①，存在他城堡里的一个保险箱中。他名下的土地超过英国任何一个贵族。那里是狩猎的好地方，他保证她能猎到一口袋雷鸟和松鸡，英格兰或苏格兰的大沼根本就比不上。不错，他不在时，野鸡患了口疫，雌鹿早产，但这些都可恢复正常，而且是在她的佐助之下，只要她肯与他一起住在罗马尼亚。

说着说着，眼泪溢满了他那暴突的眼睛，顺着粗糙、瘦长的两颊淌下来。

曾经身为男人的奥兰多根据亲身经历，明白男人经常像女人一样毫无来由地啼哭；但她开始意识到，男人当着女人的面流露感情，女人应该感到震惊，而她也确实感到震惊。

大公向她道歉。他很快控制住自己，说他现在要走了，第二天回来听她的答复。

这是星期二。他星期三来，星期四来，星期五来，星期六又来。事实上，每次拜访都以求爱开始，以求爱继续，以求爱告终，其间则是长时间的沉默。他们分坐壁炉两侧，有时，大公踢翻了火铲火钳，奥兰多把它们拾起来。然后，大公记起，他曾在瑞典

---

① 达克特，旧时在欧洲许多国家通用的金币或银币名。

射中过一只赤鹿,奥兰多问这赤鹿是不是很大,大公说没有他在挪威射中的驯鹿大;奥兰多问他是否射中过老虎,大公说他射中过一只信天翁,奥兰多又问(半掩饰她的哈欠)信天翁是不是有大象那样大,大公说些非常理智的话,这一点毫无疑问,但奥兰多没有听见,因为她正在看自己的书桌、窗外或门。大公说:"我崇拜你。"而就在同时,奥兰多却说:"看哪,下雨了。"对此,两人都觉得很尴尬,脸涨得通红,不知道往下再说什么。的确,奥兰多已想不出还有什么可说。若不是记起一个名叫"苍蝇卢牌"①的游戏,而这游戏又是无须费神就可以输掉大笔钱,她寻思自己怕非得嫁给他不可了;因为她不知还有别的什么办法可以甩掉他。这游戏很简单,仅需三块方糖和足够多的苍蝇。用这个办法,可以克服交谈中的尴尬,避免谈论婚嫁。眼下,大公将出五百英镑,赌一只苍蝇会落在一块而非另一块方糖上。于是,整个上午,他们都有了一个观看苍蝇的消遣(在这个季节,苍蝇当然是懒洋洋的,往往一小时只围着天花板飞来飞去),直到某只美丽的青蝇终于作出选择,游戏于是分出输赢。在这一游戏中,成百上千的英镑在他们之间转手,天生就是赌徒的大公发誓,这游戏毫不逊于赛马,他可以永远玩下去。而奥兰多很快就厌烦了。

"若是每天都得拿出整整一上午,与一位大公一起看青蝇,"她自问,"那么女人年轻貌美又有什么用呢?"

她开始讨厌看到方糖,苍蝇也让她头晕。她觉得,总应有个办法摆脱困境,但耍弄女性的各种计谋,她依然做不到得心应手。既然不再能给男人当头一击,或用长剑刺透他的身体,她就

---

① 卢牌戏,古代一种有赌金、罚金的纸牌游戏。

想不出比下述更好的办法了。她抓了一只青蝇,轻轻把它碾死(它已经半死,否则她那么怜惜不会说话的生灵,绝不会允许这样的事情发生),再用一滴阿拉伯树胶,把它牢牢粘在一块方糖上。在大公死盯着天花板时,她巧妙地把这块方糖与她押下赌注的那块方糖掉了包,然后大喊:"罚钱、罚钱!"宣布她赢了赌注。她猜大公精通体育与赛马,必定会察觉她的作弊。既然在卢牌戏中作弊是最卑鄙的罪行,男人因此会被永远逐出人类,只能在热带与类人猿为伍,她算计他会有足够的大丈夫气,拒绝再与她有任何往来。但她错误地估计了那可爱贵族的单纯。他对苍蝇的判断力极差。在他眼里,死苍蝇与活苍蝇是一回事。她对他耍了二十次同样的把戏,他付给她一万七千二百五十英镑(合我们现在的四万零八百八十五英镑六先令八便士),直到奥兰多的作弊明显到连他也无法视而不见。他终于意识到真相,接踵而来的是一幅痛苦不堪的场面。大公腾地站直身子,脸涨得通红。泪珠一颗颗从他的面颊上滚下来。她从他身上赢走大笔钱并无所谓,他很乐意她这样做;她欺骗他,这有点儿问题,想到她能这样做,他觉得受了伤害;但最不可原谅的,是在卢牌戏中作弊。他说,爱一个在游戏中作弊的女人是不可能的。说到这里,他彻底崩溃了。略微恢复后,他说,幸好没有旁人在场。她毕竟只是个女子,他说。简言之,他正准备发扬骑士风度,宽恕她,已经躬身请她原谅他的语言粗暴,当他低下他那高傲的头颅时,她把一只小小的癞蛤蟆塞到他的皮肤和衬衫之间,于是这件事戛然而止。

公正地说,她宁可用长剑。癞蛤蟆冷冰冰、湿腻腻的,藏在人身上整整一上午挺难受。不过既然不能用长剑,就只好诉诸癞蛤蟆了。而且有时,癞蛤蟆和大笑制造的效果,恰恰是冰冷的铁剑所不能。她大笑。大公开始脸红。她大笑。大公开始诅咒。她大笑。大公砰的一声摔上了门。

"赞美上苍！"奥兰多喊道，笑个不止。她听到四驾马车的车轮疯狂驶过庭院。她听到它们沿路发出的格格声，这声音渐渐远去，最后彻底消失。

"就剩我一人了。"奥兰多说，既然没有别人，她的声音就很大。

喧嚣之后的静寂愈显深沉，这一点仍然有待科学来证实。但刚经过求爱，孤独会显得更明显，许多女人都可以发誓证明这一点。随着大公四驾马车的车轮声渐渐消失，奥兰多觉得，离她一点一点远去的，是一位大公（对此她并不介意），一份家产（对此她也不介意），一个头衔（对此她同样不介意），婚姻生活的安全感和氛围（对此她仍不介意），但她听到生活，还有恋人，正在从她身边远去。"生活和恋人。"她喃喃自语道；走到书桌旁，用笔蘸了墨水，写道：

"生活和恋人"——不合韵律的一行诗，与先前所写的也不合拍——那是用正确的方法给羊洗药浴，免得羊得疥癣。读了一遍，她的脸红了，又重复道。

"生活和恋人。"她把笔放到一边，走进卧室，站到镜子前，整整脖颈上的珍珠项链。她觉得，与枝状花纹的棉布晨袍相配，珍珠显不出华丽，于是换上鸽子灰塔夫绸，又换成有桃花图案的塔夫绸，又换成酒红色锦缎。没准儿需要敷一点脂粉，头发盘绕额头，或许会显得更漂亮。之后，她把脚伸进尖头的浅口便鞋，又戴上一只翠玉戒指。"这下好了。"一切收拾停当后她说，并点燃镜子两旁银制壁式烛台上的蜡烛。看到奥兰多当时看到的雪中之火，哪个女人会不激动呢？因为镜子四周都是白雪覆盖的草地,她好似一团火,一丛燃烧的灌木,而她头颅两旁蜡烛燃烧的火苗是银的树叶。或者说,镜子是绿水,她是颈挂珍珠的美人鱼,是洞穴中的塞壬①,用歌声诱惑水手探身船外,落入水中,拥抱她。她是如此幽暗,又如此光明,如此坚硬,又如此柔媚,只可惜当时无人用简单的英语直截了当地说,"真该死,夫人,你是美的化身。"确实如此,甚至奥兰多(她对自己的身体并不自负)也明白这一点,因为她不由自主露出的笑容,正是女人的美貌似乎不属于她们自己,而宛如水滴洒落或喷泉升起,突然在镜中出现时,她们露出的笑容。奥兰多露出的即是这种笑容,然后她竖起耳朵,听了一会儿,只听到风中树叶的簌簌声和歌雀的啁啾声,她叹了口气说:"生活,恋人。"旋即转身,扯下颈上的珍珠项链,脱去缎子衣裙,换上普通贵族男子灵便利落的黑绸灯笼裤,站得笔挺,摇铃唤来仆人,命令立即备好六驾马车,她有急事要去伦敦。于是,大公离去还不到一小时,她就乘车离去。

沿途照旧是朴素的英格兰风光,无须再加描述,但我们可以借此机会,在奥兰多驾车时,使读者特别注意叙述过程中不经意插入的一两处议论。譬如,读者可能已经注意到,在受到打扰时,奥兰多把手稿藏了起来。然后,她久久注视镜子里自己的身影;而现在,她驾车去伦敦,人们又可以注意到,马跑得飞快时,她吓了一跳,极力抑制,才没有叫出声来。她写作时的谨慎、她对自己身体的虚荣、她对自己安全的担心,所有这一切似乎都暗示了一条,即我们不久前所说的,奥兰多作为女子与男子没什么两样,已经不再完全正确。她正在变得如女人那样,对自己的头

---

① 塞壬,希腊神话中半人半鸟的女海妖,以美妙歌声诱惑过往水手,使驶近的船只触礁沉没。

脑多少有些疑惑,对自己的身体多少有些虚荣。某些感情正在发挥威力,有些则在渐渐消失。一些哲学家会说,换装与此有很大干系。他们说,看似无关紧要,其实衣服的功能绝不仅仅是御寒。衣服能改变我们对世界的看法,也改变世界对我们的看法。举例来说,巴托罗斯船长看到奥兰多的裙子,旋即令人为她支起一架天篷,并竭力劝她再吃一片牛肉,乃至邀她与自己一起乘大艇上岸。倘若她的裙子不是飘垂的,而是紧紧包在腿上,剪裁得像紧腿裤那样,她就不会得到这些恭维。而且我们在得到别人的恭维时,有责任加以回报。奥兰多行了屈膝礼;她遵从礼节,恭维那位可敬的先生非常幽默;如果他的紧腿裤是女人的裙子,他的镶边外衣是女人的缎子上衣,奥兰多就绝不会这样做。因此,有很多事实可以支持这个观点,即不是我们穿衣服,而是衣服穿我们;我们可以把它们缝制成手臂或胸脯的形状,而它们则根据自己的喜好塑造我们的心、我们的脑、我们的语言。因此,既然奥兰多穿裙子已有相当长一段时间,在她身上可以看到某些变化。读者读一读上文,即可发现这些变化,甚至她脸部的变化。对男性奥兰多的画像与女性奥兰多的画像加以比较,我们会看到,他们无疑是同一个人,但依然有某些变化。男子的手可以自由自在地握剑,而女子的手必须扶住缎子衣衫,免得它从肩膀滑下来。男子可以直面世界,仿佛世界为他所用,由他随意塑造。女子则小心翼翼,甚至疑虑重重地斜视这个世界。男女若是穿同样的衣服,对世界或许就有同样的看法了。

这是某些哲学家和智者的观点,但总体说来,我们倾向于另一种观点。幸好男女之间的差异深不可测,服装不过是象征了某种深藏不露的东西而已。是奥兰多本身的改变,指令她选择女性的服装和女性的性表现。或许,如此这般,她只是表现了发生在多数人身上,却没有表现得如此明了的某些东西,她只是比通常更开放而已,而开放本是她的天性。此处,我们再次陷入两难的境地。因为性别虽有不同,男女两性却是混杂的,每个人身上,都发生从一性向另一性摇摆的情况,往往只是服装显示了男性或女性的外表,而内里的性别则恰恰与外表相反。对由此产生的复杂和混乱,人人都有亲身体验;但此处,我们姑且撇开一般,仅仅注意它在奥兰多这个特例中产生的奇特作用。

正因为她身上的这种男女两性的混合,一时为男,一时为女,她的行为举止才往往发生意想不到的转变。例如,女性中的好奇者会争辩说,奥兰多若为女性,她更衣的时间为何从不超过十分钟?难道她的衣衫不是选择得很随意,有时实在很寒碜吗?然后,她们又会说,可她又丝毫没有男性的那种拘泥和对权力的热衷。她的心肠太软,看不得驴子挨打或猫溺水而死。但同时,她们又注意到,她厌恶家务事,夏天日头未出,就起床出门到田里去。她对庄稼的了解不下于农民。她的酒量不逊于任何人,还喜欢危险的游戏。她的马术精湛,能驾驭六驾马车疾驰过伦敦桥。不过,尽管像男子那般勇敢、活跃,据说看到别人遇到危险仍能让她心悸,这一点最为女子气。稍遇挑衅,她就会眼泪汪汪。她不熟悉地理,受不了数学,也有那些莫名其妙的怪念头,譬如向南即是下山,这种情况女子比男子更普遍。那么,奥兰多究竟是更像男子,还是更像女子,这一点很难说清,时至现在,仍然无法确定。她的马车此时正在鹅卵石子路上飞奔,她来到了自己在城里的家。下车的脚踏板放下来,铁门打开,她走进父亲在布莱克弗里亚斯的房子。虽然城市的这一端此时已开始为时尚所遗弃,但这宅子仍不失一处舒适、宽敞的所在,花园直通河边,长满坚果树的小树林,赏心悦目,是散步的好去处。

她开始在这里暂住,并立即着手四下寻觅她心中的目标,即生活和恋人。前者能不能找到,尚存疑问;而后者,她在抵达两天之后,就毫不费力地如愿以偿。她来城里是星期二,星期四她到圣詹姆斯公园的林荫道散步。当时,非得身为上等人,才有散步的习惯。她刚在那条路上转了一两个弯,就被一小群平民瞥到。这些人到这里来的目的,无非是为了窥视上等人。奥兰多从他们身旁经过,一个怀抱吃奶婴儿的粗俗女人凑上来,放肆地盯着她的脸,大喊道:"我的天啊,这不是奥兰多小姐吗?"其他人一拥而上,奥兰多发现自己瞬间被一伙人团团围住。这些公民和商人的老婆个个死盯着她,都急于想看看这场热闹的官司的女主角是个什么模样,由此可见这场官司给老百姓找了多少乐子。的确,此时若无一位高个儿绅士趋身上前相助,她会发现自己面对人群的挤压,全无招架之力。她已经忘记了,贵妇人绝不应独自在公共场所散步。那位绅士正是大公。对这一场面她不禁觉得苦不堪言,但又觉得有些好笑。这位宽宏大量的贵族不仅原谅了她,而且为了表明对她的癞蛤蟆恶作剧并不见怪,他去买了一件首饰,做成那个爬行动物的模样。在扶她上车时,他一面硬把这件首饰塞给她,一面再次向她求婚。

围观的人群、公爵、首饰,由于发生了这一切,她驱车回家时,情绪之恶劣,自然可想而知。难道去散散步,也非得给人挤得透不过气来,还得接受一只翠玉癞蛤蟆,忍受一位大公的求婚?翌日,她对这件事的看法略有好转,因为她发现早餐桌上有几封短笺,来自英国一些最尊贵的贵妇——萨福克夫人、索尔兹伯里夫人、切斯特菲尔德夫人、塔韦斯脱克夫人等等。她们均彬彬有礼地提醒她，她们的家族与她的家族之间累世通好，她们渴望有幸与她相识。第二天是个星期六，这些贵妇中有许多亲自前来拜访。星期二，大约中午时分，她们的侍者送来请柬，邀请她在近期参加各类交际盛会、晚宴和聚会；于是奥兰多转眼间给人丢进伦敦社交界的汪洋大海，溅起了朵朵水花儿和泡沫。

真实描述当时的伦敦社交界，实际上真实描述任何时候的伦敦社交界，都超出本传记作者或本历史学家的能力。做这件事，惟有信任那些不需要真实，或不尊重真实的人，即诗人和小说家，因为这是一个不存在真实的领域。一切都不存在。整个社交界都是云遮雾罩，都是海市蜃楼。说得明白些，就是奥兰多凌晨三四点钟从这样的一个社交盛会回到家中，满面放光，宛如一棵圣诞树，眼睛亮闪闪，宛如两颗星星。她解开一根缎带，在屋里踱几圈，再解开一根缎带，又在屋里踱几圈。往往是到日头明晃晃地照到绍斯沃尔克的烟囱上，她才能说服自己上床睡觉。她会躺在床上，翻来覆去，又是大笑，又是叹气，折腾一两个小时才能入睡。这番辗转反侧为的什么？社交界。那么社交界究竟说了什么或做了什么，让一位理性的贵妇如此兴奋？说白了，什么也没有。第二天，奥兰多搜肠刮肚，竟记不起一个字来说清楚什么事情。O勋爵很勇武。A勋爵彬彬有礼。C侯爵很迷人。M先生很风趣。但若要回忆他们究竟怎样勇武、彬彬有礼、迷人和风趣，她只能自叹记忆力出了毛病，因为她竟然一件事也说不出。而且同样的情况反复出现。尽管当时兴奋异常，到第二天，一切都不复存在。由此我们只能得出结论，社交界就是圣诞节时技巧高超的管家端上的滚烫的酿造饮料，它的味道取决于十几种不同原料的适当混合和搅拌。单拿出任何一种，都淡而无味。挑出O勋爵、A勋爵、C侯爵或M先生，单独看，每个人都微不足道。搅在一起,他们就散发出令人陶醉的味道和馥郁的香气。然而对这种令人陶醉、这种诱惑力,我们却分析不出它的所以然。因此,社交界既是一切,又什么也不是。社交界是世上威力最大的调制品,又根本就不存在。只有诗人和小说家能够应付这些怪物,他们的著作因充满这些似有还无的东西而卷帙浩繁;我们很乐意本着世上最善良的愿望,把这些留给他们去应付。

因此,我们遵循前辈的榜样,只说安妮女王治下的社交界光彩夺目,无与伦比。能进入社交界,是每个有教养的人的生活目标。风度翩翩高于一切。父亲如此教子,母亲如此教女。举手投足的技巧、鞠躬和行屈膝礼的艺术、使用剑与扇子的本领、牙齿的护理、腿的动作、膝部的灵活性、进出房间如何举止得当,以及身处社交界的任何人立即就会联想到的其他种种礼数,离了这些,对男女两性的教育就谈不上完整。既然少年奥兰多呈上一碗玫瑰水的姿态曾赢得伊丽莎白女王的欢心,我们就必须假定,她在这方面是个无懈可击的高手。不过,她确实经常心不在焉,因此有时显得笨手笨脚。在应该想到塔夫绸时,她常常想起诗歌。她常常昂首阔步,不太像个女子。她常常动作唐突,偶尔可能碰翻一杯茶。

不管这一瑕疵能否抵消她光彩照人的风度,也不管她是否过多继承了家族所有成员血管中流淌的黑色体液,可以肯定的是,她参加社交活动不过十来次,在没有旁人在场时,她的爱犬皮平就听到她自问:"我究竟怎么了?"此时是一七一二年六月十六日星期二;她刚从阿灵顿公馆的一个盛大舞会归来。天空已露出蒙蒙曙光,她脱掉长袜,大声说:"即使一辈子再不见人,我也不在乎。"眼泪夺眶而出。情人她有一大摞,而生活呢?从某一角度看,生活毕竟很重要,而生活却从她身边溜走了。"难道这就是?"她问,却没有人回答她。"难道这就是人们所谓的生活?"她依然提完了自己的问题。她的长毛爱犬抬起前爪,用舌头舔她,对她表示同情。奥兰多用手抚摸它,用嘴唇吻它。简言之,他们之间拥有狗与女主人所能拥有的最真挚的同情,但不能否认,动物不会说话,交流想深入下去,就碰上了天大的障碍。它们摇头摆尾,前伏后躬,打滚儿,蹦高,用爪子刨地,发出哀鸣,吠叫,淌口水,它们有各式各样自己的把戏和花招,但一切都没有用,因为它们不会说话。她对阿灵顿公馆的那些大人物就是这种看法,她一边想,一边把爱犬轻轻放在地上。他们同样摇头摆尾,打滚儿,蹦高,用前爪扒地,淌口水,但他们不会谈话。"我离家进入社交界好几个月了,"奥兰多说,把长袜甩到房间另一侧,"如果皮平会说话,我所听到的东西不会比它说的多。全是些我很冷,我很快活,我饿了,我抓了一只耗子,我埋了一根骨头,请吻我的鼻子之类。"而这是不够的。

在如此之短的时间里,她已经经历了从陶醉到厌恶。何以如此,我们将试图通过以下假定来解释:我们称为社交界的这个神秘组合体,本身并无绝对的好坏可言,但它内含一种酒精,挥发得虽然快捷,能量却极大。当你如奥兰多那样认为它纯美时,它让你陶醉,而当你如奥兰多那样认为它可憎时,它就让你头疼。我们冒昧地怀疑说话的官能与这两方面没有什么关系。往往,沉默一小时是最迷人的时刻;妙语连珠的人可以令人生厌到无以复加的地步。不过,我们还是继续来讲故事,把这一点留给诗人去评说吧。

奥兰多甩掉第一只袜子,又甩掉第二只,之后非常绝望地上床睡觉,发誓永远弃绝社交界。但结果再次证明,她太急于作出结论。因为第二天早上醒来,她发现,桌上的请柬中,有一封来自某位高不可攀的贵妇:R公爵夫人。前夜还决心再不踏进社交界一步的奥兰多,当天就急急派人去R公馆送信,说她能出席宴会荣幸之至。我们的解释只能是,在"痴情女郎"号甲板上,有三个甜蜜的名字落入她耳中,即"痴情女郎"号沿泰晤士河行驶时,尼古拉斯·本笃·巴托罗斯船长所说的那三个名字,她至今仍受到它们的影响。艾迪生、德莱顿、蒲伯,当时他手指向可可树村说道。从此之后,艾迪生、德莱顿、蒲伯像咒语般在她脑袋中鸣响。这样的傻念头谁能相信?但事实如此。她并没有从与尼克·格林打交道中汲取任何教训。这些名字依然对她是巨大的诱惑。或许,我们必须有某种信仰,但我们已经说过,奥兰多不信通常意义上的神,因此她容易轻信伟人。但这也有区别。她对元帅、军人和社会活动家不以为然,但只要一想到大作家,她就会陷入盲目崇拜的状态,以致她几乎认为他是看不见的。她的直觉不无道理。或许,人只能完全相信自己看不到的东西。她从甲板上模模糊糊瞥见那些伟人的身影,就具有幻想的性质。如果说茶杯即瓷器,报纸即纸,她会怀疑这样的说法。一天,O勋爵说,头一晚他曾与德莱顿共进晚餐,她根本就不相信他的话。而R夫人的客厅自来给人称为等待天才垂注的候见厅。男男女女聚集于此,向壁龛中的天才顶礼膜拜。有时,连上帝本人都会君临此地片刻。惟有聪明人才能进入,(据说)那里面说的话无一不是妙趣横生。

因此,奥兰多走进那房间时的心情可以说是诚惶诚恐。她发现一些人围着壁炉形成一个半圆。R夫人已上了年纪,肤色微黑,头包一袭黑色花边纱巾,坐在中央的一把大扶手椅上。如此一来,她虽然有点耳聋,依然能够控制两侧的谈话。坐在她左右的,都是些声名显赫之人。据说,男子都曾做过首相;人们私下里还说,女子也都曾是哪一位国王的情妇。可以肯定的是,人人都出类拔萃,人人都大名鼎鼎。奥兰多心怀敬畏,找了个位子默默地坐下来……三小时后,她深深地行了一个屈膝礼,离开了R夫人家。

读者可能会有些恼怒地问,那么这中间发生了什么呢?三小时里,这些人一定说了些世上最机智、最深沉、最有趣的话。似乎确实如此。但事实又好像是,他们什么也没说。这是他们与世上所有光彩夺目的社交界所共有的一个奇怪特征。老杜狄范夫人①与她的朋友无止无休地谈了五十年,其中又有什么流传至今呢?或许说了三句机智的话。所以我们完全可以假定,或者什么也没有说,或者没说什么机智的话,或者那三句机智的话维持了一万八千两百五十天,摊到他们每人身上,也就没多少机智可言了。

那么实情似乎是——如果根据上下文,我们敢用实情这个字眼——所有人都着了魔。女主人是现代的西比尔②。她是个女巫,用咒语迷住了客人。在这幢房子里,他们自认为很快活;在那幢房子里,他们自认为很机智;在另一幢房子里,他们自认为很深沉。一概是幻觉(这并无不妥之处,因为幻觉在天下万物中最珍贵、最不可缺少,能产生幻觉的人,可跻身世上最伟大的施惠者之列),但是由于众所周知,幻觉与现实冲突会破碎,因此在幻觉盛行的地方,容不得真正的快活、真正的机智、真正的深沉。这解释了为何漫漫五十年,杜狄范夫人只说了三句机

---

① 杜狄范夫人(1697—1780),法国贵妇,著名沙龙女主人,以与伏尔泰等文豪的通信著称。
② 西比尔,古代女预言家、女巫。

智的话。说得太多,她的圈子就会毁灭。俏皮话一出口,就会断送正在行进的谈话,好似炮弹摧平紫罗兰和雏菊。她说出那句闻名遐迩的"圣但尼之妙语",当时四周的草地都燎焦了。接踵而来的是失望和忧伤。人们默默无语。"看在老天爷的面上,夫人,饶了我们,以后莫说这种话!"她的朋友异口同声地恳求。她顺从了他们。几乎十七年,她没说过一句值得记忆的话,结果事事顺遂。在她的圈子里,幻觉的美丽床罩丝毫没有遭到破坏,就像它在 R 夫人的圈子里一样。宾客们自认为很快活、很机智、很深沉,而且,由于他们如此认为,旁人就更强烈地如此认为,于是哄传最令人愉快的地方莫过于 R 夫人府邸的聚会;人人艳羡那些有幸厕身其间的人;那些人则因为别人的艳羡而自我艳羡;于是一切就这样循环往复——除了我们现在要讲述的这件事。

　　事情大约发生在奥兰多第三次去那里。她当时仍处于幻觉之中,自以为听到的都是盖世无双的警句,而实际上,C 老将军不过是啰啰嗦嗦地讲述了他的痛风如何从左腿移到右腿,而 L 先生在别人提到任何高贵的姓名时,都会插嘴说:"R?噢!我跟比利·R 熟得不得了。S?他是我最亲爱的朋友。T?我俩一起在约克郡呆了两星期。"由于幻觉的魔力,这些话听起来仿佛是妙趣横生的应答,是洞察人生的评论,引得在场的人哄堂大笑。此时,门开了,一位小个子绅士走了进来,他的名字奥兰多没有听清。但很快,她就感到一种奇特的不自在。从别人的面部表情判断,他们也有同样的感觉。一位先生说有穿堂风。C 侯爵夫人担心沙发下有只猫。仿佛做了一场愉快的好梦之后,他们的眼睛慢慢睁开,看到只有廉价的脸盆架和肮脏的床罩。仿佛醇酒的香气正在飘然散去。那位将军仍在说话,L 先生也仍在回忆。但将军的红脖子和 L 先生的秃头变得愈来愈明显。

至于他们说了些什么,无非是些最单调乏味、最微不足道的聒噪。人人变得坐立不安,有扇子的人,都躲在扇子背后打哈欠。最后,R夫人用自己的扇子敲了敲大椅子的扶手。两位绅士都住了嘴。

然后,那位小个子绅士开始说话。

他接着说,

他最后说,①

不能否认,它们是真正的机智,真正的智慧,真正的深沉。在场的人大惊失色。这样的话一句已经够糟了,但是三句,一句接一句,全在同一天晚上!没有一个社交圈子能挺过这一关。

"蒲伯先生,"R夫人大怒,用讥讽的口吻颤抖着说,"你很得意自己的俏皮了。"蒲伯先生弄了个大红脸。大家都没有说话,在死一般的寂静中枯坐了约摸二十分钟,然后一个一个站起来,悄悄从屋里退了出去。有了此一经历,很难说他们是否还会再来此地。整条南奥德利街都可以听见执火把的小厮招呼马车的喊声,门砰砰地关上,马车驶远了。在楼梯上,奥兰多发现自己与蒲伯先生离得很近。他那瘦削、畸形的身体因种种感情而瑟瑟发抖,眼睛射出恶毒、狂怒、得意、机智和恐惧(他浑身像一片树叶在战栗)的光。他看上去活像一只蜷伏的甲壳虫,脑门上有块燃烧的黄宝石。与此同时,一股奇特无比的情绪攫住了倒霉的奥兰多。不到一小时前,她承受了彻底的失望,头脑因此失去平衡。一切似乎都变得苍白和光秃,超出以往十倍。这对人的精神而言,是一个非常危险的时刻。在这种时刻,女人会去

---

① 这些言论太著名了,我们无须在此重复。此外,这些言论在他出版的作品中均可找到。——作者注

做修女，男人会去做僧侣。在这种时刻，富人散尽财富，幸福者自割喉管。奥兰多本会乐于做所有这一切，但她还有一件更鲁莽的事情要去做，而她确实做了。她邀请蒲伯先生同她一起回家。

因为，倘若赤手空拳深入狮窟属鲁莽之举，乘划艇航行大西洋属鲁莽之举，单腿立于圣保罗大教堂之顶亦属鲁莽之举，那么独自与一位诗人回家，则是鲁莽中之鲁莽了。诗人将大西洋与狮子集为一身。一个溺死我们，一个咬死我们。我们即使能逃脱狮口，也要葬身汪洋大海。一个能够摧毁幻觉的人，无异于洪水猛兽。幻觉之于灵魂，如同空气之于大地。没有那稀薄的空气，植物就会死去，色彩就会褪尽，我们行之于上的地球就是一堆烧焦的炭渣，我们踩踏的是灰泥，炙热的鹅卵石灼烤我们的双脚。了解真情，我们就完蛋了。生活就是一场梦。梦醒之后，我们就会死去。夺走我们的梦想，等于夺走我们的生命（乐意的话，如此这般可以写上六大页，但这种风格单调乏味，我们最好还是放弃这个打算）。

照此来说，在马车驶近布莱克弗里亚斯她家时，奥兰多应该已变成了一堆炭渣。但她尽管疲惫不堪，却依然有血有肉，这一点全要归功于我们在上文的叙述中提请注意的事实，即眼见得越少，相信得越多。从梅费尔①到布莱克弗里亚斯，那时的街道照明情况很糟糕。诚然，与伊丽莎白时代相比，照明情况已大有改善。在伊丽莎白时代，夜行人只能凭借天上的星星或守夜人的火把，才不致跌进公园街的砾石坑，或误入图腾海姆庭园路猪觅食的橡树丛。即便如此，那时仍大大缺少我们现代的便捷。

---

① 梅费尔，伦敦西部一高级住宅区。

煤油灯柱大致每隔二百码才有一个,两个灯柱之间黑漆漆一片。因此,奥兰多和蒲伯先生是十分钟身处黑暗,半分钟身处光明。奥兰多的意识于是处于一种非常奇特的状态。光线黝暗时,她开始觉得有一股芳香的气味悄然覆盖全身。"一个年轻女子,与蒲伯先生同车而行,确是莫大的荣幸,"她开始想,看着他鼻子的轮廓,"我是女性中顶有福气的人了。女王陛下国度中最大的才子离我只有半英寸远——我能感到他膝上的勋带结顶着我的大腿。后世想到我们,会充满好奇心,他们会嫉妒死我的。"接下来车到了有灯柱的地方,"我真是个傻瓜!"她想。"声名、荣耀不过是些莫须有的玩意儿。未来的时代根本不会想起我,或者蒲伯先生。的确,什么是'时代'?又什么是'我们'呢?"他们在一片黑暗中穿过伯克莱广场,仿佛两只瞎眼的蚂蚁,没有共同的利益或共同关心的事情,被暂时抛到一起,摸索着爬过漆黑的荒地。她打了个寒噤。不过此时黑暗又降临了。她的幻觉开始复苏。"多么高贵的额头啊。"她想(黑暗中误把椅垫上的小圆丘当成蒲伯先生的前额)。"里面蕴藏了多少才华!机智、智慧和真理——多么巨大的宝藏,人们宁愿用生命来换取!你的光是惟一永不熄灭之光。没有你,人类将只能在无边的黑暗中摸索前行,"(这时马车掉进公园街的一条沟中,车身倾斜过来)"没有天才,我们难免魂不附体。威严无比、清晰无比的光束——"她正对坐垫上的小圆丘发出呼语,他们的车驶到了伯克莱广场一盏街灯之下,奥兰多才意识到自己错了。蒲伯先生的额头并不比旁人大。"你这个坏蛋,"她想,"可把我骗苦了!我把坐垫上的圆丘当作你的额头。等到完全看清楚,你是多么低贱,又多么可鄙啊!畸形、羸弱,你身上没有什么值得人尊敬的地方,只让人可怜,更让人鄙弃。"他们又陷入了黑暗,她的愤怒有所缓和,因为除了诗人的膝盖,什么也看不见。

"我自己才是坏蛋,"一进入彻底的昏暗之中,她就反思道,"你卑劣,我岂不更卑劣?是你养育和保护了我,你吓跑了野兽,让野蛮人害怕,给我丝绸衣裳、羊毛地毯。如果我想敬神,难道不是你提供了自己的形象,让它在空中显现?难道不是处处都可以看到你的关爱?难道我不应该谦恭、感激、驯服?让侍奉、尊重和服从你成为我最大的快乐吧。"

这时,他们到达了现在的皮卡迪利广场拐角处的那根大灯柱下。她的眼睛闪闪发光,她看到,除了几个下等女人,有两个可怜的小矮人,站在一块荒岛上。两人赤身露体,孤零零的,自顾不暇,完全没有能力相互帮助。奥兰多直视蒲伯先生的面孔,自忖道,"你以为你能保护我,我以为我能崇拜你,其实都是痴想。真理之光照在我们身上,而对我们两人,那该死的真相确实让人尴尬。"

当然,在这全过程中,他们一直在惬意地谈论女王的脾性和首相的痛风,如同出身高贵和有教养者的所作所为,而马车由黑暗到光明,向南沿干草市场、斯特兰德街行驶,又向北折到舰队街,最后终于到达布莱克弗里亚斯她的家。有那么一段时间,灯柱之间的暗处,光线不那么昏暗,而街灯本身,又不那么明亮,这说明太阳正在升起。于是在夏日清晨似明又暗的天光中,在一切都能看见,又一切朦朦胧胧的情况下,他们从车上下来,蒲伯先生扶奥兰多下车,奥兰多礼貌地请蒲伯先生先她进入公馆,最认真地履行了美惠三女神的礼节。

然而,我们万万不能依据上文这段话,遂假设天才(不过现在,此种疾病在英伦三岛已经灭绝,据说,已故的丁尼生爵士是罹此疾病的最后一人)会不断地燃烧,否则,我们就会把一切看得一清二楚,或许在这一过程中,我们还会被烧成灰烬。相反,天才类似正在工作的灯塔,每次只射出一束光,然后休息片刻;当然,天才的表现要变幻无常得多,天才的光芒可能连续闪烁六七次(如那晚的蒲伯先生),然后陷入黑暗,持续一年或永久。因此,没有可能在这样的光束指引下航行,据说,在黑暗时期,天才基本上无异于常人。

奥兰多最初有些失望,后来却对这种情形感到挺快活,因为她的生活常有天才陪伴。他们也不似人们可能想象得那样不同寻常。她发现,艾迪生、蒲伯、斯威夫特①喜欢喝茶。他们喜欢凉棚架。他们采集绿色之外其他颜色的蒲草。他们崇拜岩洞。他们对等级并无反感。赞美则是多多益善。他们今天穿李子色西服,明天穿灰色西服。斯威夫特先生有一根精美的马六甲手杖。艾迪生先生的手帕上喷了香水。蒲伯先生为自己的脑袋伤神。他们不放过每一条流言蜚语,也免不了心生妒忌。(我们只草草写下奥兰多一些杂乱无章的想法。)最初,奥兰多对自己时不时注意此类区区小事很恼火,于是专门预备了一个本子,想记下他们所说的值得记忆的隽语箴言,但那个本子上始终空空如也。然而,她的兴致恢复了。她开始撕掉盛大晚会的请帖,空出晚上的时间,盼望蒲伯先生、艾迪生先生和斯威夫特先生的来访。读者此处若参看《劫发记》《看客》《格列佛游记》,就会确切懂得这些神秘字眼的含义。的确,读者若是接受这一忠告,传记作者和批评家就可以省很多事。因为当我们读到:

---

① 斯威夫特(1667—1745),英国作家、讽刺文学大师,主要作品有《格列佛游记》。

> 是那美女背弃了戴安娜之法,
> 抑或碰裂了薄胎瓷罐,
> 玷污了她的名誉,抑或她身穿的锦缎,
> 她忘记了祈祷词,还是错过了化装舞会,
> 抑或在舞会上失落了一颗心,还是一串项链。

我们仿佛听到蒲伯先生的声音,我们知道他的舌头像蜥蜴的舌头一样嗞嗞作响,他的眼睛烁烁发光,他的手在颤抖,他的爱,他的谎言,乃至他的痛苦。简言之,作家灵魂的每一秘密,作家生活的每一经历,作家思想的每一特征,都栩栩如生地表现在他的著作中,而我们却需要评论家来说明,传记作家来阐述。时间多得让人百无聊赖是畸形生长的惟一解释。

因此,既然读了一两页《夺发记》,我们就已完全领悟那天下午,奥兰多为何会觉得如此趣味盎然,又如此恐惧,如此满面放光,又如此目光炯炯。

这时,纳丽太太敲门,通报说艾迪生先生求见。蒲伯先生听了,苦笑一下,站起身来,鞠躬告退,一瘸一拐走了出去。艾迪生先生走了进来。在他就座时,我们从《看客》中摘出以下一段话:

> 在我眼中,女人是美丽、浪漫的动物,应该饰以裘皮和羽毛、珍珠和钻石、矿石和丝绸。猞猁应把毛皮抛在她脚下,为她充作披肩。孔雀、鹦鹉和天鹅应为她的手笼效力。应遍搜大海中的贝壳,岩石中的宝石;大自然的每一部分都应有所贡献,装饰其最完美无缺的造物。我赞成女人沉溺于这一切之中,但是,说到我一直在谈论的衬裙,我既不能、也不会容忍它的存在。

这位先生、他的无沿三角帽,还有其他一切,都握在我们的手心之中了。再看那块水晶。难道不是清澈到连袜子上的每一条皱褶都看得一清二楚吗?他的机智的每一涟漪、每一曲线都暴露无遗,还有他的温厚、他的胆怯、他的温文尔雅,以及他将娶一位公爵小姐为妻,最终死得非常体面。一切都是清清楚楚。而且当艾迪生先生说完他要说的话后,一阵可怕的叩门声响起,斯威夫特先生未经通报径直走进来,他总是这样随心所欲。等一等,《格列佛游记》在哪里?在这儿!让我们来读读游历慧骃国的一段:

> 我拥有康健的身体和平静的头脑;没有朋友背叛或不忠,也没有秘密或公开的敌人来伤害我。我无须行贿、谄媚或告密,也不必讨好大人物及其属下。我不需要抵挡欺诈或压迫;既没有医生毁伤我的身体,也没有律师害我倾家荡产。没有告密者监视我的言行或罗织罪名陷害我,没有人讥讽、指摘、背后使坏、偷盗、打劫、入户行窃,也没有代理人、老鸨、小丑、赌棍、政客、才子、坏脾气又单调乏味的谈客……

嘿,且慢,别再喋喋不休地说你那些大词儿,免得我们大家活受罪,还有你自己!再没有什么比这个言辞激烈的男人更让人看得明白。他那么粗鲁,又那么清白;那么残暴,又那么善良;鄙视天下,又那么温柔对一个姑娘讲话,他将死在疯人院,对此我们还会有所怀疑吗?

于是奥兰多为他们所有人斟茶;有时天好,就带他们去乡下,在圆形客厅设宴款待他们,这里,她把他们的肖像绕室悬挂一周,于是蒲伯先生再无法说她偏向艾迪生先生,或出现相反的情况。他们也都非常机智(不过这些机智都表现在他们的书中),教会她最重要的风格是讲话语调的自然,这是一种不曾亲耳听到,就无从模仿的特质,即便是格林,凭他的才艺,对此也无可奈何;因为它凭空而生,如清风拂过,来也无影,去也无踪,半个世纪以后,那些竖起耳朵,努力想捕获它的人,只怕更难如愿。他们只是通过自己讲话的节奏,教会她这一点。于是她的风格发生了变化,写出了一些引人入胜、机智的韵体诗,散文诗中对人物的描写也很不错。于是,她慷慨地拿出大量葡萄酒款待他们,用餐时把支票压在他们的盘子底下,他们也欣然纳入囊中。奥兰多则接受他们书上的献辞,认为这种交换令她荣幸之至。

岁月荏苒,人们常常可以听到奥兰多自言自语,但她强调的或许会让听者猜疑起来,"平心而论,这是什么生活啊!"(因为她还在寻觅生活那个玩意儿。)不过,事态的发展很快就逼迫她更仔细地审视这个问题。

一天,她正在给蒲伯先生斟茶,他目光如炬,观察力很敏锐,这一点从上文所引的韵体诗中,人人都能看出来。他蜷成一团,缩在她身旁的椅子上。

"主啊,"她一边夹方糖,一边想,"后世的女人们会多么嫉妒我啊!不过——"她停住了,因为蒲伯先生需要她的注意。但是,让我们来替她把这话说完。听到有谁说"后世会多么嫉妒我",我们完全可以断言,此人眼下活得并不痛快。这种生活真的像回忆录作者写得那么激动人心、那么诱人、那么值得称道吗?首先,奥兰多确实不喜欢喝茶;再者,才智尽管很神圣、很值得崇拜,却有栖身于最肮脏躯壳之内的习惯,而且往往嗜食其他官能,因此头脑太大,心胸、感觉就给挤得透不过气来,宽宏、慈悲、包容、体贴等等也就无从谈起。于是诗人自视甚高,于是他们鄙视别人,于是产生种种不和、伤害、嫉妒;于是他们巧舌如簧,口若悬河,强求别人的同情。所有这些,弄得倒水斟茶成为更危险、更艰苦的行当,超出一般能忍耐的范围,而我们只能悄悄说出,免得那些才子无意中听到。再者(我们再次压低声音,免得女人无意中听到),男人之间有个小小的秘密,切斯菲尔德爵士①曾私下将其传授给儿子,并告诫他切不可泄漏天机。"女人不过是群大孩子……聪明男人只是陪她们玩玩儿,奉承她们,哄她们开心",既然小孩子总是听到他们不该听到的东西,有时,他们长大后,甚至还会泄漏出去,于是,斟茶倒水的整个仪式就成了一个打探机密的过程。女人很清楚,才子虽然送诗来请她过目,称赞她的判断力,征求她的意见,喝她的茶,但这绝不表示他尊重她的意见,欣赏她的理解,也绝不表示虽不能用剑,他就会拒绝用笔刺穿她的身体。凡此种种,尽管我们悄声说出,只怕现在已经泄漏出去;因此女士们即使拿着奶油罐和糖夹子,也可能有点心不在焉,不时望望窗外,打几个哈欠,于是糖块噗通一声——奥兰多此时即是如此——掉进蒲伯先生的茶杯里。而要数多疑,一点小事就视为污辱,立即还以颜色,蒲伯先生当属天下第一。他兜头给了奥兰多几句,即是《女人的品德》中最有名、最厉害的那几行。他后来虽又做了多处润色,但最初的版本就够厉害。奥兰多屈膝行礼,拜领了。蒲伯先生鞠了一躬,扬长而去。奥兰多觉得自己真的给那小个子劈了一掌,为了让滚烫的双颊清凉下来,她漫步来到花园深处的坚果树丛中。徐徐凉风很快起了作用。她惊讶地发现,独自一人时,她反而觉得如释

---

① 切斯菲尔德爵士(1694—1773),英国外交家、作家,以所著《致儿家书》等闻名。

重负。她看到河面上一船船欢乐的游人向上游划去,这情景无疑令她忆起一两件往事。她坐在细柳之下,陷入沉思,直至满天星斗闪烁,才起身回屋,走进自己的卧室,锁上门,打开柜子,柜里依然挂了许多她还是翩翩少年时穿过的衣服。她从中挑出一套镶威尼斯花边的黑色天鹅绒衣裤。这衣服多少有些过时,但她穿上很合体,看上去俨然一副贵族公子哥的模样。她站在镜前左顾右盼,发现自己虽然穿衬裙多年,腿脚依然活动自如,这才放了心,偷偷溜出房门。

这是四月初一个晴朗的夜晚。满天星斗与一弯新月交相辉映,再加上街灯的光亮,刚好烘托出人的面容和雷恩先生的建筑物。一切都呈现出最柔和的形状,仿佛立即就会融化,而一点点银光刚好勾勒出它们的线条,恢复了它们的生气。谈话就应如此,奥兰多想(沉浸在那愚蠢的幻想中);社交界就应如此,友谊就应如此,爱情就应如此。因为只有上苍明白,就在我们对人类的交流失去信心之时,谷仓与大树,谷垛与马车的某些随意搭配,会给我们一个如此完美的象征,象征那些可望而不可即的东西,于是我们又开始了追求。

她这样想着,已经来到雷塞斯特广场。四周的建筑物呈现出白日难得看到的虚幻感和匀整的对称感。天幕似乎经过一双巧手的漂洗,映上了屋顶与烟囱的轮廓。广场中央有一棵悬铃木,树下的椅子上,坐了一个垂头丧气的年轻女郎,她一条胳膊垂在身边,另一条胳膊放在膝上,看起来仿佛是典雅、纯朴与忧伤的化身。奥兰多脱帽向她致意,很像一位风流男子在公共场合向上流社会的贵妇献殷勤。那年轻女郎抬起头来,头部的线条近乎完美。她抬起眼睛,奥兰多看到,那眼睛散发出的光泽,绝少可能在人面上看到,只偶尔在茶具上出现。那女子抬起头,透过这银色的光泽,看着他(因为对她来说,他是个男人),目光中杂了恳求、企盼、战栗和惊恐。她站起来,接受他伸过来的臂膀。因为——我们有必要强调这一点吗?——她属于那一类人,夜晚抛光自己的器皿,整整齐齐摆放在公共柜台上,等待出价最高的人。她领奥兰多来到杰拉尔德街她的住处。奥兰多感到她轻轻地、但有点乞求意味地依偎在她身边,这在奥兰多心里唤起了男人的所有感情。这时奥兰多的模样、感觉和谈吐都像男人了。但因为片刻之前还是女人,她怀疑那姑娘的羞怯、回答问题时的吞吞吐吐、在门口和斗篷的皱褶里摸索钥匙、手腕的无力,都是为了感谢她的男子气而装出来的。她们上了楼,那可怜的人儿煞费苦心装饰房间,想掩饰她没有其他房间这一点,但她一刻也骗不了奥兰多。欺骗引起她的鄙视,真相又唤起她的怜悯。这两点的相互反衬,在奥兰多心中产生了非常奇特的情感,她不知自己是想笑还是想哭。同时奈尔(那姑娘如此称呼自己)解开手套的扣子,细心藏起左手拇指破了的小洞;然后躲到屏风后面,可能在往脸蛋上扑粉,整理衣服,并在脖颈上系一条新围巾,同时一直在闲扯,就像女人为了讨好情人所做的那样。但奥兰多发誓,从那姑娘的声调中,可以听出,她此时心不在焉。一切就绪后,她走了出来,准备好了,但奥兰多再也忍不住了。她愤怒、快乐和怜悯,在一番怪异的煎熬之后,她解除了一切伪装,承认自己是女人。

奈尔听了,笑得死去活来,声音之大,马路对面都能听到。

"好啊,亲爱的,"她在多少恢复常态后说,"我倒一点儿也不遗憾。说他妈的老实话,"(惊人的是,在发现她们性别相同后,她的举止立即变化,再没了那些感伤、恳求的作态)"说他妈的老实话,我今晚还真没有兴致与男人周旋。我正在倒霉。"然后,她靠近炉火,又调了一碗潘趣酒,给奥兰多讲起她的生平。既然我们眼下讲的是奥兰多,就无须拉扯进另一位女士的风尘故事。但可以肯定的是,奥兰多从未觉得时间过得如此之快,也从未如此快活过,虽然奈尔小姐没有一点才气,谈话中提到蒲伯先生的名字,她还会傻里傻气地问,杰明街角那个做假发的人也叫这个名字,两人莫不是亲戚。但是,在奥兰多眼里,正是此处,她显示了诱人的自在和美。这姑娘的谈吐,虽然粗俗,但比起她习惯了的文雅辞令,却像美酒一样醉人。她不得不得出这样的结论:蒲伯先生的讥讽嘲骂、艾迪生先生的居高临下、切斯菲尔德爵士的世事洞明,里面都有某些东西让她对文人圈子倒了胃口,尽管她必须继续尊重他们的作品。

她终于弄清楚,这些可怜的人儿——因为奈尔带来了普鲁,普鲁带来了基蒂,基蒂又带来了路丝——有一个自己的团体,她们现在也把她引为同调。在这里,每个人都会讲述自己的经历,讲述自己如何落到今天这步田地。其中有几人是伯爵的私生女,另一人与国王肌肤相亲,大大超出了应当的地步。每个人都没有惨到或者说穷到某种程度,因为她们口袋里或有一枚戒指,或有一块手帕,用不着翻家谱,也能证明自己的身世。奥兰多包揽了慷慨提供潘趣酒这一差事,于是她们围聚在潘趣酒碗四周,讲故事,发议论,精彩纷呈,因为不能否认,女人凑到一块儿——嘘——她们总是小心翼翼,保证房门紧闭,不会有一句话给人刊布出来。她们的全部欲望就是——还得嘘——楼梯上是不是有男人的脚步声?她们的所有欲望,我们刚要说,那位先生就抢过了我们的话头。女人没有欲望,这位先生说,走进奈尔的客厅;只有矫揉造作。没有欲望(她已替他效过劳,他走了),她们的交谈不会引起任何人的丝毫兴趣。"众所周知,"S. W. 先生说,

"在缺乏另一性别的刺激时,女人之间无话可说。女人呆在一起时不交谈,而是掐架。"而且,既然她们在一起无法交谈,而掐架又不可能不间断地持续下去,众所周知(T. R. 先生已经证明了这一点),"女人没有能力对同性怀有爱的情感,她们彼此憎恨。"女人在相互交往时,我们还能假定她们做些什么呢?

由于这不是一个能吸引聪明男子注意的话题,而我们这些人,又享有传记作家和历史学家的豁免权,可以不必理睬性别问题,那就让我们越过这个话题,仅仅说奥兰多从与同性交往中获得了巨大的愉悦,然后让男士来证明这是不可能的,而他们本来就乐此不疲。

不过,要确切、具体地叙述奥兰多这段时期的生活,却变得愈来愈困难了。我们费力地凝视和摸索当年杰拉尔德街与德鲁瑞巷之间那些灯光昏暗、道路不平、通风很差的院子,一时看到她的身影,一时又失去她的身影。这个任务变得更加艰巨,是因为那时她发现,不断更换服装实在是很方便。因此,她经常被当作"某爵士"出现在某现代回忆录中,而那位爵士其实是她的表亲。她的慷慨大度常被归之于他的名下,她的诗歌也常被说成出自他的手笔。维持不同的角色对她来说似乎轻而易举,因为她的性别变化之频繁,是那些只穿一类服装的人所无法想象的。毫无疑问,她用这种办法获得了双重收获。生活的乐趣增加了,生活的阅历扩大了。她用衬裙的性感来换马裤的诚实,轮番享受两性的爱。

所以,人们可以这样描述她的生活:上午,穿一件分不清男女的中国袍子,在书中徜徉;其后,身着同样的服装接见一两位求告者(因为前来请托的人实在很多);此后,到花园里给坚果树剪枝,这时穿齐膝的短裤很方便;然后换一件塔夫绸花衣,这最适合乘车去里奇蒙德,听取某位尊贵的贵族的求婚;然后回到城里,穿一件律师的黄褐色袍子,到法院去听她的案子有何进展,因为她的财富正在一小时一小时地流逝,而那诉讼案与一百年前相比,似乎并未更接近尾声;最后,夜幕降临,她多半会从头到脚变成一个彻头彻尾的贵族,到街上去冒险。

关于这些经历,当时传闻很多,譬如她与人决斗、在皇家船队的一条船上当船长、被人看到裸体在露台上跳舞、与某位女士私奔到低地国家,那位女士的丈夫尾随而至。至于这些传闻的真假虚实,我们不作评论。奥兰多做罢无论哪桩营生后,总要专门跑到一家咖啡馆窗外,观看那些才子,却不让他们看到。尽管一个字也听不见,她可以根据他们的手势,想象出他们正在发表些什么机智或恶毒的高见。这可能倒是件好事;有一次,她站在那里半小时,看伯尔特方庭一栋房子的百叶窗帘上,映出三个人影,坐在一起喝茶。

世间再没有比这更精彩的戏剧了。她禁不住想大声喝彩。因为,它的确引人入胜!是从人生这本厚书上撕下来的精彩一页。那个小个子身影,噘着两片嘴唇,坐在椅子上也不安分,来回挪动,他任性无礼,又过分殷勤。那个驼背女人的身影,手指蜷曲着伸进杯里,探一探茶有多深,因为她是盲人。大扶手椅上坐着的人影来回晃动,他长得酷似罗马人,手指勾曲的姿态很奇怪,头不时从一侧转向另一侧,大口吞着茶。这些身影是约翰逊博士①、鲍斯韦尔②和威廉夫人。奥兰多全神贯注地凝视着这一场景,已顾不上想象后世人们会怎样嫉妒她,当然,这回他们

---

① 约翰逊博士(1709—1784),英国作家、评论家、辞典编撰者。
② 鲍斯韦尔(1740—1795),苏格兰作家,以为约翰逊博士写的《约翰逊传》闻名于世。

却免不了会嫉妒她。她凝视着,凝视着,心满意足。终于,鲍斯韦尔先生站起身来,他用尖酸刻薄的语言对待那老妇人。但他在那罗马雕像般的伟人面前,却表现得再谦恭不过了!那伟人站直身子,多少有些摇摇晃晃,嘴里滔滔不绝,怕没有人还能像他这般高谈阔论。这就是奥兰多当时的感觉,虽然她听不见那三个人影坐在那里喝茶时说的话。

终于有一天夜里,她闲逛了一通后,回到家里,上楼来到自己的卧室,脱掉镶花边的外衣,只穿衬衫和裤子,站在那里,向窗外望去。空气中飘逸着某种激动人心的东西,让她无法上床入睡。这是仲冬一个严寒的夜晚,城市上空弥漫着白色的雾气,四周展现出一片美不胜收的景象。她可以看到圣保罗大教堂、伦敦塔、西敏寺,还有城里所有教堂的尖顶和圆顶,银行平滑的巨大身躯,大厅和会议厅丰腴的曲线。北边是平缓、绿草如茵的海姆斯塔德高地,西边灯火辉煌处,是梅费尔的街巷和广场。天空晴朗无云,璀璨的群星充满希望、目不转睛地向下张望着这一派宁静和井然有序的景象。在这一片澄澈透明之中,每一屋顶的线条,每一烟囱的通风帽,都清晰可见;甚至路上铺砌的一粒粒鹅卵石子都能分辨清楚。奥兰多禁不住要把这一派井然有序的景象与伊丽莎白王朝那混乱、拥挤的伦敦城相比较。她记得,倘若当时的伦敦能够称为城市的话,这城市拥挤不堪。在布莱克弗里亚斯她的房子窗下,不过是一堆小房子挤在一起。街道中央的深坑中,死水映出天上的星星。街角处的酒铺边,一条黑影可能是具尸体,有人被谋杀了。她还记得,在这样的深夜,街上传来斗殴受伤者的哀叫,当时她还是个小男孩,被保姆抱到窗前,窗格上镶着钻石。成群结队的男女流氓,搂搂抱抱,跟跄在街上,兴高采烈地唱着下流小调,耳朵上的饰物闪闪烁烁,手里的刀子放着寒光。在这样的一个深夜,海格特和海姆斯塔德高地上那些紧紧纠结在一起、密不透风的森林就会现出轮廓,在天幕的衬托下,蠕动着,挣扎着。这些山丘地势高出伦敦,山上不时会竖起光秃秃的绞刑台,绞刑台的十字架上钉着腐烂或干枯的尸体。这是因为,危险和惊恐、淫荡和暴力、诗歌和脏话充斥伊丽莎白时代饱经磨难的大道,它们也在城里狭小局促的房间里和狭窄的街道上发出低沉嘈杂的声音,散发出熏天的臭气。奥兰多甚至记得夏夜里它们散发出的气味。现在,她把身子探出窗外,四周只有光明、秩序和宁静。石子路上一辆马车驶过,传来车轮发出的轻微咯吱声。她听到远处守夜人在喊"十二点,有雾啊!"话刚出口,午夜的第一声钟声就敲响了。这时,奥兰多才第一次注意到,圣保罗大教堂的穹顶后聚积了一小朵云彩。随着钟声一声声响起,她看到云越聚越多,颜色越变越暗,并以超乎寻常的速度扩散开来。与此同时,轻风骤起,到第六下钟声敲响时,东方整个天空已被一片反常而流走的黑暗所遮蔽。这乌云又向北扩展,吞没了城市一个个的高地。惟有灯火璀璨的梅费尔,反显得更加光芒四射。到第八下钟声敲响,几缕流云匆匆遮住了皮卡迪利广场。它们似乎不断膨胀,并以迅疾无比的速度扑向西方的天边。第九、十、十一下钟声敲响,苍茫的黑暗笼罩了整个伦敦。到午夜的第十二下钟声敲响,黑暗已变得茫茫无边。汹涌的黑云上下翻卷,遮蔽了整个城市。惟有黑暗;惟有疑惑;惟有混乱。十八世纪结束,十九世纪开始。

第 五 章

十九世纪第一天出现的漫天乌云,不仅笼罩了伦敦,而且笼罩了整个英伦三岛。那乌云持续了很长时间,对生活在它阴影之下的人们来说,这时间长到了后果不同寻常的地步。或者说,它也没有羁留多久,因为它不断受到狂风的袭击。英格兰的气候似乎发生了变化,雨下得更勤,间隔更短,而且往往是风急雨骤。太阳偶尔露面,但它周围总是云雾缭绕,空气中的水汽饱和了,于是阳光的缤纷色彩不复存在,紫、橙、红等颜色中的呆滞色调取代了十八世纪活泼的风景。在这伤痕累累、阴霾密布的天穹之下,包心菜不再碧绿鲜艳,白雪亦显得污迹斑斑。更糟糕的是,潮湿开始潜入每一所房屋。在一切危害中,潮湿最为邪恶,因为百叶窗可阻挡炎热的阳光,炉火可变严寒为温暖,惟有潮湿,它在我们的睡梦中偷偷潜入,无声无息,神出鬼没,无孔不入。木头因潮湿而膨胀,水壶因潮湿而长毛,铁器因潮湿而生锈,石头因潮湿而腐蚀。这个过程潜移默化,直到有一天,我们拉开抽屉或拎起煤桶,抽屉或煤桶在手中散了架,我们才会怀疑是这祸害造的孽。

于是,说不清哪一天哪一刻,不知不觉之间,英国的本性改变了。这一改变留下的影响无处不在。过去,一位体格强壮的乡绅,可以坐在屋子里,惬意地喝着麦芽酒,吃着牛肉,那屋子的设计或许出自亚当兄弟①之手,很有古典气派。现在不行了,他开始觉得寒气逼人,不免在膝上围了毛毯,开始留长胡须,系紧裤腿。而且这位绅士腿部感觉到寒冷很快移到家里,为了保暖,他把家具覆盖起来,墙上挂了壁毯,桌上蒙了台布,屋里再没有什么东西是裸露的。后来,饮食也发生了根本的变化。发明了松糕和烤面饼,咖啡取代了饭后波尔多葡萄酒。此后,咖啡引出喝咖啡的起居室,起居室引出玻璃柜,玻璃柜引出人造花,人造花引出壁炉台,壁炉台引出钢琴,钢琴引出起居室抒情歌曲,而抒情歌曲又引出(我们跳过了一两个阶段)无数的小狗、地垫和瓷器装饰品。家彻底地改变了,它已经变得无比重要。

屋外,常春藤繁芜茂盛,这是潮湿的另一结果。曾经光秃秃的石头房子,现在覆盖了厚厚的一层绿苔。所有的花园,无论原本设计得多么堂皇,无不灌木丛生、荒草芜秽、迷宫密布。在婴儿出生的卧室,凡有光线透进的地方,当然是一片模糊的绿色。成人活动的起居室,光线穿透过褐色和紫色的长毛绒窗帘。然而,变化并非仅仅停留在表面,潮湿亦侵袭到人体内。男人感到内心的冰冷和头脑的迷乱。他们竭力将情感蜷缩到某个温暖的角落,不断尝试一个又一个逃避的手段。爱情、生育和死亡都局限于各式华丽辞藻之中。两性的距离愈拉愈远,双方甚至忍受不了坦诚的交谈,只能小心翼翼地相互回避,极力掩饰。恰似常春藤和常青树在屋外潮湿的泥土中疯长,同样的繁殖力也在屋内表现出来。普通女人的生活就是连续不断地生育。十九岁嫁

---

① 亚当兄弟,罗伯特·亚当和詹姆斯·亚当,18世纪英国建筑师和家具设计师,新古典主义"亚当式"建筑风格的创始人。

人,三十岁时已有十五个或十八个孩子,因为双胞胎比比皆是。于是大英帝国应运而生。于是句子膨胀,形容词成倍增加,抒情诗变成了史诗,因为潮湿没有停止,反而像侵入木头一样侵入了墨水瓶。区区小事,原本只能作为专栏文章的主题,现在可以写成十卷、二十卷的百科全书。欧斯比俄斯·查布将是我们的见证人,他目睹了这一切如何对生性敏感的人的头脑发生影响,却根本无法加以阻止。在他的回忆录里,接近尾声处有一段话,描述一天上午,他在对开本上写了三十五页"废话",然后拧紧墨水瓶盖,来到花园散心。他很快发现自己纠缠在灌木丛中,数不清的树叶在他头顶上方嘎吱作响,闪闪发光。他觉得自己"脚下踩碎了多得数不胜数的霉菌"。花园的尽头,有一堆潮湿的篝火冒着浓烟。他思忖道,世上的火,无论多大,也无望吞噬那一大片由植被生成的障碍。举目四望,植被繁芜错杂。黄瓜"蜷曲着爬过草地,伸展到他脚边"。硕大的菜花,长得高过一个又一个露天平台,直到按照他的混乱的想象,可与榆树比肩。母鸡接二连三下蛋,蛋的颜色浅浅的。这时,他叹了口气,记起自己的繁殖力和他可怜的妻子简,此刻她正在屋里,忍受第十五次分娩的阵痛。他自问还有什么可责怪那些禽类的呢?他仰视苍天。天堂本身,或天堂的前厅、即天空,岂不就意味着上苍赞同或鼓励这种繁殖吗?因为在那里,年复一年,无论冬夏,乌云如同鲸鱼一般——或者说如同大象一般——翻滚,他这样沉思着。但是,不,万里云霄给他留下明明白白、挥之不去的影像;整个天空就是一张宽大的羽毛床,覆盖在英伦三岛之上;菜园、卧室和鸡窝的繁殖力毫无例外在那里得到复制。他走进屋里,写下上面引用的那段话,然后把头放在瓦斯炉上,待人们发现时,他已经一命呜呼了。

这种情况在英国各地延续,但奥兰多尽可以隐居在布莱克弗里亚斯的家中,只当气候没有变,人们依旧能够随心所欲,想说什么就说什么,穿裙子穿裤子两可。不过到最后,甚至她也不得不承认,时代变了。世纪初的一个下午,她驱车穿过圣詹姆斯公园,还是她那辆镶木板的老式马车。这时,偶尔照临大地的阳光,有一束挣扎着穿透云层,给云彩镶上色彩缤纷的奇异花纹。既然十八世纪一碧如洗的天空不复存在,现在这样的景观成了奇观,足以让她放下窗子,放眼眺望。云彩呈紫褐色和火红色,令她想起爱奥尼亚海垂死的海豚,那种极度痛苦产生的快感,证明不知不觉之中,她已受到潮湿的感染。但让她惊奇的是,日光照射到地面时,似乎产生或者说照亮了一座金字塔、一场百牲祭、一堆战利品(因为它有一种筵席的气氛)。无论怎么说,那都是一大堆乌七八糟、相互抵牾的物品,杂乱无章地堆在现在矗立着维多利亚女王雕像的地方!一个有花叶雕饰但已磨损的巨大十字架竖在那里,上面垂挂了寡妇的丧服和新娘的面纱。水晶宫、柳条婴儿车、军用钢盔、纪念花圈、裤子、八字胡须、婚礼蛋糕、大炮、圣诞树、望远镜、灭绝的怪物、地球仪、地图、大象和数学仪器与其他赘物联在一起,就像一个巨大的盾徽,左边被一位身着飘逸白衣的女郎支撑,右边的支撑却是一个彪形大汉,身穿大衣和鼓鼓囊囊的裤子。把毫不相称的各类物品放在一起,全身披挂杂以半身裸露、花里胡哨杂以彩格呢,这一切都让奥兰多觉得大煞风景。她一辈子从未同时看到如此之多寒碜和丑陋的庞然大物。这可能是,其实这必定是阳光照射水淋淋的空气所起的作用。一阵微风吹过,它就会消失殆尽。尽管如此,她乘车经过时,它却好似必定会永存下去。她缩回车里,觉得风雨雷电和阳光,一切都永远毁灭不了戳在那里的花哨玩意儿。它的鼻子会斑驳脱落,喇叭会生锈;但它们会留在那里,永远指向东西南北。马车驶上宪法山,她回头看去。是的,它在那里,它在——她从男式裤子的表袋中掏出怀表——正午十二点的阳光下放射着光芒。再没有什么玩意儿比它更乏味、更无想象力、对黎明与黄昏的暗示更无动于衷了,而它又经过如此精心谋划,打算永存下去。她下决心不再看它一眼。她已经感到自己的血流得很怠惰。然而更奇特的是,经过白金汉宫时,她的面色渐趋绯红,是一种鲜艳而罕见的红。有一股超凡的力量迫她低下头来看自己的膝盖。突然,她看到自己穿着黑色的马裤,不觉大惊失色,一路脸红到乡间宅邸。想想看四匹马小跑三十英里需要很长时间,我们希望她的脸红可以给人看作是贞洁的明证。

一到乡间大宅,她立即循着此时情理中最迫切的需要,抓起一条花锦缎被,紧紧裹住自己的身体。她对巴特洛莫寡妇(她接替善良的老格里姆斯迪奇当上管家)解释说这是因为她很冷。

"我们大家都一样,我的夫人,"那寡妇重重地叹了一口气说,口气中透出一股离奇、悲哀的满足,"墙都在冒汗。"这一点毫无疑问,她只要把手放在橡木板墙上,指痕就会印在那里。常春藤一个劲儿地疯长,许多窗户都被它封死了。厨房里黑乎乎的,几乎分不清哪里是壶,哪里是筹。一只可怜的黑猫被错当煤块,铲进了炉膛。女佣大多已穿上三四条红色法兰绒的衬裙,虽然这时是八月天。

"夫人,"那好女人问,抱了(着)双臂,金十字架在胸前上下起伏,"女王,保佑她,她穿的那个东西……你们叫什么来着?"这好女人吞吞吐吐,脸都红了。

"圈环衬裙。"奥兰多替她说出口(因为这个词儿已经传到了布莱克弗里亚斯)。巴特洛莫太太点点头。眼泪顺着她的双颊淌下来,但她泪中含笑。因为哭是一件快乐的事。她们岂不都是柔弱女子?穿圈环衬裙岂不就是为了更好地掩饰这一真相,惟一的真相、重要的真相,然而又是可悲的真相,每一谦卑女子总是尽力否认这一真相,直到无法否认、无法否认她将生育一个孩子这一真相?其实是生育十五到二十个孩子,于是一位谦卑女子,一生大部分时间都花在否认每年至少有一天必会真相大白的事实。

"松糕热着呢,"巴特洛莫太太说,一边抹眼泪,"在书房里。"

奥兰多裹着一条花锦缎被,面对一碟松糕,坐了下来。

"松糕热着呢,在书房里。"奥兰多一边喝茶,一边模仿巴特洛莫太太那做作的伦敦东区口音,装腔作势地从牙缝里挤出这句可怕的伦敦东区土话。啊,不,她讨厌这淡而无味的液体。她记得,就是在这房间里,伊丽莎白女王叉开腿站在壁炉旁,手握一只颈短肚大的啤酒壶。伯格雷勋爵大大咧咧,说话时不用虚拟语气,而用了祈使句,女王猛地将酒壶掷到桌上。"小东西,小东西,"奥兰多仿佛听见她在说,"'必须'一词岂可随便对君主使用?"酒壶磕到桌上,现在还有痕迹。

奥兰多跳起来,仅仅想到那尊贵的女王,她就必得这样做,但她给被子绊了一下,跌回到椅子上,不禁咒骂了一句。她想,没办法,明天只得去买二十码黑色邦巴辛毛料,可能还得更多,做条裙子。然后(此处她脸红了)还得去买圈环衬裙,然后(她的脸又红了)是婴儿摇篮,然后是另一条圈环衬裙,等等,等等……她脸上红一阵白一阵,可以想见谦卑与羞愧几乎完美的交替重复。人们看到时代精神,时热时冷,吹拂着她的面颊。倘若时代精神有点儿不平衡,在为嫁人脸红之前先要为穿圈环衬裙脸红,那么,考虑到她的模棱两可的地位,和她以前不合常规的生活,她(甚至她的性别仍在争议之中)这样倒也情有可原了。

终于,双颊的红晕恢复了稳定,似乎时代精神——倘若这确实是时代精神——休眠了一段时间。这时,奥兰多开始在怀里摸索,好像是在找寻某个小盒子,或者说是失落了的爱情的信物。但她掏出来的并不是这类玩意儿,而是一卷纸,上面有大海、血和旅行的污渍,那是她的诗作《大橡树》的手稿。她怀揣它经过了那么多年,历经千难万险,其中许多页污迹斑斑,有些页残破不全,因为住在吉卜赛人中间时,她一直处于无纸写字的窘境,只得在页边写满了字,行与行之间勾来勾去,整个手稿看起来就像一片针脚儿绵密的织补物。她翻回到第一页,日期一五八六年,是她自己那稚嫩的男孩笔迹。她一直在写这首诗,迄今已近三百年。该是结束的时候了。于是,她开始掀书页、蘸墨水、一会儿字斟句酌、一会儿一目十行,边看边想,所有这些年,她真的没有多少改变。她曾是郁郁寡欢的少年,像所有少年一样迷恋死亡;后来她变得多情而轻佻;又变得洒脱而玩世;她时而尝试散文,时而尝试戏剧。但如今一想,变来变去,却是万变不离其宗,她还是同样内向,喜爱沉思默想,她依然喜欢动物和自然,酷爱乡村和四季。

"毕竟,"她站起来,走到窗前,"一切都没有变。房子、花园原封未动。椅子没有挪过地方,小玩意儿没有卖掉一件。一样的小径、一样的草坪、一样的树木、一样的池塘,我敢说,甚至塘里的鲤鱼都是原来的。不错,王位上坐的不再是伊丽莎白女王,而是维多利亚女王,但那又有什么分别……"

这想法刚刚形成,仿佛是为了指认它的荒唐,房门豁然大开,司膳总管巴斯克特走进来,身后跟着管家巴特洛莫,他们是来收拾茶具的。奥兰多把笔浸了墨水,正准备写下她对万物亘古不变的感想,一块墨渍阻止了她,这墨渍在笔的四周洇开。她很是气恼,猜想是笔管出了毛病:裂了或者脏了。她再次把它浸入墨水,墨渍更大了。她试着继续写下去,却毫无灵感。在这之后,她开始装饰那块墨渍,给它画上翅膀和胡须,直到它看上去像个圆头怪物,似蝙蝠,又似毛鼻袋熊。至于写诗,有巴斯克特和巴特洛莫在屋里,哪里又有可能。但令她惊诧万分的是,她刚想到这里,那笔就开始旋转飞舞,流利地写起来。纸面上出现了工整的意大利斜体字,而她一辈子从没看过比这更乏味的韵体诗:

我不过是微不足道的一环
　　连接生活疲惫不堪的锁链,
但我说过的神圣之言
　　啊,不会说得徒劳枉然!

年轻的女子,满眼晶莹的泪花
　　独自徘徊在月光下,
那泪水为远离的恋人挥洒
　　喃喃低语——

她不停地写,根本不睬巴特洛莫和巴斯克特在屋里一边咕哝抱怨,一边笼火和收拾松糕。

她又蘸了蘸墨水,提笔写道:

她的变化如此巨大,那朵柔嫩的康乃馨红云
　　当年曾覆盖她的双颊,仿佛黄昏

> 依偎天穹,闪烁玫瑰色的光彩,
>   如今已苍白失色,偶然现出
> 燃烧的鲜艳红晕,像火把照亮孤坟,

但此处,她倏地将墨水泼在纸上,希望永远挡住人们的目光。她浑身颤抖,心乱如麻。让不受意志控制的灵感驱动墨水流淌,再没有比这更可憎的事了。她究竟怎么啦?什么原因?难道是潮湿,还是巴特洛莫或巴斯克特?原因究竟在哪里?她追问着。但房间里空空荡荡,无人回答她的问题,只有雨打常春藤的滴答声。

与此同时,她站在窗前,开始觉得有一股奇特的刺痛和震颤遍布全身,仿佛她是由一千根金属细弦制成,微风轻轻吹拂,或有几根手指有意无意地在上面拨弄。她时而觉得脚趾刺痛,时而觉得骨髓刺痛。大腿骨四周有一些奇异无比的感觉。头发似乎竖了起来。手臂好似二十几年后发明的电报线那样发出嗖嗖和嘣嘣的声音。但所有这些焦躁不安,最后似乎都集中于她的两只手,然后是一只手,然后是那只手的一根手指头,最终它渐渐紧缩,围绕左手中指,形成窄窄一圈颤栗的感觉。她抬起那根手指,想看看是什么引起这不适的感觉。除了伊丽莎白女王赐给她的那只硕大的翡翠戒指,孤零零地戴在手指上,她什么也没看到。难道这还不够?她问道。那只戒指水色纯正,至少价值一万英镑。她所感到的战栗似乎在以古怪的方式(不过请记住,我们现在讲的,是人的灵魂深处最隐秘的一些表现)说,不够,还不够;而且带有拷问的色彩,好像在进一步问,这意味着什么?这疏漏,这奇怪的失察?直到可怜的奥兰多莫名其妙对自己左手中指有一种羞愧难当的感觉。这时,巴特洛莫进来请示,晚餐时她准备穿哪件衣服。奥兰多此时敏感多了,立即瞥了一眼巴特洛莫的左手,立即看到无名指上有一只粗大的黄色戒指,这是她过去从未注意的。那种黄,仿佛患了黄疸病似的。而她自己的无名指上却是光裸的,什么也没有。

"让我看看你的戒指,巴特洛莫。"她说,伸手欲把它摘下来。

巴特洛莫一惊,好像是有流氓当胸向她袭来,吓得退后两步,握紧拳头,猛地一挥,姿态极其庄重。"这可不行。"她凛然说道。夫人愿意的话,看就是了,至于摘下她的结婚戒指,无论大主教、教皇,还是在位的维多利亚女王,都休想逼她这样做。二十五年六个月零三星期前,她的托马斯把这戒指戴在她的手指上,她戴它睡觉,戴它干活,戴它洗澡,戴它祷告;还打算戴着它进坟墓。她的声音因为激动而结结巴巴的。事实上,奥兰多明白她要说的是,就是凭了这结婚戒指上的光辉,她在天使中才有一席之地。如果她有一秒钟照管不周,它的光泽就会受到永久的玷污。

"天可怜见,"奥兰多说,站在窗前,看着鸽子在窗外戏耍,"我们生活在一个什么样的世界上啊?真的,什么样的世界啊?"这世界之复杂,让她惊诧。她现在觉得,整个世界都套上了金指环。她进屋吃饭,结婚戒指数不胜数。她去教堂,结婚戒指触目皆是。她乘车出行,金戒指或仿金戒指,在每只手上闪着黯淡的光芒,它们或窄或宽,或普通或光滑。戒指充斥了珠宝店,它们不是奥兰多收集的那些闪光的人造宝石和钻石,而是简简单单的一个环,上面没有宝石。与此同时,她开始注意到城里人的一个新习气。过去,人们经常会遇到姑娘小伙儿在山楂树丛中调情。奥兰多曾多次用鞭梢轻轻抽打他们,然后大笑着跑开。现在,一切都变了。一对对男女如胶似漆般粘在一起,跌跌撞撞地走在路中央。女人的右手一律挽着男人的左手,手指紧紧扣在男人的手心里。常常是直到马鼻子撞到跟前,他们才会移动,即便如此,也是粘在一起,笨拙地移向路的一侧。

奥兰多只能假定对人类有了一些新的发现;他们粘在一起,一对又一对,但是谁把他们粘在一起,又是在何时,她无从猜测。似乎并不是大自然,因为她观察了鸽子、兔子和挪威犬,看不出大自然改变或修正了自己的方式,至少自伊丽莎白时代以来是如此。在她所能见到的兽类中间,根本没有牢不可破的同盟。那么,难道是维多利亚女王？或是莫尔本勋爵①？对婚姻的伟大发现是否来自他们？但是,她沉思道,据说女王喜欢狗,而莫尔本勋爵,她听说,他喜欢女人。这很奇怪——很不雅观;不错,身体的这种如胶似漆,其中有某种东西与她的体面和卫生观相抵触。然而,伴随她的沉思默想的,是那根手指饱受刺痛和抽搐的折磨,让她几乎无法理清自己的思绪。它宛如女仆的白日梦,让人浑身无力,又不断撩拨人的神经。奥兰多因此而脸红,感到惟一可做的,就是买一只同样丑陋不堪的指环,如他人一样戴在手上。她这样做了,躲在窗帘的暗处,偷偷把它套在指上,心中觉得很是羞辱。但这于事无补,刺痛依然在继续,而且更剧烈、更不可抑制。那晚她彻夜无眠,第二天早晨,拿出笔写作,脑子里却是一片空白,墨水在纸上留下一摊又一摊污渍。还有比这更可怕的情形出现,那就是她的笔缓缓而行,对早夭和腐朽大发议论。这甚至比大脑一片空白还糟糕,因为我们似乎不是用手指而是用全部身心来写作。奥兰多的情形就证明了这一点,控制笔的神经缠绕身体的每一根纤维,钻心裂肺。虽然她的麻烦

---

① 莫尔本勋爵,维多利亚女王的第一任首相。

似乎在左手,但她可以感到自己已经鬼迷心窍,最终只得考虑铤而走险,以作补救之计,这就是彻底妥协,顺从时代精神,找一位丈夫。

这样做有悖她的天性,这一点我们已经表达得明白无误。当年大公的马车轮声逐渐远去,她脱口喊出的是"生活!恋人!"而非"生活!丈夫!"正是为了追寻这一目标,她迁到城里,奔走于前一章所描述的那个世界。然而,时代精神自有其不可违拗之处,它给所有试图抗拒者都带来巨大创痛,相形之下,那些识时务者的下场倒好些。奥兰多天生亲和伊丽莎白时代、王政复辟时期和十八世纪的精神,因此几乎觉不出从一个时代向另一时代的转变。但她的天性与十九世纪的精神格格不入,因此它击败了她,打垮了她,她知道自己前所未有地败在了它的手中。或许人的精神自有其归属;有人天生属于此一时代,有人属于彼一时代;奥兰多既然已是三十一、二岁的成年妇人,她的性格就已大体形成,容不得强扭了。

因此,她悲哀地站在起居室(巴特洛莫已把书房装饰得基督教的味道太浓)的窗前,已顺从地穿上圈环衬裙,它的重量坠得她直不起腰来。她以前穿过的衣服从来没有如此沉重、灰暗、碍手碍脚。她再不能与爱犬一起大步穿过花园,再不能轻快地跑上高坡,扑到大橡树下。她的裙裾拖带地上湿漉漉的树叶和稻草。插了翎毛的帽子给微风一吹就有掀翻的危险。薄薄的鞋子走几步路就会湿透,变成泥饼。她的肌肉失去了当年的柔韧。她变得非常神经质,惟恐护墙板后藏着强盗,而且一辈子头一次害怕走廊上有鬼魂出没。凡此种种,一步步逼迫她屈从无论是维多利亚女王还是别人的新发现,即无论男女,人人都有一个命定的终身伴侣,他供养她,或者说她由他供养,至死才分离。她觉得,有人可依靠,坐下来,甚至躺下去,永远永远不起来,也是一种慰藉。因此,尽管她过去那么骄傲,时代精神还是对她发生了作用。而且就在她的情绪低落到如此不同寻常的地步时,那些夹缠不清又让人困惑的刺痛变成了曼妙的旋律,直到似乎是天使在用雪白的手指拨弄琴弦,她全身都沉浸在简洁无瑕的和谐之中。

然而,谁能是她的依靠呢?她向瑟瑟秋风提出了这个问题。因为已是十月,天气依然阴雨连绵。这个人不会是大公,他早已娶了一位贵妇,在罗马尼亚猎兔好多年了。也不会是 M 先生,他皈依了天主教;不会是 C 侯爵,他正在博坦尼湾①缝麻袋;也不会是 O 勋爵,他早就葬身鱼腹。反正,她的所有密友都不在了;而德鲁瑞巷的奈尔和基蒂们,虽然颇得她的欢心,只怕很难靠得住。

"我能依靠谁呢?"她问,仰望天空中翻卷的流云。她跪在窗台上,轻拍双手,一幅楚楚可怜的女儿家形象。她说话不由自主,拍手不由自主,恰似她的笔写起来完全不听她的使唤。因此说话的不是奥兰多,而是时代精神。不过无论是谁,反正没有人回答这个问题。秃鼻鸦在秋日里紫色的云彩间上下翻飞。雨终于停了,空中现出一道彩虹,诱得奥兰多在晚餐前戴上那顶簪了羽毛的帽子,穿一双系带的小巧鞋子,来到了屋外。

"除了我,一切都是成双成对。"她想,闷闷不乐地穿过庭院。天上飞着的秃鼻鸦,甚至连卡努特和皮平,那个傍晚似乎也都有一个伴儿,尽管它们的结盟很短暂。"而我,这一切的女主人,"奥兰多想,"却是孤零零一人,形单影只。"经过大厅时,她

---

① 博坦尼湾,澳大利亚地名,19 世纪英国流放犯人的地方。

瞥了几眼那数不清的窗子上的彩色镶嵌画。

　　此前,她从未有过这类想法。如今,它们已把她彻底击败。她没有砰地推开大门,而是用戴了手套的手轻叩,请看门人替她把门打开。人必须有人可依靠,即便是看门人也好,她想,几乎希望留下来,帮她在一桶红红的热炭上烤肉排。但她又不好意思讲出来,只好独自漫步到庭园。开始她有些畏缩,恐怕让偷猎者、猎场看守人,甚至听差的小厮看了笑话,奇怪一位贵妇怎么会独自四处行走。

　　她每走一步,都要神经质地四处张望,惟恐有男人隐在荆豆树后,或有只野牛低头向她拱来,用角挑起她抛向天空。其实,此间只有天空中翻飞的秃鼻鸦。一根铁青色的翎毛,从秃鼻鸦身上飘下,落到欧石南丛中。奥兰多喜欢野禽的翎毛,打从小时候就常常收集。现在她拾起这根翎毛,插到帽子上。四周的空气多少让她的精神一振。秃鼻鸦在她头顶盘旋、滑翔,翎毛一根接一根落下,在紫色的空气中闪烁着光芒。她尾随它们,来到沼泽地,又上了山,长长的斗篷拖在身后。她有很多年没有走这么长的路了。她从草地上捡起了六根翎毛,用指尖夹着,贴在嘴唇上,体味它们平滑的质感。就在这时,她看到山坡边有一汪水塘,闪着神秘的银光,恰似贝迪威尔爵士①抛入亚瑟王之剑的那个湖。空中一根翎毛飘飘摇摇,落入水塘中央。奥兰多全身在此刻感到一种奇特的狂喜。她痴迷地觉得,自己跟着这些秃鼻鸦来到了海角天涯,扑到湿软的草皮上,狂饮忘却之酒,而秃鼻鸦沙哑的笑声在她头顶上回旋。她加快脚步,跑了起来,却被欧石南粗硬的树根绊了一下,跌倒在地,跌断了脚踝骨,爬不起来。

---

① 贝迪威尔爵士,传说中亚瑟王的圆桌骑士之一。

但她心满意足地躺在那里,耳边响着秃鼻鸦沙哑的笑声,睡菜和绣线菊的香气扑鼻。"我找到了自己的伴侣。"她喃喃自语。"那就是沼泽。我是大自然的新娘。"她低语道,欣喜若狂地接受草地冰冷的拥抱。她裹着斗篷躺在水塘边的洼地里。"我将长眠于此,"(一根翎毛落在她的额上。)"我找到了碧绿的桂冠,碧绿甚于海湾,我的前额将永远清凉。这些野禽的翎毛——猫头鹰的、欧夜莺的。我的梦将是荒蛮之梦。我的手将不戴结婚戒指。"她边说边从手指上褪下戒指。"草根将环绕它们。啊!"她叹了口气,头舒坦地靠在洼地湿软的枕头上。"我多年寻觅幸福,没有结果。我与声名擦肩而过;我从未有过爱情;生活——也罢,还是死了好。我认识众多男女,"她接着想;"但未有一人我真正明白。若能安息于此,惟有苍天在上,岂不更好——就像多年前吉卜赛人告诉我的那样。那是在土耳其。"她两眼直瞪瞪望向天空,云朵翻滚,堆积成奇特的金色泡沫,转瞬之间,她看到其中有条小路,一行骆驼,穿过红色沙尘笼罩的戈壁。驼队过后,只留下危岩林立的高山峻岭,她想象自己听到山口响起山羊脖子上叮当的铃声,漫山遍野的鸢尾和黄龙胆。于是,天空变了,她的视线慢慢下移,直至触到雨水浸润而颜色变暗的大地,看到南丘①那大片山冈,沿海岸逶迤起伏;陆地分开的地方是大海,不时有船只驶过;她想象听到远处海上的炮声,开始以为"是西班牙无敌舰队,"又一想,"不对,是纳尔逊②。"随后才记起那些战争早已结束,这些是忙碌的商船;弯弯曲曲的河面上漂着扬帆的游船。她还看到黝暗的田野中星星

---

① 南丘,英格兰南部的丘陵地带。
② 纳尔逊(1758—1805),英国海军统帅,1805年在科拉法尔加角海战中大败法国—西班牙联合舰队。

点点散布的羊群和牛群,她看到农舍的窗间透出点点灯火,畜群中有灯笼漂移,是牧羊人和牧牛人在巡夜;然后,灯火熄灭,群星升起,密布夜空。她脸上盖着沾水的羽毛,耳朵贴着大地,睡意蒙眬之间,听到地心深处,有锤子敲击铁砧的声音,抑或是心跳的声音?答、答、答,是锤子敲击铁砧,还是地心在跳,直到她觉得它变成了马蹄声;一、二、三、四,她数着,听到它绊了一下;然后愈来愈近,她可以听到细树枝折断和马蹄陷入湿沼泽的声音。那马几乎踩到了她。她坐了起来。朦胧的天光依稀映衬出一个高大的黑影,她看到一个男人骑在马上,凤头麦鸡在他四周扑扇着翅膀,惊起落下。他吓了一跳,勒住马。

"夫人,"那男子惊叫,跳下马,"你受伤了!"

"我死了,先生!"她答道。

几分钟后,两人订了婚。

第二天早上,两人坐在一起吃早饭,他告诉她,他名叫马默杜克·邦斯洛普·谢尔默丁,是一位士绅。

"我知道这名字!"她说,因为他身上有某种浪漫、侠义、热情、忧郁,但坚定不移的气质,与这一怪诞、(仿佛深色翎毛般)华贵的名字很相配。这名字让她联想起秃鼻鸦双翼的铁青色光芒、它们沙哑的笑声、它们蛇一般打着旋儿落入银色池塘的翎毛,还有其他千百种我们即将描述的东西。

"我叫奥兰多。"她说。他已经猜到了。他解释说,这是因为,倘若你看到一条洒满阳光的船,高张风帆,大摇大摆地从南太平洋驶来,穿过地中海,你立即会说,"这是奥兰多。"

事实上，尽管相识的时间很短，但最多只有两秒钟，他们就已勘破对方的本相，就像恋人间一向发生的情形。现在只剩下一些无关紧要的细节需要填充，譬如叫什么名字，家住何处，是乞丐还是富豪。他告诉她，他在赫布里底群岛有座古堡，现已破败，宴会厅成了塘鹅饱餐的地方。他曾是军人和水手，还到过东方探险，眼下正在去菲尔茅斯的途中。他要去那里与他的双桅帆船会合，但是风停了，非得刮西南风，他才能出海。奥兰多赶忙看看窗外风向标上的镀金豹。幸好豹尾一动不动地指向正东。"啊！谢尔，别离开我！"她喊道。"我疯狂地爱上了你。"她说。话刚出口，两人心中就同时产生了一丝可怕的疑虑。

"你是女人，谢尔！"她喊道。

"你是男人，奥兰多！"他喊道。

其后出现的是开天辟地从未发生过的一通责难和辩白。待这一切结束后，他们再次坐下来，奥兰多问他这西南风是怎么回事？他要去向何方？

"合恩角①。"他简短地说，脸红了。（因为男人也像女人一样脸红，惟脸红的原因大不相同罢了。）只是凭着她这一方的逼问，再加上直觉，她才猜出他一生都在用性命博取辉煌，即顶风绕合恩角航行。桅杆被掀翻，船帆撕成碎片（让他承认这些，她

---

① 合恩角，智利南部合恩岛的南角，南美洲的最南端。

费了九牛二虎之力）。有时,船沉没了,他是惟一的幸存者,漂一只木筏,身边只剩一块饼干。

"现如今男人大概也只剩这一件事可做了。"他怯怯地说,自己舀了一大勺草莓酱吃起来。她眼前现出这么一幅景象:桅杆折断了,发出咔嚓咔嚓的声响,天旋地转,这个男孩(因为他不过是个男孩)一边吸吮自己酷爱的薄荷,一边大吼大叫,干脆地命令割断这个,把那个扔下海去。这情景让她眼里溢满了泪水,她注意到,这是甜蜜的泪水,胜过她以往流过的任何眼泪。"我是女人了,"她想,"我终于是一个真正的女人了。"她衷心感激邦斯洛普给了她这鲜有的、出乎意料的愉悦。若不是左脚瘸了,她本会坐到他膝上去。

"谢尔,亲爱的,"她又开始说,"告诉我……"于是他们谈了两个多小时,话题可能是合恩角,也可能不是。写下他们的叙谈,着实没有什么意义,因为他们相互之间是如此默契,以至到了无话不谈的地步,其实等于什么也没说,或者是说些愚蠢、乏味的事情,譬如怎样炒鸡蛋,在伦敦何处能买到上乘的靴子等等,这些事情离开了背景即光彩全无,而它们又确实有其惊人的内在之美。因为似乎根据自然那睿智的节约法则,我们的现代精神几乎可以省去语言;既然一切表达都不得体,那么最日常的表达就是得体的;而最普通的谈话往往是最有诗意的谈话,而最有诗意的谈话又恰恰是不可以写下来的。为此原因,我们在这里留下一大片空白,而我们又必须当这空白是填得满满的。

他们又如此这般地叙谈了几天。

"奥兰多,最亲爱的。"谢尔刚说到这里,外面出现一阵混乱,男总管巴斯克特进来通报,楼下来了两位警察,呈送女王的令状。

"带他们上来。"谢尔默丁很干脆地说,仿佛是在自己的甲板上。他本能地背剪双手,站在壁炉前。两位身穿深绿色制服、后腰挂警棍的警官走了进来,立正站好。行过礼节之后,他们遵命将一份法律文件递到奥兰多手里。从那一大堆封蜡、缎带、宣誓和签字判断,这文件绝对是至高无上地重要。

奥兰多迅速浏览一遍,然后用右手食指点着,念出与这件事有密切关系的下列事实。

"官司有结果了,"她大声说,"有些对我有利,譬如……有些对我不利。在土耳其的婚姻被宣布无效("我那时是驻君士坦丁堡大使,谢尔。"她解释说)。子女属私生(他们说我与一位叫皮佩塔的西班牙舞女生有三子),因此他们没有继承权,这很不错……性别?啊!关于性别怎么说?我的性别,"她庄严地宣布,"被无可争辩、毫无疑问地宣布为女性(刚才我怎么告诉你的,谢尔?)。现在永久归还我的财产,世代相传,限为我的男嗣继承,或在未婚的情况下"——此处她变得对这一法律措辞很不耐烦,说,"不会有未婚的情况,也不会有无嗣的情况,因此后面就不用念了。"于是她在帕尔默斯顿勋爵的签名下签了自己的名字。从那一刻起,她可以不受打扰地拥有她的头衔、宅邸和财产,但由于诉讼费用惊人,她的财产锐减,以至现在虽又重为贵族,却也因此家道中落。

这场官司的结果公布后(传闻行走之快,远远超过现在取而代之的电报),全镇喜气洋洋,一片沸腾景象。

〔人们套上各式四轮大马车,在大街上来回奔跑,马车中并没有载人。名为公牛和牡鹿的酒吧里都有人在演讲和辩论。小镇灯火通明。玻璃箱子中封着金盒子,石头底下压着钱币,成立了医院,老鼠和麻雀俱乐部也开了张。市场上焚毁了成打的土耳其女人模拟像,还有许多土里土气的小伙子,纸条从嘴上悬挂下来,上面写着"我是卑鄙的觊觎王位者"。不久,女王的米黄色小马一路小跑而来,带来女王要奥兰多当晚去温莎堡赴宴和过夜的邀请。奥兰多的桌上又像往常一样,堆满请帖。R伯爵夫人、Q夫人、帕尔默斯顿夫人、P侯爵夫人、W.E. 格莱斯顿太太等人,纷纷恳请她光临,并提醒她,她们的家族与她的家族之间累世通好。〕凡此种种,都如上文的做法,适于放在一个方括号中,原因在于它不过是一段插曲,在奥兰多的生活中无足轻重。她跳过它,继续生活。当篝火在市场上燃烧时,她正单独与谢尔默丁一起呆在黝暗的树林里。天气好极了,林木的枝杈在他们头顶上伸展开来,纹丝不动,若有一片树叶飘下,那金红相间的树叶会忽忽悠悠,在空中飘游半小时,最后终于落下,栖息在奥兰多的脚面。

"马尔,给我讲讲,"她会说(此处必须解释一下,在用他名字的头一个音节来称呼他时,她往往处于一种梦幻般含情脉脉、以心相许的状态,驯服,有点儿倦怠,好似香木在燃烧,而且这是傍晚,但又未到穿礼服的时候,屋外可能在下小雨,树叶因此而闪闪发光,杜鹃花丛中,一只夜莺在啼啭,从远处的农庄,传来三两声狗吠鸡鸣——所有这些,读者都应根据她的声音来想象)——"马尔,给我讲讲合恩角。"她说,于是谢尔默丁就会用树枝和枯树叶,还有一两个空蜗牛壳,在地上搭起一个合恩角的模型。

"这是北,"他说,"那是南。风起于这附近。双桅帆船正向西行驶;我们刚放下顶帆杆上的后桅纵帆;你看,就是在这里,这有点儿草的地方,船碰上了海流,你会看到,这是标出来的,在——我的地图和指南针哪里去了,水手长?——啊,谢谢!这就行,蜗牛壳那里就行。海流吃住了右舷,必须给艏斜帆桁上索具,否则船就要斜到左舷去,就是山毛榉叶落下的地方——因为你得明白,亲爱的——"他会这样不断说下去,而她,字字都听得仔细,并且对它们的意思心领神会。这就是说,无须他作任何说明,她即能看到浪尖上闪烁的磷光,侧支索上叮当作响的冰凌;看到他如何顶着大风爬上桅顶,在那里沉思人的命运;又如何下来,饮一杯威士忌加苏打水,然后上岸,被一黑女人迷住,后来又幡然悔悟,设法摆脱;读帕斯卡尔①的著作;决心写哲思录;买一只猴子;辩论生命的真正意义之所在;决定值得去合恩角,等等,等等。凡此种种,外加他所讲的其他无数事情,她都能领会,因此当他告诉她饼干吃完了,她回答说,是啊,黑女人很能勾引人,对不对?他发现她竟能一点儿不差地领会他的意思,不免又惊又喜。

"你能肯定自己不是男人?"他会迫不及待地问。她则会回声似地反问:

"你竟然不是女人,这可能吗?"然后他们必须立即来验证一下。因为两人都为对方的默契来得如此之快感到惊奇,都觉得这是一个启示,表明女子可宽容、坦率如男子,男子亦可古怪、敏感如女子,对此他们也必须立即加以验证。

于是,他们会继续谈下去,或者说是继续领悟下去。领悟在这个时代,已成为演讲的主要艺术,因为比之思想,言语正变得日益稀少,以至在读毕十遍伯克莱主教②的哲学后,"饼干吃完

---

① 帕斯卡尔(1623—1662),法国数学家、物理学家、哲学家。
② 伯克莱主教(1685—1753),爱尔兰基督教新教主教,唯心主义哲学家。

了"即表示在暗处与一个黑女人亲嘴。(据此推论,只有最深刻的风格大师才能讲述真理。如果遇到一位用词简单的作家,人们可以毫不怀疑地断定,那倒霉蛋一定是在撒谎。)

他们就这样不断地谈下去,直到奥兰多的脚面覆盖了一层秋叶,厚厚的,金红相间。她站起来,独自走到树林深处,留下邦斯洛普一人坐在蜗牛壳中间,摆弄他的合恩角模型。"邦斯洛普,"她会说,"我走了。"她用他中间的名字"邦斯洛普"来称呼他,这向读者表明,她此时陷于孤寂的心境,觉得两人都是沙漠中的尘粒,只渴望去独自迎接死亡,因为死亡每时每刻都在发生,人们死在饭桌上,或者像这样,死在户外秋天的树林里。尽管篝火在熊熊燃烧,尽管帕尔默斯顿夫人或戴尔比夫人邀请她每晚出去赴宴,对死的渴望依然征服了她。因此,说"邦斯洛普",她实际上是在说,"我死了。"她像个鬼魂,穿过幽灵般苍白的山毛榉丛林,潜入僻静无人的树林深处,仿佛连那一点点声音和运动都停止了,她现在可以自由自在地出走——这一切,当她说"邦斯洛普"时,读者都应该从她的声音中听出,而且为了更好地解释这四个字,读者还应进一步想到,对他来说,它们也神秘地象征分手、与世隔绝,以及在深不可测的大海上,在他那双桅帆船的甲板上,游魂般地踱步。

经过几小时死一般的枯寂,一只松鸦突然尖叫了一声"谢尔默丁",她弯下腰,拾起一朵番红花,对有些人来说,这象征着同一个词。她把番红花和松鸦的翎毛一起插在胸前,那翎毛闪着蓝光,打着旋儿,穿过山毛榉林,落了下来。然后,她高声呼喊"谢尔默丁",这声音在树林里回荡,最后传到他的耳中,他正坐在草地上摆弄蜗牛壳搭成的模型。他看到她、也听到她向他跑来,胸前插着番红花和松鸦的翎毛。他大声喊"奥兰多",这最初意味着(切记当蓝色和黄色这样鲜艳的色彩在我们眼前混成一片时,我们的头脑中会产生幻象)蕨丛的摇摆起伏、仿佛有什么东西正在挣脱而出;结果是一条张满风帆的船,好似已缓缓航行了整整一夏天,正摇摇摆摆,高贵、倦怠而梦幻般地向你驶来,一会儿爬上浪尖,一会儿又跌入深谷。就这样,她突然高耸在你面前(你正在一条船的小蛤壳里,仰视着她),所有船帆都在轻轻抖动,然后,瞧,它们全都落了下来,堆在甲板上,一大堆,就像奥兰多现在倒在他身边的草地上。

八九天就这样过去了,但是到了第十天,即十月二十六日,奥兰多正躺在蕨丛中,听谢尔默丁吟诵雪莱的诗(他能背诵雪莱的全部作品)。这时,一片叶子从树梢上飘落下来,开始还是慢悠悠的,突然疾飞旋转,掠过奥兰多的脚面。紧跟着飞来第二片树叶,然后是第三片。奥兰多打了个寒噤,脸色发白。起风了。谢尔默丁——但这时称他邦斯洛普更合适——一跃而起。

"起风了!"他喊道。

他们一起奔跑,穿过树林,风在他们身上贴满树叶。他们跑到大方庭,穿过它,又穿过许多小方庭,仆人们吓得扔下扫把、簸箕,跟在他们身后,来到小教堂。仆人们匆匆点燃零落的灯光,有人踢翻板凳,有人不小心熄灭了小蜡烛。钟声大作,召集人们前来。杜普尔先生终于到了,他一只手抓着自己的白领结,问祈祷书在哪里。人们把玛丽女王的祈祷书塞到他手里,他急忙很快地翻起来,一面说:"马默杜克·邦斯洛普·谢尔默丁、奥兰多小姐,跪下。"他们跪下身来,阳光夹杂着阴影扫过彩色的玻璃窗,照在他们身上,时明时暗。在不断的开门关门声和好像敲铜锅的声响中,风琴响了起来,它发出低沉的轰鸣,时重时轻地交替着。年老的杜普尔先生提高嗓门,想盖过这一片喧嚣,却没有人能听得见他在说些什么。然后,忽然出现了片刻的沉静,一个类似"至死不渝"的词突然清晰地凸显出来,同时,全庄园的仆人不断涌进来,依然手握搂耙和鞭子,有人高声诵唱,有人祈祷,不时还会有只鸟儿撞到窗格上。一声霹雳突然响起,因此谁也未听到"服从"这个词,而且除了金光一闪,谁也未看到交换戒指。一切都在运动和混乱之中。他们站起身,风琴发出低沉的声音,电闪雷鸣,大雨滂沱。奥兰多小姐,手戴戒指,身穿轻薄的长裙,走出教堂,来到院子里。她抓住马镫,因为马已戴好嚼子配好鞍,背上仍然大汗淋漓,只等她丈夫翻身而上,他真的一跃而上,策马奔向前方。奥兰多立在那里,高声喊道:马默杜克·邦斯洛普·谢尔默丁!他答道:奥兰多!这几个字好似一群野鹰在钟楼间俯冲、盘旋,愈来愈高、愈来愈远、愈来愈快,直至撞到钟楼上,撞成碎片,如一阵雨珠坠落在地;她回到屋里。

第 六 章

奥兰多回到屋里。屋里静悄悄的,一片沉寂。这里有她的墨水瓶、她的笔,还有中断了的诗稿,当时她正在赞颂永恒,巴斯克特和巴特洛莫进来送茶,打断了她,她正准备说,一切都没有变。然而,三秒半钟后,一切都变了,她跌断踝骨,坠入爱河,嫁给了谢尔默丁。

这一点,她有手上的结婚戒指为证。不错,她确是在遇到谢尔默丁之前,自己把它戴上的,但结果证明,它不但解决不了问题,情况反而更糟。现在,她满心敬畏,很迷信地不停转动这戒指,生怕它从骨节上滑下来。

"结婚戒指必须戴在左手第三指上才行。"她说,孩童一样小心翼翼地重复学到的课程。

她说话的声音很大,口气中也添了不少炫耀的色彩,仿佛希望某人无意中听到她的话,而此人的意见又是她极为看重的。现在既然终于能够理清思绪,她就很关心自己的行为会对时代精神产生什么影响。她迫不及待地想知道,她与谢尔默丁订婚并嫁给他,在这件事上,她的所作所为,能否得到时代精神的赞许。她显然感觉好多了,自沼泽地之夜后,她再没觉得手指刺痛过,一次也算不上痛过。但她无法否认自己仍有疑问。不错,她是嫁了人,但她的丈夫总在绕合恩角航行,这能算是婚姻吗?如果她喜欢他,这算是婚姻吗?如果她喜欢上了其他人,这算是婚姻吗?最后,倘若世上她最渴望的依然是写诗,这算是婚姻吗?她很怀疑。

不过,她要来检验一下。她看看戒指,又看看墨水瓶。她是否有这个勇气?没有,她没有。但她必须这样做。不行,这不行。那她该怎么办呢?昏厥过去,如果有这个可能的话。但她一辈子都没如此这般的精气神儿十足。

"真该死!"她大喊,又上来了过去的那股劲儿。"来吧!"

她拿起笔,狠狠地杵进墨水瓶。令她大吃一惊的是,并没有迸溅发生。她提笔出来,笔尖湿漉漉的,却没有滴滴答答。她写了起来,文思虽有些迟慢,但来总是要来的。啊!但它们来得可有道理?她思索着,忽然觉得心慌意乱,惟恐手中的笔又会不听使唤,闹出什么恶作剧来。她读道:

> 我行到一片野地,蔓布的绿草
> 因为低垂的贝母花萼愈见颓靡,
> 蛇一般的花朵,郁郁寡欢,陌生模样,
> 裹在沉闷的紫色中,好似埃及姑娘——

她边写边感到有个精灵(切记我们现在是与人类精神最朦胧的表现形式打交道)在她身后探头探脑,窥视她的写作。当她写到"埃及姑娘"时,那精灵让她停笔。绿草这个字嘛,用得还中规中矩,它似乎在说,拿了一把家庭女教师用的戒尺,从头开始评说。低垂的贝母花萼,很妙。蛇一般的花朵嘛,这想法出自女士之口,或许过分了,但华兹华斯无疑会对它赞许有加;而姑娘这词?姑娘这词有必要吗?你说你有个丈夫在合恩角?那好啊,这就没问题了。

于是时代的精神传续下去。

奥兰多现在对时代精神心存(因为这一切都发生在心中)深深的感激。以小比大,就好似一个知道自己箱子里塞了一捆雪茄的旅行者,对大度放行的海关官员心存感激一样。因为奥兰多很怀疑,如果时代精神仔细检查她的头脑,会发现其中有一些严重的违禁品,为此她会遭重罚。她不过是勉强逃脱而已,靠的是耍了点小聪明,顺从时代的精神,例如戴上戒指,在沼泽地找到一位男人,以及热爱自然,不当讽刺家,不愤世嫉俗,也不当生理学家,那等货色立即就会被人发现。她大大松了一口气,她确实很可以这样做,因为作家与时代精神之间的交易无限微妙,作家的作品有什么样的命运,全部系之于这两者之间达成的妥善。奥兰多做了如此安排,她现在处于非常幸福的状态,既不需要抗拒自己的时代,也不需要屈从它。她是时代的产物,又保持了自己的独立性。所以,现在她可以写作,而且她也确实在写作。她写啊,写啊,写啊。

眼下是十一月。十一月过后是十二月。之后是一、二、三、四月。四月之后是五月。而后是六、七、八月。再后是九月。然后是十月,瞧,我们又回到十一月,完成了整整一年的循环。

这样写传记,有其好处,却也多少空洞无味,长此下去,恐怕读者会抱怨,他自己也能背日历,何必按霍加思出版公司①的所谓合适订价去掏腰包买这本书。但是,如果传主把传记作者置

---

① 霍加思出版公司,1917年由弗吉尼亚·吴尔夫与丈夫共同创建,主要出版吴尔夫本人及其他一些新作家的作品。

于尴尬境地,像奥兰多对我们这样,传记作者又有什么法子?任何一个值得我们去请教的人,都会同意生活是小说家或传记作家惟一适当的主题。这些权威人士还言之凿凿地说,生活与坐在椅子上胡思乱想毫不沾边。思想与生活,是相去甚远的两极。因此,既然坐在椅子上胡思乱想是奥兰多目前的所作所为,那么在她结束胡思乱想之前,我们除了背日历、手捻了念珠祈祷、擦鼻涕、拨弄炉火、观望窗外,就别无它事好做了。奥兰多坐在那里,一动不动,屋里静得甚至可以听到大头针掉在地上的声音。倘若真有根大头针掉到地上也好啊!那也是一种生活。或者有只蝴蝶拍拍翅膀从窗子飞进来,落在她的椅子上,我们也可以写写这件事。或者假设她站起来,杀死一只黄蜂。我们立即就可以提笔开写,因为那样就会有流血,即便只是一只黄蜂的血。哪里有流血,哪里便有生活。虽然与杀人相比,杀只黄蜂不过是区区小事,但它仍然更适合拿来当小说家或传记作家的主题,胜过整天坐在椅子上胡思乱想,旁边放支烟、再放上纸笔和墨水瓶。我们可以抱怨说(因为我们正变得愈来愈不耐烦),传主若能体谅传记作家的苦衷,该有多好!你已在她身上花了如此之多的时间,找了如此之多的麻烦,现在还有什么比看到她完全溜出你的掌握更让你恼火呢?她沉迷于——你目睹她叹气、喘息、脸红一阵白一阵、目光时而灼灼炯炯,时而昏昏蒙蒙。亲眼目睹这一切情感骚动的无声表演,却明白引起它们的是思索和遐想这等不足挂齿的原因,难道这还不是最让人感到屈辱的吗?

但奥兰多是女人,帕尔默斯顿勋爵刚刚证明了这一点。描写女人的生活,人们的共识是,行动可以不论,只管讲述爱情。有位诗人说过,爱情是女人生存的要义。我们看一眼伏案写作的奥兰多,就必须承认,她的确是最适合这一使命的女子。当然,既然她是女子,又有美貌,且在妙龄,她很快就会不再煞有介事地写作和思索,开始哪怕思念一位猎场看守人(只要她是在想男人,无人反对女人思索)。然后,她将给他写张小纸条(只要她写小纸条,也无人反对女人写作),约他星期日黄昏时分幽会,而星期日黄昏将至,猎场看守人将在窗下吹口哨。所有这一切,当然正是生活的本质,而且是小说惟一可能的素材。那么奥兰多是不是肯定会做这些事情中的一件呢?唉,简直太遗憾了,奥兰多一件也没有做。如此一来,我们是否必须承认,奥兰多属于那些没有爱情的谬种?她喜欢狗,忠于朋友,酷爱诗歌,曾慷慨解囊,救济十来个饥肠辘辘的诗人。但爱情与善良、忠诚、慷慨或诗歌毫不相干。我们此处所说,是男性小说家定义的那种爱情,毕竟除此之外,何人还能有更大的权威呢?爱情就是褪去衬裙和——我们大家都知道爱情是什么。那么奥兰多做没做那件事呢?事实迫使我们说没有,她没有做。那么,倘若我们的传主既不去爱,又不去杀人,只是思索和遐想,那我们就可以断定他或她几乎是死尸一具,我们应该一走了之。

现在,留给我们的惟一对策,就是眺望窗外。窗外有麻雀、椋鸟、几只鸽子和一两只秃鼻乌鸦,都在忙着追求自己的时尚,或寻觅蚯蚓,或寻觅蜗牛,或振翅飞上树枝,或在草皮上行走一圈。一个男仆,腰上系着绿色台面呢围裙,穿过庭园。我们假定他与配餐室的某个女仆私通,不过在庭园里又没有什么明显的证据,我们只能希望结局圆满,然后一走了之。流云掠过天空,一片片,一团团,把草地映衬得忽明忽暗,变幻不定。日暑神秘如常,记录着时光的流逝。面对这千篇一律的生活,人的大脑开始懒洋洋地、徒然地抛出一两个问题。生活,它唱道,或者不如说它低吟,好似壁炉架上的一把水壶,生活,生活,你是什么?是明还是暗?是仆人的台面呢围裙,还是草地上椋鸟的阴影?

那么,在这个夏日的清晨,这个人人爱慕绚烂的花朵和蜜蜂之时,让我们走出去,探索。嗡嗡嘤嘤的椋鸟,站在簸箕沿儿上,啄食柴枝草棍间下人掉落的头发。让我们来问问它(它比云雀更会交际)的意见,我们倚在农舍的大门边,问道,什么是生活;生活,生活,生活!椋鸟叫着,仿佛它听到而且明白我们在说什么。我们有这种令人讨厌的窥探习惯,先在屋里提出问题,然后跑到外面东窥西探,掐几朵雏菊,恰似作家才思枯竭之时所做的那样。椋鸟说,然后,他们到这里来,问我什么是生活;生活,生活,生活!

之后,我们沿着沼泽地中的小径,疲惫地登上高高的山脊,身下是深紫色的山岚。在那里,我们扑向大地;在那里,我们浮想联翩;在那里,我们注视一只螳螂,费力地把一根稻草运回洼地的老家。螳螂说,劳作就是生活(倘若可以给这种来回搬运冠以如此神圣又温柔的名称),或者我们就是这样来解释它那被灰尘呛得窒息的喉管发出的呼呼声。蚂蚁对此表示赞同,还有蜜蜂。但我们躺在这里,若时间久长,可以问傍晚飞来的飞蛾。它们偷偷穿行在灰白色的轮生叶欧石南中。在我们耳边,它们轻轻发出疯狂的呓语,好似暴风雪中电报线发出的声音:嘻嘻,呵呵。笑声,笑声!飞蛾说。

我们已经问过了人、鸟和昆虫,至于鱼嘛,住在绿色洞穴、常年孤零、渴望鱼能张嘴说话的人们告诉我们,它们从不言语,因此可能知道什么是生活——一路问过后,我们并没有变得聪明,只是变得愈加衰老、愈加冷漠(难道我们过去没有祈祷有那么一本书,可以概括出一些我们称之为生活真谛的稀世珍宝吗?)得了,我们还是回去,直截了当地对翘首以待的读者说,关于什么是生活——天哪,我们一无所知。

此刻,仿佛是为了及时拯救本书不致夭折,奥兰多推开椅子,伸了伸胳膊,扔掉手中的笔,走到窗口,宣布:"大功告成!"

她几乎因眼前的非凡景象而跌坐在地。眼前是花园,花园里有几只鸟。世事依旧。在她写作的全部时间里,一切都在继续。

"我若死去,世界不会有任何变化!"她喊道。

她的感觉是如此强烈,她甚至想象自己已经死去,而她确实也觉得有些眩晕。有那么一会儿,她站在那里,呆呆地望着窗外那美丽、冷漠的景象。最后,她以一种奇特的方式苏醒过来。她怀中的手稿开始蠕动和跳跃,好似成了活物。更奇特的是,她和它是如此意气相投,奥兰多侧着头,可以听出它在说什么。它希望被人阅读。它必须被人阅读。倘若无人阅读,它会死在她的怀里。她平生第一次对自然生出激烈的反感。她周围有猎犬和玫瑰花丛。但猎犬和玫瑰花丛都不能阅读。这是上苍可悲的疏忽,而她过去从未意识到这一点。惟有人类具有这种天赋,因此人类成了必须。她摇铃唤人,吩咐立即备车去伦敦。

"还来得及赶上十一点四十五分的火车,夫人。"巴斯克特说。奥兰多尚未意识到蒸汽机已经发明,她一直深深沉浸于人的生存的痛苦,这人虽然不是她自己,却完全系之于她。所以她这是第一次看到火车。她在一节车厢中坐下来,用毯子围好双膝,却没有去想"那了不起的发明,过去二十年来已(历史学家说)彻底改变了欧洲的面目"(其实,这类事情发生的频繁程度要大大超过历史学家的预测)。她只注意到它满身煤灰,发出可怕的轰鸣声,窗户卡住打不开。她陷入沉思之中,不到一小时,就被风驰电掣的火车带到伦敦,站在查林克罗斯站的站台上,茫然不知所向。

十八世纪时,她在布莱克弗里亚斯的那所老房子里,度过了许多愉快的时光。现在,那所老房子卖掉了,一部分卖给救世军,一部分卖给了一家雨伞厂。她在梅费尔另外购置了一所房子,卫生、舒适,位于时尚世界的中心。然而在梅费尔,她的诗就能如愿以偿吗?祈祷上帝,她想,记起贵妇们明亮的眼睛和老爷们匀称的双腿,那些人还没有养成阅读的习惯。不过他们若是养成阅读习惯,就更糟了。那里有R夫人的公馆,公馆里还在继续同样的谈话,对此她确信无疑。那位将军的痛风可能从左腿移到了右腿。L先生可能与R而非T共度了十天。然后蒲伯先生走了进来。啊!但是蒲伯先生已经去世。当今的才子是谁呢,她好奇地想。但这不是一个能向脚夫提出的问题,于是她继续向前走。马头上发出的清脆铃声转移了她耳朵的注意力。一队队奇形怪状带轮子的小箱子,停在人行道边,排成行。她来到斯特兰德大道,这里更是喧嚣一片。形形色色的大小车辆夹杂在一起,拉车的或是纯种马,或是挽马,乘客或只有一位老年贵妇,或拥挤不堪,连车顶上都坐满头戴丝帽、留八字胡的男人。她的眼睛习惯了朴素的大开本书籍,马车、大车和公共马车看来惊人的不协调;她的耳朵习惯了笔的沙沙声,街上的喧嚣听来格外邪恶、刺耳。人行道上熙熙攘攘、川流不息的人群,绕过车水马龙,不停地向东西两个方向涌去。道边的男人在兜售一盘盘小玩意儿。街角的女人守着大篮春天的鲜花高声叫卖。男孩儿手举报纸穿梭于马鼻子之间,口喊出大事了!出大事了!最初,奥兰多以为国家到了什么危急时刻,却闹不清是喜是悲。她急于从人们脸上找到答案,反而愈发的糊涂。这边过来一个人,满脸绝望,自言自语,痛不欲生。紧接着挤过来一个胖子,兴高采烈,仿佛全世界都在过节。她最后得出一个结论,此中既无规则也无逻辑可循。男男女女,各人忙各人的事。那么她该到哪里去呢?

她继续漫无目的地向前走,沿一条街走下去,又沿另一条街折回来。街道两旁的大玻璃窗里,堆砌着手袋、镜子、晨衣、鲜花、渔竿、午餐篮子;彩带和气球悬挂了一圈又一圈,装饰着五花八门、琳琅满目的商品。有时,她经过一条条大道,两旁的房子静悄悄的,郑重其事地编了号,次第排到二、三百号。这些房子看起来一模一样,皆是两根柱子、六节台阶、两幅窗帘匀称地拉好,桌上铺排开全家人的午餐。一扇窗里,一只鹦鹉望向窗外,另一扇窗里,一个男仆望向窗外。那般单调,直看得她头晕目眩。这时,她来到一个开阔的大广场,广场中央,一座座黑色雕像闪闪发光,皆是体态臃肿的男人,衣服扣子绷得紧紧的,还有腾跃的战马、高耸的柱子和飞溅的喷泉,鸽子在广场上飞来飞去。她沿着住宅夹出的人行道走啊,走啊,直走得饥肠辘辘。突然,有什么东西在她怀中颤动,仿佛在责备她怎么把它忘得一干二净。那是她的手稿《大橡树》。

她对自己的疏忽有些手足无措,一动不动地站在原地。四周空空荡荡,宽阔、华丽的大街上连马车的影子也没有,只有一位老绅士正向她走来。他的步态中有某种东西,让她觉得似曾相识。他走得更近了,她肯定自己曾经见过他。但是在哪里呢?这位油光水滑、大腹便便的绅士,手里提根手杖,扣眼中插朵鲜花,面庞丰满红润,蓄着雪白的八字胡须,这可能吗?天啊,可能,就是他!她那很久很久以前的老朋友尼克·格林!

与此同时,他也看到了她,而且记起并认出了她。"奥兰多小姐!"他喊道,挥帽致敬,丝帽子差点儿掉到地上。

"尼古拉斯爵士!"奥兰多惊呼。从他的举止中,她凭直觉知道这个家伙如今已经发迹,受封骑士是肯定的,无疑还得了其他不少头衔。当年在伊丽莎白时代,他写一行字只能挣一便士稿酬,但他惯于恶言诽谤,曾对她和众多旁人极尽奚落讥诮之能事。

他欠了欠身,表示承认她的结论完全正确;他现在是爵士、文学博士和教授,著作等身。简言之,他是维多利亚时代最有影响的评论家。

邂逅多年前给她带来巨大痛苦的人,奥兰多心中掀起感情的轩然大波。难道这就是那个焦躁不安的讨厌鬼?把她的地毯烧出窟窿,在她的意大利壁炉上烤奶酪,大讲马洛等人的故事,听得她如醉如痴,几乎夜夜到天明。如今,看他却是衣冠楚楚,灰色的晨礼服,扣眼上别一朵粉色花朵,再配上灰色仿麂皮手套。她还在惊奇,他又深深鞠了一躬,问她能否赏光与他共进午餐?或许鞠躬此举有些多余,但对高雅教养的模仿却值得称道。她边想边跟在他身后,走进一家高级餐馆,里面清一色的红地毯、白台布、银制调味瓶,与那些老酒馆或咖啡馆没有丝毫相似之处。那些地方都是沙地、长条木凳,碗里盛了潘趣酒和巧克力,还有大张的报纸和痰盂。现在,他把手套整整齐齐放在身前的桌上。她依然难以相信他就是同一个格林。他过去指甲总有一英寸长,现在却很干净;过去胡子拉碴的下巴,现在刮得光光的。过去他的内衣袖口总是磨破,浸到肉汤里,现在却配上了金链扣。的确,直到他非常精心地点叫葡萄酒,令她忆起许久以前他对马姆齐甜酒的嗜好,她才确信他是同一个格林。"啊!"他轻轻舒了一口气,但仍有些做作。"啊! 我亲爱的小姐,文学的伟大时代已经结束。马洛、莎士比亚、本·琼生,这些人是巨人。德莱顿、蒲伯、艾迪生,这些人是英雄。他们,他们现在都不在了。他们给我们留下了什么呢?丁尼生①、布朗宁②、卡莱尔③!"他的声音充满谴责的意味。"事实上,"他一边说,一边给自己斟上一杯葡萄酒,"我们所有的青年作家,如今都被书商雇了来生产卖得出去的垃圾,赚钱付账给裁缝。"他一边说,一边给自己盛了点儿开胃小吃。"这个时代的标志就是十足的造作和疯狂的猎奇。对所有这些,伊丽莎白时代的人一刻都不能容忍。"

"不,我亲爱的小姐。"他接着说,一面点点头,认可侍者拿来请他过目的脆皮大鲆鱼。"伟大的时代已经结束。我们的时代每况愈下。我们必须珍惜往昔,尊重那些效法古代的作家,这些人所剩无几,他们写作不为报酬,而为……"听到此处,奥兰多差点儿喊出"荣悦!"两字。的确,她可以发誓,她所听到的与三百年前一字不差。当然,列举的名字不同了,但精神未变。尽管受封为骑士,尼克·格林没有变。当然,也不是一点儿没变。他喋喋不休地谈论效仿艾迪生(曾经是西塞罗,她想),早晨躺在床上至少一小时(她骄傲地想,是她按季度付给他年金,他才有可能这样做),翻来覆去地背诵最杰出作家的最杰出作品,然后再动笔,这样才能荡涤时下的粗俗,净化我们可悲的母语(她相信他在美国住了很长时间)。他的喋喋不休几乎与三百年前完全相同,但她有时间问自己,那么他的变化究竟在何处?他变得肥胖,但他已年近七十。他变得光鲜整洁,文学显然已经成为

---

① 丁尼生(1809—1892),英国桂冠诗人。
② 布朗宁(1812—1889),英国诗人。
③ 卡莱尔(1795—1881),苏格兰散文作家和历史学家。

一项有利可图的事业,但他过去那种躁动和鲜活的生命力已经丧失。他的故事依然有声有色,却缺少了过去的随意和轻松。不错,他依然每隔一秒钟就要提一次"我亲爱的朋友蒲伯",或"我那大名鼎鼎的朋友艾迪生",但他的神情里透出的那种循规蹈矩让人沮丧。况且,他现在更乐于讲的,似乎是她的那些血亲的言谈行状,完全不像以前,大讲诗人的秽闻轶事。

奥兰多的失望无以名状。所有这些年(原因可以是她的与世隔绝、她的社会地位和她的性别),文学在她心中,狂野如风,炽烈如火,迅捷如闪电;它飘忽流走、难以预料、突如其来。可现在,瞧,文学成了身着礼服、公爵夫人不离口的老绅士。她的失望是如此剧烈,以至上衣的一个扣袢或扣子迸开了,什么东西掉了出来,落到桌上。是《大橡树》,一首诗。

"手稿!"尼古拉斯爵士说,戴上金边夹鼻眼镜。"有意思,真是太有意思了!请允许我过目一下。"时隔三百来年,尼古拉斯·格林再次拿起奥兰多的诗作,放在咖啡杯和酒杯之间,开始读起来。不过现在,他的评判可与当年大相径庭。他一边翻阅,一边说这诗让他想起艾迪生的《卡托》,又说它可与汤姆逊的《四季》①相媲美。没有时代精神的痕迹,他很欣慰地说,诗中充满了对真理、自然和人性的关注,在目下这一无耻、怪僻的时代,这一点确实难能可贵。当然,这诗应该立即出版。

说实话,奥兰多全然不懂他在说些什么。这部诗稿她总是揣在怀里,尼古拉斯爵士觉得这一做法很好笑。

"你对版税②有什么想法?"他问道。

---

① 詹姆斯·汤姆逊(1700—1748),英国诗人,主要作品有歌咏自然的无韵诗《四季》、长诗《自由》等,《四季》开创了19世纪浪漫主义诗歌之先河。

② 版税的英文 royalty 也作王族讲,因此才有下句奥兰多对白金汉宫的联想。

奥兰多听了,立即联想到白金汉宫和凑巧住在里面的一些愁眉不展的君主。

尼古拉斯爵士这回更是乐不可支。他解释道,他没有明说的是,如果他给(此处他提到一家名气很大的出版社)某几位先生写几个字,他们会很乐于把这本书列入他们的书单。他或许可以安排两千册以下百分之十、两千册以上百分之十五的版税。至于书评,他会亲自给某先生写几个字,此人影响颇大;然后不妨恭维某编辑的妻子几句,譬如小小地吹捧一下她的诗,总是有利无害。他将拜访某某……就这样,他喋喋不休地说个不停,奥兰多一句没听懂,而且根据过去的经验,也不完全信任他的和蔼可亲。但除了屈服,她别无办法,因为这显然是他的希望,也是那诗稿本身炽烈的期望。于是,尼古拉斯爵士把这血染了的一小捆手稿弄平整,小心翼翼地插进胸前的口袋,惟恐它弄皱了自己的衣服。两人又客套了一番,各自走散。

奥兰多走在街上,觉得怀里空荡荡的,她已经习惯了怀中揣着那诗稿。诗稿不在了,她就变得无事可做,惟有随意思考些什么——譬如命运难得的机会。此时她一个已婚女子,手戴戒指,走在圣詹姆斯街上。这里曾有家咖啡馆,现在成了餐馆;下午三点半,阳光融融,街上有三只鸽子、一只杂种小猎犬、两辆神气的轻便马车和一辆活顶四轮马车。那么,什么是生活呢?这想法冷不丁闯入她的头脑,与其他事情毫不相干(除非因为见到了老格林)。每当什么事冷不丁闯入她的大脑,她会立即跑到附近的电报局,打电报给她的丈夫(他在合恩角)。我们在考虑她与丈夫的关系时,可以把这一点作为一个注解,是褒是贬,读者自行判断。当时附近凑巧有个电报局。"我的老天谢尔,"她在电报中这样写道,"今天生活文学格林……"以下她开始使用他们两人发明的一种暗语,即用一两个字传达无限复杂的精神状态,而电报员也毫无觉察。她加上"拉提根格鲁姆福布",就可精确地概括了这一切。因为不仅上午发生的事对她影响深刻,而且读者无法不注意到,奥兰多长大了,不一定变得更好,而"拉提根格鲁姆福布"描述了非常复杂的精神状态,读者只要调动自己全部的聪明才智,就可能发现这一点。

电报发出了,可能几小时后才能收到答复。她望了一眼高空中疾走的流云,想到合恩角可能正在刮大风,因此她的丈夫现在很可能正攀到桅杆顶上,或在砍断绳索,放走一些破烂的圆材,甚至独自在一条小船上,身边只剩下一块饼干。她离开邮局,为消磨时间,转身进了下一家店铺。这样的店铺在如今可谓稀松平常,根本无须描述。但在奥兰多眼里,它却新奇之极。这是一家书店。奥兰多一辈子只知道手稿,她曾手捧粗糙的棕色折纸,上面有斯宾塞①的手迹,小字潦草。她看过莎士比亚和弥尔顿的手泽。她拥有相当数量的对开本和四开本手稿,里面常夹有一首赞美她的十四行诗,有时还夹了一绺头发。但眼下这无数的小本子让她惊诧无比。它们鲜亮、短小、一模一样,似乎都印在薄绵纸上,用薄纸板装订。人们只需花半个克朗,就可买下莎士比亚的全部作品,装在口袋里。这些书上的字太小,几乎无法阅读,但它们仍然是奇迹。"作品",她所认识或听说过的每一作家的作品,以及更多作家的作品,陈列在长长的书架上,从一端到另一端。桌椅上散乱地堆放了更多的"作品"。她翻了一两页,多是尼古拉斯爵士等人论述他人作品的作品。奥兰多无知地以为,既然他们的作品都已付梓印刷,装订成册,他们

---

① 斯宾塞(1552—1599),英国诗人,以他的长篇寓言诗《仙后》闻名。

想必都是大作家。于是她下了一道惊人的命令,吩咐书店老板把店里的大著悉数送往她家,然后走了出去。

她转身进了海德公园。旧时的海德公园她很熟悉(她还记得,汉米尔顿公爵被莫汗爵士的剑刺穿身体,倒在遭雷击劈裂的那棵大树下)。她的两片嘴唇,翕动着把她的电报变成一套单调、毫无意义的说辞:今天生活文学格林拉提根格鲁姆福布,弄得好几个公园管理人很怀疑地打量她,直到注意到她颈上的珍珠项链,才断定她的精神没毛病。在这类事情上,她那两片嘴唇无疑难辞其咎。在一棵大树下,她摊开从书店带出的一捆报纸和评论期刊,趴在地上,支起双肘,竭力想弄明白这些大师如何操练散文这门高尚艺术。她身上仍存有过去的那种轻信,所以甚至廉价的周报,在她眼中也很神圣。于是她支着双肘,开始读尼古拉斯爵士在一篇文章中,评论她曾认识的某人的选集,那人便是约翰·多恩。但不知不觉之中,她躺在了离蟒湖①不远的地方。无数条狗的吠叫声在她耳边响起。马车轮子不停地匆匆而过。树叶在她头顶上轻轻叹息。不时有一条镶边的裙子和一条猩红色的紧腿裤在离她只有几步远的地方穿过草地。还有一只巨大的橡皮球弹到报纸上。深深浅浅的紫罗兰、橘黄、红和蓝色,透过树叶的缝隙,一闪一闪地照在她手指的翡翠上。她读完一句话,仰头望望天空;她仰头望望天空,又低头看看报纸。生活?文学?两者必须你中有我,我中有你?但那真是难于上青天啊!因为,这边过来了一条猩红色紧腿裤,艾迪生会怎样描写它?那边过来了两只狗,立起后腿跳舞,兰姆②又会怎样形容它

---

① 蟒湖,伦敦海德公园中长形人工湖。
② 兰姆(1775—1834),英国散文家、评论家。

们？读了尼古拉斯爵士及其朋友的文章（她不时四处张望，倒也不耽误她的阅读），她莫名其妙地得出这样一个感觉，即永远、永远不应说实话。这个感觉令人极不舒服。她边想边站起身走了。她站在蟒湖畔，湖水是铜绿色的；细如蜘蛛的小船掠过水面，在两岸间穿梭。她接下去想，他们让人觉得，写作时必须永远言不由衷（她不禁眼泪汪汪）。因为，真的，她边想边用脚趾把一条小船推离湖岸，我觉得我无法（此时，如同其他文章，尼古拉斯爵士的整篇文章，在读过十分钟后，他的房间的模样、他的头、他的猫、他的写字台的模样，以及写作当天的时间，都出现在奥兰多眼前），她继续想，从这个角度评判文章，我觉得自己无法坐在书房里，不，不是书房，是乏味的起居室，整天同一些英俊小伙子聊天，给他们讲些小小的趣闻轶事，譬如杜波说了斯迈尔斯什么，然后再叮嘱他们此事不可外传。她痛苦地抹了一把眼泪，继续想，他们都那样有男子气概；而我讨厌公爵夫人，我不喜欢蛋糕。我虽然已经够恶毒，但我永远学不会像他们那样恶毒，所以我怎能成为批评家，写出我们时代最好的英语散文呢？诅咒这一切吧！她叫道，狠狠地发动了那一便士的小汽船，她用力太猛，那可怜的小船差点儿葬身铜绿色的波浪中。

事实上，人们处于某种精神状态时（护士用语）——而此刻眼泪仍在奥兰多的眼眶里打转——看到的东西就会变形，同一样东西，不再是其本身，却成了别的东西，大了许多，重要了许多。处于这种精神状态时，看蟒湖，波浪瞬间变成大西洋的滔天巨浪，模型船变得与远洋轮没有区别。因此，奥兰多误以为模型船是她丈夫的双桅帆船；她用脚趾掀起的波浪是合恩角排山倒海的巨浪。她看到模型船攀上涟漪，却以为看到的是邦斯洛普的船，它攀上光亮而透明的高墙，愈来愈高，一道夹裹了成千上万毁灭的白色波峰淹没了它；它冲进这成千上万的毁灭，消失了。"它沉了！"奥兰多脱口喊出，痛不欲生。但瞧啊，它又出现在大西洋的另一边，安安稳稳地行驶在鸭群中间。

"妙极了！"她大叫。"妙极了！哪里有邮局？"她想知道。"我必须马上给谢尔发电报，告诉他……"她急急忙忙向公园街赶去，嘴里交替重复着"蟒湖中的模型船"和"妙极了"，因为这两个想法可以互换，意思完全相同。

"模型船，模型船，模型船。"她口中不断重复这几个字，逼迫自己承认，重要的不是尼克·格林或约翰·多恩的文章，也不是八小时法案或契约或工厂法，而是某些无用的、突如其来的、暴烈的东西；某些使人丧生的东西；红色、紫色、蓝色；喷射；飞溅；就像那些风信子（她正经过一个精致的风信子花圃）；没有对人性的败坏、依赖和玷污，没有对人的出身的讲求；某些莽撞、荒唐的东西，就像我的风信子，我的意思是，就像我的丈夫邦斯洛普；重要的是蟒湖中的模型船和妙极了的感觉，重要的是妙极了的感觉。于是她在斯坦霍普门等待过马路时开始大声说话，因为除了无风的季节，她总不能与丈夫在一起，而它所造成的后果，就是她在公园街上大声胡言乱语。倘若她像维多利亚女王建议的那样，这么多年一直生活在丈夫身边，事情无疑会大不相同。因为有时她会突然想起他，觉得必须立即与他交谈。她一点儿不在乎自己可能胡言乱语，或者语无伦次。尼克·格林的文章让她陷入绝望的深渊，而模型船又把她抛上欢悦的高峰，所以她站在那里，等着过马路，口中念念有词："妙极了，妙极了。"

然而那个春天的下午，交通拥挤不堪，她只得耐心等待，口中不断重复妙极了，妙极了，还有蟒湖中的模型船这两句话。而此时，英格兰的富豪权贵，正头戴礼帽、身披大氅，正襟危坐在四驾马车、维多利亚式马车和四轮四座敞篷大马车中。仿佛一条黄金的河流凝固了,在公园街聚结成一块块金条。女士们用手指拈着名片盒;男士们双膝夹稳镶金手杖。奥兰多站在那里,目不转睛地观看,又是赞叹,又是畏怯。惟有一个想法让她不安。有谁见过大象或鲸鱼一类庞然大物,对这个想法想必不陌生,即这些庞然大物如何繁殖?它们显然会很讨厌紧张、变化和活动。奥兰多望着那些一本正经的面孔,心想或许他们的生殖时代已经结束,这即是果实,这即是最终目的。她现在看到的,就是一个时代的非凡成果。他们冠冕堂皇地坐在那里。但这时,警察的手放了下来;车水马龙开始流动起来;由各种辉煌之物组成的巨大凝结物开始运动、疏散,最后消失在皮卡迪利广场。

她穿过公园街,向她在科松街的房子走去。在那里,当绣线菊白花盛开时,她能忆起鹧鸪声和一位带枪的老人。

她迈进家门,一边想着,自己还记得切斯菲尔德勋爵说过的话。她还可以看到,在她那朴素的十八世纪的大厅里,切斯菲尔德勋爵风度翩翩,帽子放这边,大衣放那边,他的姿态是那样赏心悦目。但她的记忆在这里被阻断。大厅里凌乱地堆放了许多包裹。她坐在海德公园时,书店老板已派人送来她的订货。现在,宅子里堆满了维多利亚时代的文学作品,都用灰纸和细绳包扎得整整齐齐,楼梯上还有包裹滑下来。她能抱几包抱几包,回到自己的房间,又命男仆把其他的全部搬来,然后迅速剪断无数的细绳。很快,她就被包围在书山之中。

奥兰多习惯了十六、十七、十八世纪时文学作品的缺稀,现在她被自己这一行动的结果吓坏了。因为对维多利亚时代的人来说,维多利亚时代的文学当然不只限于四个独特的伟人的名字,而是四个伟人的名字镶嵌于无数的亚利山大·史密斯、迪克森、布莱克、米尔曼、巴克尔、泰恩、佩恩、塔珀和詹姆森之中,这些人无一不是能言善辩、吵吵嚷嚷,非常惹眼,而且处处要求得到与别人同等的注意。奥兰多一向敬畏印刷品,这让她面临一项苦差,但她把椅子拉到窗前,凭着梅费尔区大宅与大宅之间滤射进来的光线,试图得出一个结论。

对维多利亚时代的文学,要想得出结论,惟有两条途径,这一点现在已很清楚。或者八开本的著作写上六十大卷,或者把这个结论压缩到以下六行字的长度。现在既然时间所剩无几,为节省起见,在这两个途径中,我们还是选择后者。那么奥兰多(在打开半打书后)得出的结论是,没有一本书题献给某位贵族,这很奇怪;其次(在翻阅了一大摞回忆录后),有几位作家的家谱有她的家谱一半厚;再次,如果克里斯蒂娜·罗塞蒂小姐[①]前来饮茶,拿一张十英镑的钞票裹住方糖夹是极端失策之举;再次(有半打庆祝一百周年的宴会请帖),既然文学吃了所有这些晚宴,一定变得十分肥硕;再次(她被邀请参加许多讲座,主题均为某某人对某某人的影响、古典的复兴、浪漫主义的幸存,以及其他同样动人的各式名称),既然文学听了所有这些讲座,一定变得十分枯燥;再次(她出席了一位贵妇的招待会),既然文学披挂上如此一堆裘皮披肩,一定变得十分尊贵;再次(她拜访了卡莱尔在切尔西的隔音房间),既然天才需要如此悉心呵护,他们一定变得十分娇贵;于是她终于得出自己的最后结论,这个结论举足轻重,但我们已大大超出六行的限制,所以只能对它略而不谈。

---

① 克里斯蒂娜·罗塞蒂(1830—1894),英国"前拉斐尔派"女诗人。

得出这一结论后,奥兰多久久伫立窗前,凝视窗外。因为,任何人得出一个结论,就如同将球抛向球网的另一边,必须等待那无形的对手把它抛回来。她想知道,从切斯菲尔德大宅上那片黯淡的天空,会有什么东西飞下来给她?她握紧双手思索着,站立了相当长一段时间。突然之间,她吃了一惊——此处我们只能希望,如同上次,纯洁、贞操和谦恭会把门推开一条缝,至少提供一个喘息的机会,让我们有时间想想,作为传记作者,如何掩饰这段必须小心讲述的历史。啊,但她们没有这样做!当年这几位小姐把白色衣裙抛给赤裸的奥兰多,看到它落在离她还有几英寸的地方;这些年来她们已放弃了与她交流,现在正忙着别的事情。那么,在三月这个阴暗的早晨,难道不会发生任何事情,来缓和、遮掩、藏匿这无可否认的事件吗?无论它是什么样的事件?因为经过这一突如其来的一惊,奥兰多——然而赞美上苍,此时此刻,窗外开始响起微弱、尖细、长笛般柔和、清澈、飘忽、时断时续的老式手摇风琴声,如今时不时也还有意大利的街头琴师在小巷里摇这种风琴。尽管它很土气,发出的吱嘎声上气不接下气,但我们还是接受这干预吧,仿佛它是天音流转,用它来填充此页,直到那无法回避的时刻到来,对此,男仆已经看得一清二楚,女仆也很明白,读者同样不得不看到;因为奥兰多本人显然已无法继续不理不睬。让手摇风琴声响起,带着我们的思绪漂游,因为乐声响起时,思绪不过是一条随波逐流的小船,在所有载体中,它最笨拙,也最游移不定。思绪漂到屋顶,那晾衣服的后院——这是什么地方?你是否认出那大片绿色、中间的尖顶,和两边蹲伏了一对狮子的大门?啊,对,那是丘花园!行,就停在丘花园吧。于是,我们到了丘花园,我今天(三月二日)要指给你们看,在那棵李树下,有一株麝香兰,一株番红花,还有杏树上的粒粒花苞。走到那里,就要想到球茎,多毛的、红色的球茎,十月时插入大地;现在开花了;就是要幻想出更多难以出口的事情,就是从烟盒里拿出一支香烟甚至一支雪茄,就是把一件斗篷铺到大橡树下(因为韵律的需要①),坐下来等待那只翠鸟,据说有人看到它傍晚时分穿梭于两岸之间。

等等! 等等! 翠鸟来了;翠鸟没来。

瞧,此时此刻,工厂的烟囱在冒烟;瞧,市政府的文职人员乘着轻便小船在湖中闪过。瞧,老妇人在遛狗,年轻的女仆第一次戴上新帽子,戴得角度都不对。瞧他们所有人。尽管上苍仁慈地命令隐藏人心中的秘密,我们因此永远受到诱惑,去猜测一些虚无缥缈的东西;但我们依然透过袅袅烟圈,看到对一顶帽子、一条小船、地沟里一只老鼠的天生的欲望,那欲望燃起,就像当年我们看到——当手摇风琴声响起,思绪如此这般泼溅到浅盘上,就有了这种愚蠢的跳跃——君士坦丁堡附近清真寺光塔背后的田野里烈火熊熊燃起。我们歌颂欲望得以实现之辉煌。

欢呼天生的欲望吧! 欢呼幸福! 神圣的幸福! 以及形形色色的欢娱,鲜花与美酒,虽然前者凋谢,后者令人醉生梦死。星期日花半个克朗买张票离开伦敦,在昏暗的小教堂里赞美死亡,或者做点儿什么,打断那些打字、信件归档、编造谎言、建立帝国的勾当。甚至欢呼女店员唇上那道红红的、粗俗的弯弓(仿佛朱庇特用大拇指笨拙地蘸了红墨水,顺手草草涂写的一个标志)。无论男性小说家怎样说,欢呼幸福吧! 穿梭于两岸之间的翠鸟,一切天生欲望的实现。或祷告;或否认;欢呼吧! 无论幸福是什么形式,希望它来得更多、更古怪。因为阴暗的溪流淌

---

① 英文里斗篷(cloak)与橡树(oak)押韵,故有韵律之说。

动着——倘若它真像韵律所暗示的"仿佛梦境一般"①——但我们通常的命运尚不及此;没有梦,只有活着、沾沾自喜、滔滔不绝、循规蹈矩,仿佛生活在遮天蔽日的大树之下,当翠鸟蓦地从一岸掠向另一岸时,那橄榄绿色的浓荫淹没了远去翠鸟羽翼上的蓝光。

那么,欢呼幸福吧,而此后的梦境不再值得庆贺,在那些梦境中,清晰的影像膨胀变形,犹如乡间小客栈店堂里污迹斑斑的镜子,映出一张变形的脸。在漆黑的梦境中,完整裂成碎片,我们变成无数小碎块儿;但沉睡,沉睡,睡得如此深沉,一切形状都碾成无限柔软的齑粉,一片神秘莫测的朦胧,在那里,蜷曲着,藏在裹尸布里,如一具木乃伊,似一只蛾子,我们躺在深深的睡梦的沙滩上。

不过且慢!且慢!这一次,我们并不打算造访那阴暗的领地。蓝光一闪,似一根火柴,从眼前划过,它飞了起来,熊熊燃烧,冲破沉睡的封锁;翠鸟;红色、稠密的生命之潮,折回头来,流淌,奔涌。我们起身,视线(因为一首韵诗是多么轻而易举,就让我们完成了从死到生的尴尬过渡)落到——(此时手摇风琴声戛然而止)。

"是个男孩,漂亮极了,夫人。"接生婆班廷太太说,把奥兰多的头生子放到她怀里。换句话说,三月二十日凌晨三时,奥兰多平安产下一子。

奥兰多再次站到那扇窗前,不过读者可以鼓足勇气;同类的事情今日不会再发生,而这也不是同一日了。因为我们若像奥

---

① 英文里溪流(stream)与梦境(dream)押韵。

兰多那样望向窗外,会发现公园街已面目全非。人可以在那里站上十几分钟,像奥兰多现在一样,却看不见一辆四轮大马车驶过。"瞧那玩意儿!"过了一些天后,她会惊呼起来,因为她看到,一节截短的车厢,很滑稽可笑的样子,没有马拉,自己滑了过去。没有马拉的马车!说到这儿,她被人叫走了,过了一段时间才回来,又看了一眼窗外。如今的天气变得很奇怪。她禁不住想到,天空变了。爱德华国王,看,他在那里,刚钻出那辆式样灵巧的布鲁厄姆车,去拜访街对面的某位女士。他继承了维多利亚女王的王位,天空不再阴霾密布,也不再折射出五颜六色的光彩。云雾缩成一层薄纱;天空似乎由金属制成,热天时光泽全无,成了铜绿或橘黄色,如同烟雾中金属的颜色。这压缩有点儿吓人。一切似乎都压缩了。前一晚,她的车经过白金汉宫,她过去以为会永存下去的庞然大物,现在竟然消失得无影无踪;高高的礼帽、寡妇的丧服、号角、望远镜、花圈,全消失得一干二净,人行道上没有留下它们的任何踪迹,连个水坑都没有。然而现在——又过了一段时间,她再次回到窗前最喜爱的位置。现在是夜晚了,变化更是覆地翻天。看那些屋里的灯光!用手一触,整个房间灯火通明,成百上千的房间灯火通明;而且间间相同。一个个小方盒子,里面的一切一览无余;没有了隐私,没有了以往那些徘徊的身影和隐蔽的角落,没有了那些身着围裙、手端油灯的女人,她们把油灯放在这张或那张桌上,灯光颤抖着,摇曳着。如今,只要用手一触,整个房间立即灯火通明。天空彻夜明亮,街道也很明亮,一切都很明亮。中午,她又回到窗前。女人们近来变得多么狭长啊!她们看上去全似玉子杆子,笔直、光鲜、一模一样。男人的面颊光滑如手掌。空气非常干燥,显出一切事物的光彩,似乎也使面颊上的肌肉变得僵硬,要哭泣愈发困难了。水有两秒钟就变热。常春藤或者枯死,或者从房子的外墙上被铲去。植物生长得不那么繁茂,家庭也小得多了。窗帘和盖布卷起来,墙壁露出本来的面目,挂上些色彩鲜艳的新图片,或镶在镜框中,或画在木头上,图中都是实物,譬如街道啦、雨伞啦、苹果啦。有某种鲜明、独特的时代特点,令她想起十八世纪,但有一种铤而走险、一种疯狂的东西,她正这样想着,好似几百年来一直走在一条漫长无比的隧道中,隧道豁然开朗,光线倾泻进来;她的思想神秘地变得非常紧张,仿佛一个调琴师,把调弦的家伙插进她的脊背,然后旋紧神经;与此同时,她的听力变得非常敏锐,可以听到屋里一切细微的动静,座钟的滴答声好似击锤声。几秒钟的光景,光线愈发明亮,她看到一切愈来愈清晰,座钟的滴答声也愈来愈响亮,直至在她耳中发出可怕的爆炸声。奥兰多跳起来,仿佛头上挨了重重的一击。她被击了十下。事实上,这是一九二八年,十月十一日,上午十时,也就是现时。

奥兰多跳起来,手按心口,脸色灰白,这也并不足怪。还有什么能比现时这一启示更可怕呢?我们能够抵挡住这一惊吓,完全在于前有往昔、后有未来的庇护。不过眼下,我们可没有时间思考这一问题,奥兰多已经晚了。她跑下楼,跳上汽车,推下离合器,汽车嗖地向前冲去。庞大的蓝色建筑物高耸入云;红色的烟囱帽七零八落地散布在空中;马路似银头钉子闪闪发光;面色苍白的公共汽车司机,呆板地驾驶着双层车,居高临下地向她逼来;她注意到海绵、鸟笼、成箱的彩色防水布。但在驶过当下这一独木桥时,她不允许这些景象渗入她的脑海,哪怕只有微小的一丁点儿,惟恐落入桥下汹涌的急流。"你就不能眼睛看着你要去的地方?……手伸出来行不行?"她厉声说,好像这些话猛地脱口而出。街上人山人海,人们过马路时,根本不看要去的方向。他们围着商店的平板玻璃窗喊喊嚓嚓,窗里五颜六色,光彩夺目。奥兰多觉得这些人好似蜜蜂,但这想法立即被剪断,她眨了眨眼睛,恢复了透视感,看到他们是人。"你就不能眼睛看着你要去的地方?"她厉声喊道。

她终于来到马歇尔和斯奈尔格罗夫百货商店,走了进去,各种色彩和气味扑面而来。现时如沸腾的水珠,从她的身上洒落。摇曳的灯光如夏日微风吹拂起的轻软衣料,上下飘荡。她从手袋中拿出一张单子念起来,声音古怪又拘谨,仿佛她正在一个流出五彩水的水龙头下捧着这些字:男孩靴子、浴盐、沙丁鱼。她看见灯光照在上面,这些字词不断变化。浴盐和靴子变得迟钝;沙丁鱼变成锯齿形,像把锯子。她站在一楼的男装部,东张西望,用力嗅着各种气味,耽误了几秒钟,然后走进电梯,只因为电梯门开着。电梯平稳地向上行驶,她想,如今的生活结构本身就是魔术。十八世纪时,我们知道每件事的来龙去脉;但现在,我腾起在空中,听见人们从美国发出的声音,看见人们飞上天空,但这都是怎么回事,我甚至无从猜测。我又开始相信魔术了。这时电梯咯吱一声停在二楼,她看到五颜六色、琳琅满目的商品在微风中飘扬,传来奇特的气味;电梯每停一次,电梯门每开一次,都会有另一个小世界展现在你眼前,那个世界的各种气味扑面而来。她忆起伊丽莎白时代泰晤士河畔的外坪,运珍宝的船和商船停靠在那里。它们的气味是多么丰富、多么奇特啊!她把手指头探进装珍宝的麻袋,粗糙的红宝石漏过她的手指,那感觉她至今记忆犹新。然后与苏姬——不管她叫什么名字吧——躺在一起,坎伯兰的灯笼一闪一闪照在他们身上!坎伯兰家族现在有栋房子在波特兰街,前两天她与他们共进午餐,还冒昧地拿希恩路的救济院跟那老头子开了个小小的玩笑。他听后直眨眼睛。但此时电梯已经上到顶层,她不得不下来,进了天知道他们所谓的什么"部"。她一动不动地站在那里,查看自己的购物单,但哪儿那么容易就找到单子上吩咐的浴盐或男孩靴子呢。她什么也没有买,就打算下楼去了,幸好她并没有鲁莽行事,因为她不由自主大声念出单子上的最后一项,而它凑巧是"双人床单"。

"双人床单。"她对柜台前站着的一个男人说,感谢老天的安排,那男人恰巧是卖床单的。因为格里姆斯迪奇,不对,格里姆斯迪奇已经死了;巴特洛莫,不对,巴特洛莫也死了;那么是路易丝,路易丝前两天气急败坏地来找她,因为在君王卧榻的床单上发现了一个洞。许多国王和女王都在铺了这床单的卧榻上睡过——伊丽莎白、詹姆斯、查理、乔治、维多利亚、爱德华,难怪床单上有个洞呢。但路易丝断言她知道是谁干的。是康索尔特王子。

"讨厌的德国佬!"她说(因为又发生过一次战争,这一次是与德国人开仗)。

"双人床单。"奥兰多迷迷糊糊地重复了一遍,因为一张铺着银色床罩的双人床,她现在想起来,也觉得房间的格调有点儿俗,全是银色的,但她当年装饰这房间时,正格外青睐这种金属。那男人去拿双人床单了,她掏出小镜子和粉扑,一边漫不经心地补妆,一边想,女人现在的举止再没有那般含蓄,可不像当年她变成女人、躺在"痴情女郎"号甲板上时那样了。她不慌不忙,在自己的鼻子上浅浅扑了几下。她从不碰面颊,老实说,虽然已经三十六岁,她看上去一点不老,依旧是那样噘着嘴,那样郁郁寡欢,那样英俊,那样肤色红润(像一棵装饰了无数蜡烛的圣诞树,萨莎曾说),恰似那天在冰上,泰晤士河封冻,他们去溜冰——

"最上乘的爱尔兰亚麻制品,夫人。"那店员说,在柜台上摊开床单。她心不在焉地摸着床单,就在此刻,分隔两个营业部的弹簧门打开了,或许是从装饰品部那边,飘来一股蜡烛的香气,仿佛是粉红色的蜡烛,那香气曲曲弯弯,如贝壳包着一个人形儿,年轻、苗条、诱人。是男孩还是女孩?啊,是个姑娘,上帝!毛皮、珍珠、俄罗斯裤子;但无情无义,无情无义!

"无情无义!"奥兰多喊起来(那男人已走开了),整个商店似乎上下翻腾着滚滚黄水,她看到远方出海口处那条俄罗斯大船的桅杆。那香气生出的海螺壳奇迹般地(或许门又开了)变成一个台子,从那高台上走下一个臃肿的女人,身着裘皮衣,保养得很好,妖冶冷艳,头戴冠冕,她是一位大公的情妇,正靠在伏尔加河畔吃三明治,一边看人们溺水而死;她开始穿过商店,向她走来。

"啊,萨莎!"奥兰多喊了起来。她真的很震惊,没想到她会变成这样,那么臃肿,那么无精打采。她赶紧低下头看床单,好让那幽灵,那穿裘皮衣的半老徐娘和穿俄罗斯裤子的姑娘的幽灵,以及它所带来的蜡烛、白花和旧船气味从她身后过去,别注意到她。

"夫人,今天要不要再买些餐巾、毛巾、尘拂?"店员追问。幸亏有张购物单子,奥兰多举起来看看,才能镇定自若地回答,现在这世上她惟一需要的,就是浴盐;而它在另一个商品部才能找到。

再次乘坐电梯——任何景象的重复都能给人以深刻印象——她再次下沉,远离当下;当电梯砰的一声降到地面上时,她觉得自己听到一只罐子摔碎在河岸上。至于找到她所要去的商品部,无论是哪一个,她若有所思地站在各式手提包中间,对所有店员的建议充耳不闻。这些店员个个彬彬有礼、身穿黑衣、头发梳得齐整,显得生气勃勃。他们一概是什么人的后裔,可能有些人也像她一样,自豪地来自久远的过去,但他们选择降下现时这道防护屏,于是今天他们不过是百货商店的店员。奥兰多犹豫不决地站在那里,透过巨大的玻璃门,可以看到牛津街上的车流。双层汽车似乎堆到了一起又分开。那天泰晤士河里的冰块也这样翻腾。一位老绅士穿着皮拖鞋骑在一块冰上。他沉下去了——她现在可以看到他——嘴里诅咒着爱尔兰叛乱者。他沉下去了,就在她的汽车所停之处。

"时光弃我而去,"她想,试图打点精神,"这就是中年的来临。多奇怪啊!一切都不再简单。我拎起手袋,想到的是冰上冻僵的老妇。有人点燃一支粉红色蜡烛,我看到的却是穿俄罗斯裤子的姑娘。走出门外,就像我现在这样,"她踏上牛津街的人行道,"我闻到了什么?草药。我听到山羊脖子上的铃铛声。我看到崇山峻岭。土耳其?印度?波斯?"泪水溢满她的眼眶。

读者或许会觉得,奥兰多离现时有点儿太远了,他们看到她正准备钻进自己的汽车,满眼都是泪水和波斯高原的幻象。的确,善于把握生活的人,顺便说一句,这些人往往是些无名之辈,不能否认,这些人有时设法把六、七十个时间协同起来,让它们在正常的人体内同时跳动,因此当十一点的钟声敲响,所有其他时间齐鸣,当下即非剧烈的断裂,亦非全然沉溺于往昔。对于这些人,我们可以公正地说,他们不多不少地活了墓碑上分配给他们的六十八年或七十二年。其他人虽然走在我们中间,我们却知道他们已经死了;有些人尽管经历了生命的形式,但他们还没有出生;另一些人虽然自称三十六岁,却已经活了几百岁。无论

《英国名人传记辞典》上怎么说,人生的真正长度,永远是个有争议的话题。因为这种计时十分棘手;转眼就能扰乱它的,莫过于接触任何艺术。或许因为迷恋诗歌,奥兰多丢了购物单,没有买沙丁鱼、浴盐和靴子,就开始往家走。现在,她把手放在自己的车门上,站在那里,现时开始狠狠敲击她的脑袋。她挨了结结实实的十一下。

"讨厌死了!"她大叫。因为钟声对神经系统震动巨大,所以关于奥兰多,我们这会儿没有什么可报告的,除了她眉头微蹙,令人钦佩地换挡,又像以前那样脱口喊道:"看着你要去的方向!""你糊涂了还是怎么的?""那你为什么不承认?"同时驾了汽车嗖一下冲出去,东拐西拐,钻来钻去,因为她驾车是把好手。她驶过摄政王街、干草市场、诺塔姆伯兰德大道,上了威斯敏斯特桥,左拐,直行,右拐,再直行……

一九二八年十月十一日星期四,老肯特路上行人络绎不绝,已蔓延到了人行道外。女人们拎着购物袋。孩子们东跑西窜。布店大减价。街道窄了又宽,宽了又窄。长条的远景缩挤到一起。这边叫卖,那边发丧。一会儿一队人打了旗子,上面写着"集——失",但其他的字是什么呢?肉的颜色鲜红。屠夫们站在门口。女人们的鞋跟几乎削平了。有个门廊上写着"爱战——"。一个女人从卧室窗口向外凝望,一动不动,若有所思。艾珀尔约翰和艾珀尔伯德,殡仪——。没有什么东西能够从头到尾看到完整的全部。永远是只看到开头——譬如两个朋友过街时遇上了——看不到结尾。二十分钟后,人的身心如撕碎的纸片,从麻袋中颠了出来。的确,驾车疾驶出伦敦的过程,恰似在失去知觉、或许在死去之前,个性被剁成小块,以至从何种意义上可以说奥兰多存在于现时,成了一个悬而未决的问题。

的确，我们差点儿以为她已经完全解体，但此时，终于从右侧伸出一道绿色的帷帐，衬托出缓缓下落的小纸片；然后左侧又伸出另一道帷帐，可以看到不同的纸片在空中打旋儿；绿色帷帐在两侧不断伸展，她的头脑恢复了聚合事物的魔术手法，她看到了一座农舍、一个晒谷场、四头牛，都与实物一样大小。

奥兰多这才松了口气，默默点燃一支烟，一口一口地吸了一两分钟。然后，她迟疑地叫了一声"奥兰多？"仿佛她想见的人可能不在那里。因为如果七十六个不同的时间（碰巧）一起在脑子里滴答滴答走起来，老天啊，得有多少不同的人同时停留在人的内心？有些人说是两千零五十二。那么此人现在正好独自一人，她唤"奥兰多？"（倘若这是此人的名字），意思是说，得了，得了！我烦死这个自我了，我想要另一个自我，这真是天下最稀松平常的事。因此我们才在朋友身上看到那些惊人的变化。但这也并非就会一帆风顺，因为人们虽然可以像奥兰多那样（假定出城来到乡村，需要另一个自我）唤一声"奥兰多？"，但她需要的奥兰多，可能并不肯前来；我们建立起的这些自我，一个叠一个，好似侍者手中一摞盘子，它们在其他地方有自己的事业、自己意气相投的朋友，自己小小的宪法和权利，随便你怎么称呼（这些事大多没有名称），因此一个只肯下雨时来，一个要房间里有绿窗帘才来，另一个得等琼斯先生不在时，还有一个要你允诺给它一杯酒等等，等等；因为每人都能根据自己的经历，成倍地增加与不同自我达成的不同妥协，有些荒唐透顶，根本无法在书中提及。

就这样，在谷仓近旁的拐弯处，奥兰多呼唤"奥兰多？"有点质问的口气。她等了一会儿，但那个奥兰多没有来。

"那好吧。"奥兰多随和地说，这种时候人们往往如此。她又来试另一个,因为她有许许多多不同的自我可以召唤,远远超出我们的篇幅所能允许。传记只须叙述六七个自我,就可以认为是完整的了,而一个人完全可能有上千个自我。那么,选择那些我们已经叙述过的,奥兰多现在召唤的,可能是那个砍断套在黑鬼骷髅头上绳索的少年;也可能是又把骷髅头拴好吊起的少年、坐在山坡上的少年、看到诗人的少年、向女王呈上玫瑰水碗的少年;或者她在召唤那个爱上萨莎的青年、廷臣、大使、军人、旅行者;或许是那女子、吉卜赛人、娴雅的贵妇、隐修士、热爱生活的少女、文人的女恩主、那个称马尔(意为热水澡和傍晚的炉火)或谢尔默丁(意为秋天树林中的番红花)或邦斯洛普(意为我们每天死过一遍)或三个称呼联在一起的女人,这后一个意思更多,篇幅所限,容不得我们把它写出来。所有这些自我都不相同,她可以召唤它们中的任何一个。

或许如此;然而似乎可以肯定(因为我们现在身处"或许"和"似乎"的领域之内),她最需要的那个自我却游离在外,从她的讲话中可以听出,她在不断变换自我,速度之快,就像她驾驶的汽车,每拐一次弯,都有一个新的自我出现。而知觉中的自我才是最重要的,有产生欲望的能力,此时,碰巧出于某种莫名其妙的原因,它仅仅希望保持自我。这即是某些人所谓的真我,人们说,它集中了人身所有的自我,由它作为船长来加以指挥,它把它们锁起来,它就是钥匙,它还把它们合并在一起,加以控制。奥兰多肯定是在寻找这一自我,因为读者可以根据无意中听到她驾车时说的话,判断出这一点(倘若这些话听起来杂乱无章、支离破碎、琐碎又枯燥,有时根本不知所云,那就是读者的错了,谁让你听一位女士自言自语呢;我们只管照搬她的话,在括号中加上我们认为哪一个自我在说话,但我们的猜想很可能并不正确)。

"那么是什么？是谁呢？"她说。一个女人，三十六岁，坐在汽车里。这点不错，但还有无数其他。势利眼，我是那样吗？府邸里悬挂嘉德勋章？豹子纹章？祖先？因他们感到自豪？是的！贪婪、奢侈、堕落？我是那样吗？（此时一个新的自我出现）。是又如何？我才不在乎呢。忠诚？我想是的。慷慨？啊，那不算数（此时又一个新的自我出现）。一上午不起床，听鸽子叫，床上铺得都是精致的亚麻织物；银碟、美酒、男女仆人。娇惯坏了？可能。拥有的太多，却一事无成。于是有了我的书（此处她提到五十种经典作品；我们觉得，这代表了她撕掉的那些早期浪漫作品）。敏捷、善辩、浪漫。但（此时另一个自我出现）笨手笨脚。我真是再笨拙不过了。还有——还有——（此处她在迟疑是否该说那个词，如果我们建议用"爱情"，有可能不对，但她确实笑了，而且脸红，然后喊出声来）翡翠蟾蜍！哈里大公！天花板上的青蝇！（此时另一自我出现）。但是奈尔、基特、萨莎呢？（她陷入阴郁之中：实际上是眼泪不由自主地在眼眶中打转，因为她早就不再哭泣）。树木，她说。（此时另一个自我出现。）我喜欢在这里生长了一千年的古树（她经过树丛）。还有谷仓（她经过路边一个摇摇欲坠的谷仓）。还有牧羊犬（这边来了一只，颠颠儿地跑过公路。她小心翼翼地避开它。）还有夜晚。但是人（此处另一个自我出现）。人嘛？（她作为问题又重复了一遍。）我不知道。饶舌、恶毒、不说实话（此时她拐进家乡小镇的主要街道。）这天正是集日，街上挤满了农夫、牧人、挎着篮子的老妇，篮子里装着老母鸡。我喜欢农民。我知道庄稼是怎么回事。但（此时另一个自我犹如灯塔射出的光束，跃过她的思维的顶部出现了。）名望！（她大笑。）七版。获奖。晚报上登出照片（此处她指的是《大橡树》和她所获的伯德特·库茨纪念奖;此处我们必须占用一点儿篇幅,略微交代一下,作为她的传记作者,我们的确深感不安,因为她漫不经心地一笑,就带过了全书的高潮和尾声。但谁让传主是女人,高潮和尾声——一切都乱套了,她要强调的,永远都与男人不同)。名望!她重复了一遍。诗人——骗子;两者都像每日清晨的邮件一样定时出现。宴请,聚会;聚会,宴请;名望——名望!(此时她不得不放慢车速,穿过市场上熙熙攘攘的人群。没有人注意到她。一位获奖女士吸引的注意力,远不及鱼贩店里的鼠海豚,即使她还可以一个叠一个,戴上三重冠冕。)现在她把车开得很慢,嘴里哼着一首老歌,"我有几块金币,拿来做什么。买了几棵树儿,长满花骨朵。花开了,花开了,走进花花树丛,听我把话说。告诉我的儿子,名望值几何。"她这样哼着,所有的词开始这里瘪进一块,那里瘪进一块,好似用沉甸甸的珠子串起来的野蛮人的项链。"走进花花树丛,"她唱道,使劲强调这些词,"看月亮缓缓升起,大车离去了……"她突然住嘴,使劲盯着汽车的引擎罩,陷入冥想之中。

"他坐在特薇琪的桌旁,"她沉思着,"皱领有点脏……是老贝克先生来量木材尺寸?还是莎——比——亚?"(我们在自言自语地说崇拜的人名时,从来不说完整。)她凝视前方十分钟,车几乎停住不动了。

"萦回梦绕!"她喊到,忽然推下加速器。"萦回梦绕!我还是孩童时即如此。野鹅飞过。野鹅从窗前飞过,飞向大海。我跳起来(她更紧地握住方向盘),伸出胳膊想抓住它。但野鹅飞得太快。我看到过它,在这里——那里——那里——英格兰、波斯、意大利。它总是飞得很快,飞向大海,而我,总在它身后撒出网一般的文字(她把手撒出去),它们皱缩成一团,就像收回的网,我在码头上看到过的,网中只有水草;有时,网底有一英寸的银子——六个字。但从来没有捕到珊瑚丛中的那条大鱼。"她垂下头,苦苦思索。

她不再召唤"奥兰多",一心想着别的事情,就在此刻,她刚才呼唤的奥兰多自动出现了;现在她身上开始发生的变化(她已驶过看门人的小屋,进入庭园)仿佛就证明了这一点。

她全身沉静下来,就好似添了一个衬托物,于是有了外表的浑圆和结实,于是由浅变深,由近变远,一切都似井中之水,只能在深井四壁之内回旋。她沉默不语,在增加了这个奥兰多之后,不论是与非,她成为所谓惟一的自我、真实的自我。她不再言语。因为或许人们在大声言语时,那些自我(可能多达两千余个)知道它们是相互割裂的,于是试图彼此交流,而真的有了交流之后,它们反而沉默不语了。

她技术娴熟地驶在弯弯曲曲的车道上,车速很快。车道穿越庭园内起伏的草坪,两旁是榆树和橡树。那起伏十分平缓,仿佛碧绿平滑的潮水漫上河滩。这里齐整地种植了一丛丛山毛榉和橡树,牡鹿徜徉其间,一只颜色雪白,另一只歪着头,因为铁丝网挂住了它的角。她心满意足地注视着这一切,树、鹿和草坪,仿佛她的心化为水,在它们四周流淌,紧紧围住它们。片刻,车驶近庭院,几百年来,她骑马或乘六轮马车到这里来,鞍前马后都有男人随从。这里曾经羽饰飞舞,火把通明,满树盛开的花朵,在风中轻轻抖动。如今,这里只有她一人,秋叶萧萧下落。看门人打开大门。"早安,詹姆斯,"她说,"车里有些东西。你把它们拿进来好吗?"人们将承认,这几个字本来既无美感,也毫无意义,一点儿都不重要,现在却鼓鼓胀胀,充满了含义,仿佛熟透的坚果从树上坠落,这证明,如果平凡瘪缩的表皮因意义而鼓胀,它可以奇特地使人的感官得到满足。现在的情况就是如此,虽然每一动作举止都平凡依旧。因此,看奥兰多在不到三分钟的时间里脱下裙子,换上马裤呢马裤和皮夹克,人们会陶醉在运动的美感之中,仿佛鲁波科娃夫人在表演她那炉火纯青的艺术。之后,奥兰多大步走进餐厅,她的老友德莱顿、蒲伯、斯威夫特、艾迪生正在那里装模作样地看着她,仿佛在说,嘿,获奖者来啦!但是他们认识到涉及的是两百几尼①,就点头表示赞成。两百几尼,他们似乎在说,对两百几尼可不能嗤之以鼻。她给自己切了一片面包和火腿,把它们夹在一起,吃了起来,一边来回在屋里踱步,不知不觉中放下了陪客的架势。踱了五六个来回之后,她端起一杯西班牙红酒,一饮而尽,又倒满一杯,拿在手上,漫步走过长长的走廊,穿过十几间起居室,开始巡视大宅,挪威猎犬和长毛小犬殷勤地跟在她身后。

这同样是这天的例行公事之一。归来却不巡视大宅,就好似探家离去时不与祖母吻别一样不可能。她想象,只有她一进来,这些房间就会活跃起来。它们苏醒了,睁开眼睛,似乎她不在时,它们一直在打盹儿。她还想象,她看到它们千百次,从未有一次它们看上去是相同的,仿佛在如此漫长的寿命中,它们体内贮存了无数种心境,随春夏秋冬、天气阴晴、她本人的运气和来访客人的性格而变化。对陌生人,它们永远彬彬有礼,又有点儿小心翼翼;对她,它们却是敞开心扉,无拘无束。确实,为什么不呢?迄今他们相识已近四百年,一切都无须掩饰。她知道它

---

① 几尼,1663年英国发行的一种金币,等于21先令,1813年停止流通。后仅指等于21先令即1.05英镑的币值单位,常用于规定费用、价格等。

们的喜怒哀乐，了解它们各自的年龄和小小的秘密——一只秘密的抽屉，一只隐蔽的碗柜，它们也有缺点，例如有些部分是后添的。它们同样了解她的全部心思和变化。她对它们毫无隐瞒，无论是身为少年还是女人，她来到它们的怀抱，哭过，笑过，歌舞过，沉思过。在这一窗台上，她写下自己最早的诗歌；在那一小教堂，她举行自己的婚礼。她也将葬在这里，她沉思着，跪在长廊的窗台上，小口抿着西班牙红酒。尽管难以想象，有一天她会长眠于祖先中间，纹章上的豹身映在地板上，留下黄色的斑点。不相信永生的她，不禁觉得，她的灵魂将与护墙板的红色和沙发的绿色一样永存。此时她漫步走进大使卧房，这房间犹如躺在海底几百年的一只贝壳，已被硬壳覆盖，海水给它涂上了千万种色调；它是玫瑰色、黄色、绿色和浅棕色的。这卧房如贝壳一般脆弱，一般灿灿发光，一般空虚。再不会有大使睡在里面。啊，但她知道这宅子的心脏还在跳动。她轻轻打开一扇门，站在门槛上，不想让房间看到她（这是她的想象）。她看着壁毯在永不停息的轻风中起伏，猎人仍在策马奔驰，达弗涅仍在奔逃。那颗心仍在跳动，她想，无论多么微弱，多么与世隔绝，这大宅的那颗脆弱而不屈的心仍在跳动。

她呼唤狗群和她一起走过长长的走廊，走廊的地板都是用整棵橡树刨开铺成的。一排排椅子倚墙排列，天鹅绒椅面已经褪色。它们伸出臂膀，仿佛在等待迎接伊丽莎白、詹姆斯，或者是莎士比亚，或者是从未光临的西塞罗。这情景让她忧伤，她解开围栏它们的挂钩，坐到女王的椅子上，翻开平放在贵妇白蒂桌上的手抄本。她用手指搅动年代久远的玫瑰叶，用詹姆斯王的银发刷理了理自己的短发，又在他的床上蹦了几下（尽管路易丝换上了新床单，也不会再有国王睡在上面），然后把面颊紧紧贴在那古旧的银色床罩上。处处是防虫的小薰香袋,处处是印刷体的告示"请勿触摸",虽然是她亲手所放,它们却似乎是在阻止她。这宅子已不再完全属于她,她叹了一口气。现在它属于时代,属于历史,活人触摸和控制它的时代已经一去不返。再不会有啤酒在这里漫溢(她来到老尼克·格林住过的卧室),地毯上再不会烧出洞来。再不会有两百仆人端着热气腾腾的盘子,吵吵嚷嚷地在走廊里跑来跑去,或拽着大树枝给壁炉添柴。再不会有人在宅子外的作坊酿大麦酒,制蜡烛,打造马鞍和打磨石料,榔头和大头锤的声音都已消失。椅子和床上空无一人,金制和银制的大啤酒杯锁进了玻璃橱。寂静在空旷的大宅里上下扇动着巨大的翅膀。

她坐在走廊尽头,坐在伊丽莎白女王坐过的硬木扶手椅上,几只狗伏卧在她的四周。走廊长长的,向前伸展,直到光线几乎消失的那一点。它犹如一条隧道,深深钻入以往的岁月。她的视线循着它向前窥视,可以看到人们有说有笑,那些她所认识的大人物,德莱顿、斯威夫特和蒲伯,口若悬河的政治家,坐在窗台上调情的恋人。人们围长桌而坐,狂啖豪饮,燃烧的木头冒出袅袅青烟,在他们的头上缭绕,他们咳嗽,还打喷嚏。再远处,她看到一组组的人排成方阵,准备跳方阵舞。一阵悠远、飘忽而庄严的音乐传来。风琴发出的低吟四处回荡。一只棺材抬进了小教堂。从里面走出来的是婚礼的队伍。头戴盔甲的武士奔赴战场。他们把从弗劳顿①和普瓦捷②带回的旗帜插在墙上。长长

---

① 弗劳顿,英格兰地名。1513年苏格兰国王詹姆斯四世与英格兰国王亨利八世在此大战,以苏格兰人战败告终。
② 普瓦捷,法国地名。1356年的普瓦捷战役是英法百年战争中英国战胜法国的著名战役。

的走廊渐渐有了这些东西,而再往前看,她觉得在走廊的尽头,在伊丽莎白时代和都铎王朝那些人之前,依稀可以辨认出一个更老、更远、更暗的人影,一个穿蒙头斗篷、面色严峻的隐修士,双手紧握一本书,口中喁喁低语——

大座钟雷霆般敲了四下。从未有过如此强烈的地震,将整个镇子夷为平地。长廊和长廊里的一切,霎时间灰飞烟灭。在窥视长廊时,她的面色本是阴沉、严肃的,此时却好似被火药的爆炸所照亮。在同一光亮的照耀下,她四周的一切都极其清晰地显露出来。她看到两只苍蝇在盘旋,而且注意到它们身上的蓝色光泽;她看到脚下的地板有个木瘤,狗的耳朵微微抽动。同时,她听到花园里有粗树枝折断的声音,一只羊在庭院中咳嗽,一只褐雨燕尖叫着从窗前掠过。她的身体开始战栗、颤抖,仿佛倏忽间赤身裸体站在冰天雪地之中。但她没有像伦敦大钟敲响十下时那样,而是保持了完全的镇静(因为她现在是完整的一体,或许承受时间震动的面积也更大)。她不慌不忙地起身,唤了她的狗,坚定但小心翼翼地走下楼梯,来到花园。此处植物的阴影异常清晰。她注意到花圃中不同的土质,仿佛眼睛上附了一个显微镜。她看到每一棵树上嫩枝盘绕。草的叶片清晰可见,叶脉和花蕊上的斑纹也是同样。她看到花匠斯塔布斯沿小径向她走来,绑腿上的每一粒扣子,都可以看得清清楚楚。她看到拉车的两匹高头大马白蒂和王子,她从未如此清晰地注意到白蒂脑门上有块白色的星痣,而王子的尾巴上有三根鬃毛长过其他的鬃毛。屋外的方庭中,房屋年久失修的灰墙,看上去好似表面刮磨了的新照片;她听到平台上的扬声器放了一段舞曲,是人们在维也纳铺着猩红天鹅绒的歌剧院欣赏的舞曲片断。她因现时而兴奋和紧张,但也有一种莫名的恐惧,仿佛只要时间的深渊张开大口,只要让一秒钟滑过,某种未知的危险就会接踵而来。这种精神上的持续紧张,强烈到了让人觉得很难受的地步,无法长时间忍耐下去。她开始走得飞快,穿过花园,来到庭园,腿脚好像不听使唤似的。她花了好大力气,逼迫自己停在木匠房旁,一动不动地盯着乔·斯塔布斯制作马车轮子。她站在那里,眼睛死死盯住他的手,这时一刻钟的钟声敲响了。这钟声如流星穿透她的身体,炙热灼人。她清清楚楚看到乔的右手大拇指没有指甲,在应该长着指甲的地方,是一块粉红色凸起的肉。这景象让人恶心,有一刻,她觉得自己昏了过去。但就在那片刻的昏黑之中,她的眼睑眨动了几下,她摆脱了现时的重压。在她的眼睑眨动留下的阴影中,有某种奇特的东西,某种现时永不拥有的东西(任何人都可以通过看天空来验证)——它令人恐怖即是由此而来,它那无以诉说的性质也是由此而来——某种人们急于要用某个名称把它的实体固定下来、称之为美的东西,因为它不是个实体,而像个影子,没有自己的实质或特性,但它的力量却足以令它所依附的任何物体改观。她在木匠房旁感到眩晕、眨动眼睑时,这影子溜了出去,附着于她一直在观看的数不清的景象,使它们成为可以容忍、可以领悟的东西。她的头脑开始大海般上下起伏。她离开木匠房,开始爬山,并如释重负地大大松了一口气,心想,我又可以开始生活了,我在蟒湖旁,小舟正跃上那夹裹了成千上万毁灭的白色波峰……

以上都是她的话,说得很清晰,但我们不能隐瞒以下事实:她现在只是非常冷漠地目睹眼前的真实情况,很容易把羊当成牛,把一个名叫史密斯的老头儿当成一个与他毫无干系的琼斯。因为没有指甲的拇指投下的眩晕的影子,此时在她的脑后部(距视线最远的部位)加深了,进入了事物栖息的一潭池水,那里是如此黝黯,以至我们对它几乎一无所知。此刻,她俯视这倒映出一切的池水或海水。的确,有人说,人的所有最炽烈的情感、艺术和宗教,都是在可见世界变得模糊时,我们从大脑后部那个黑洞中看到的映像。现在她久久地、意味深长地凝视那里,瞬间,她上山走过的长满羊齿草的小路不再是一条完整的小路,而有一部分变成了蟒湖;荆棘丛有一部分变成了指夹名片盒的女士和手拿金头手杖的先生;羊群有一部分变成梅费尔的高宅。实际上,所有的东西都部分地变成了别的东西,仿佛她的意识变成了丛林,不时分隔出一些林中空地。物体时远时近,交叠又分开,于是在光和影的无数交叉中,构成奇特无比的连接与组合。她忘却了时间,除了挪威猎犬卡努特追逐一只兔子,使她想起一定已经到四点半了,实际上已是五点三十七分。

长满羊齿草的小路,曲曲弯弯,不断向上,直通山顶的那棵大橡树。比起当年他们相识之时,那大概是一五八八年,它长得更粗大、更健壮了,也生出了更多的树瘤,但它仍然风华正茂。那小小的叶子生出尖褶,仍在树杈上唰唰颤动。她扑倒在地,感受树的筋骨像脊椎伸出的肋条,在她身下四处伸展。她喜爱想象自己骑在世界的脊背上。她喜爱附着于某个坚实的东西。她在扑向大地时,皮夹克的前胸口袋里掉出一本红布装订的小书,四四方方,是她的诗作《大橡树》。"我应带把小铲来。"她沉思道。树根上覆盖的土层很浅,她能否如愿以偿,把这本书葬在这里,似乎很值得怀疑。此外,它还有可能被狗刨出来。运气从不光顾这些象征性的庆祝仪式,她想。那么,或许没有这些仪式会更好。她差一点就要发表一个小小的演讲,她原打算一边下葬一边演讲。(这本书是初版中的一本,有作者兼艺术家的签名。)"我把它作为贡品葬在这里,"她本准备说,"回报这片土地给予我的一切。"但是,天啊!这些话一旦大声说出口,听起来是多么愚蠢!她想起老格林,前两天他走上讲台,拿她与弥尔顿相比(除了他是盲人这一点),并递给她一张二百几尼的支票。她当时就想到山上的这棵大橡树,那与这些有何相干?赞美和名望与诗有何相干?出了七版(这本书的版次已绝对不低于此),又与它的价值有何相干?难道写诗不是一种秘密的交流,即一个声音对另一声音回应?那么,这一切的喋喋不休,这一切的赞美与指摘,以及会见那些对你大加赞美和未加赞美的人,与这件事本身,即一个声音回应另一个声音相比,都是再荒唐不过了。她想,所有这些年,对树林古老的低吟,对农庄和门边交颈而立的枣红马,对铁匠铺、厨房、辛辛苦苦孕育出麦子、芜菁和青草的田野,对鸢尾和贝母花怒放的花园,她作出了踟蹰的回应,还有什么能比这些回应更神秘、更舒缓、更似恋人之间的交媾呢?

她让自己的书凌乱地摊在地上,并没有把它下葬。这个傍晚,她面前那广阔无垠的风景,在阳光和阴影下时明时暗,一如变幻多端的海底。远方的村庄,露出榆树掩映的教堂尖塔;庭园中有一座灰色拱顶的庄园大屋;一座灯塔在眨眼睛;农家场院里堆着黄色的玉米秸垛。田野上星星点点遍布黑色的树丛,在田野的另一端,伸展出长长的林区,那里还有一条波光粼粼的大河。然后又是山地了,遥远的斯诺登峰从云中露出白色的危崖。目穷之处,是苏格兰的山峦和赫布里底群岛周遭漩涡密布的汹涌海潮。她竖起耳朵听海上的炮声。没有炮声,只有风声,如今已没有战争。德雷克不在了,纳尔逊不在了。"这里,"她想,一直凝望远方的视线再次落到身下的这片土地,"曾经是我的领地:丘陵之间的那个古堡曾属我所有；几乎蔓延到海边的那片沼泽也曾属我所有。"此时四周的风景（必定是渐渐黯淡的光线耍的把戏）扭动着、聚积着，于是所有房屋、古堡和树林，所有这些累赘都从帐篷状的四壁上滑了下去。土耳其光秃秃的山脉展现在她眼前。正是阳光灼灼的正午。她两眼紧盯焦炙的山坡，山羊群在她脚边啃食沙地上的草丛，头顶上有只鹰在翱翔。吉卜赛老人拉斯多姆沙哑的声音在她耳边响起，"与此相比，你的祖先，你的宗族，还有你的财产，算得上什么？你要四百间卧房，所有的盘子上都有银盖碗，还有掸灰的女仆，又有什么用处？"

峡谷中某个教堂的钟声响起，帐篷状的风景坍塌了，现时再次兜头倾泻下来。但此时，光线已渐渐黯淡下来，比先前柔和了许多，不再映出栩栩如生的细小景象，而只有雾霭蒙蒙的田野、灯光闪烁的农舍、昏昏欲睡的树林，以及一束扇形的灯光，沿着小路推移着前面的黑暗。她不知敲响的是九点、十点还是十一点的钟声。黑夜已降临。她一向喜爱黑夜，黑夜里，意识如一潭黝黯的池水，倒映出的景象总比白昼时清晰。现在不必再觉得眩晕才能窥视到黑暗中形成的事物，看到意识的池水中，时而现出莎士比亚，时而现出穿俄罗斯裤子的少女，时而是蟒湖中的模型船，时而是真正的大西洋，那里暴风雨掀起的冲天巨浪正席卷合恩角。她窥视黑暗之中，她丈夫的双桅帆船，正升上高高的浪尖！向上，它向上，再向上。千百次毁灭的白色波峰在它面前升起。啊，快啊，荒唐的男人，总是如此枉然地顶风绕合恩角航行！但那双桅帆船穿透波峰，出现在它的另一侧；终于安全了！

"妙极了！"她喊道，"妙极了！"之后，风渐渐止息，海水平静下来；她看到海浪在月光下平静地泛着涟漪。

"马默杜克·邦斯洛普·谢尔默丁!"她站在大橡树旁喊道。

那美妙、绚烂的名字,犹如一根铁青色的翎毛,从天空中飘落下来。她看它飘落,好似一支缓缓坠落的箭,翻动,旋转,穿透厚厚的空气,徐徐而行,无比优美。他就要来了,一如既往,在死寂的时刻。当风平浪静、秋日树林里斑点相间的树叶飘落到她的脚边时,当豹子一动不动,月儿映在水中,天地之间万籁俱寂之时,他来了。

此时已近午夜,万物归于沉寂。原野上缓缓升起一轮明月。月光下,大地上耸起一座幻影般的古堡。那大宅巍然屹立,所有的窗户都沐浴在银光之中。没有城垣,没有实体。一切均为幻影。一切归于沉寂。沐浴在光亮之中的万物似乎都在等待一位逝去的女王的驾临。奥兰多俯视脚下,看到暗色的羽毛在庭院里飞舞,火炬闪烁着点点光亮,人影跪在地上。一位女王再度跨出銮舆。

"恭迎圣驾,夫人。"她喊道,深深地行了一个屈膝礼。"一切都没有变。我的父亲,逝去的勋爵,将为您引路。"

她正说着,午夜的第一声钟声敲响了。现时的丝丝凉风轻拂她的面颊,带来一丝忧虑。她焦急地仰望天空。天很黑,阴沉沉的,风在她耳边咆哮。但在风的咆哮中,她听到一架飞机行行渐近的轰鸣声。

"这里!谢尔!这里!"她喊道,向月亮(它已现出明媚的身姿)亮出她的胸脯,她的珍珠闪闪发光,犹如一只硕大的月蜘蛛的卵。飞机冲出云层,悬在她头顶上空。她的珍珠在黑暗中闪烁着灼灼磷光。

现在已是一名优秀海船长的谢尔默丁,容光焕发,敏捷地跳到地面,就在此时,一只野鹅腾起,掠过他的头顶。

"是那只鹅!"奥兰多惊叫起来,"那只野鹅……"

午夜的第十二声钟声敲响;午夜十二点,星期四,十月十一日,一千九百二十八年。

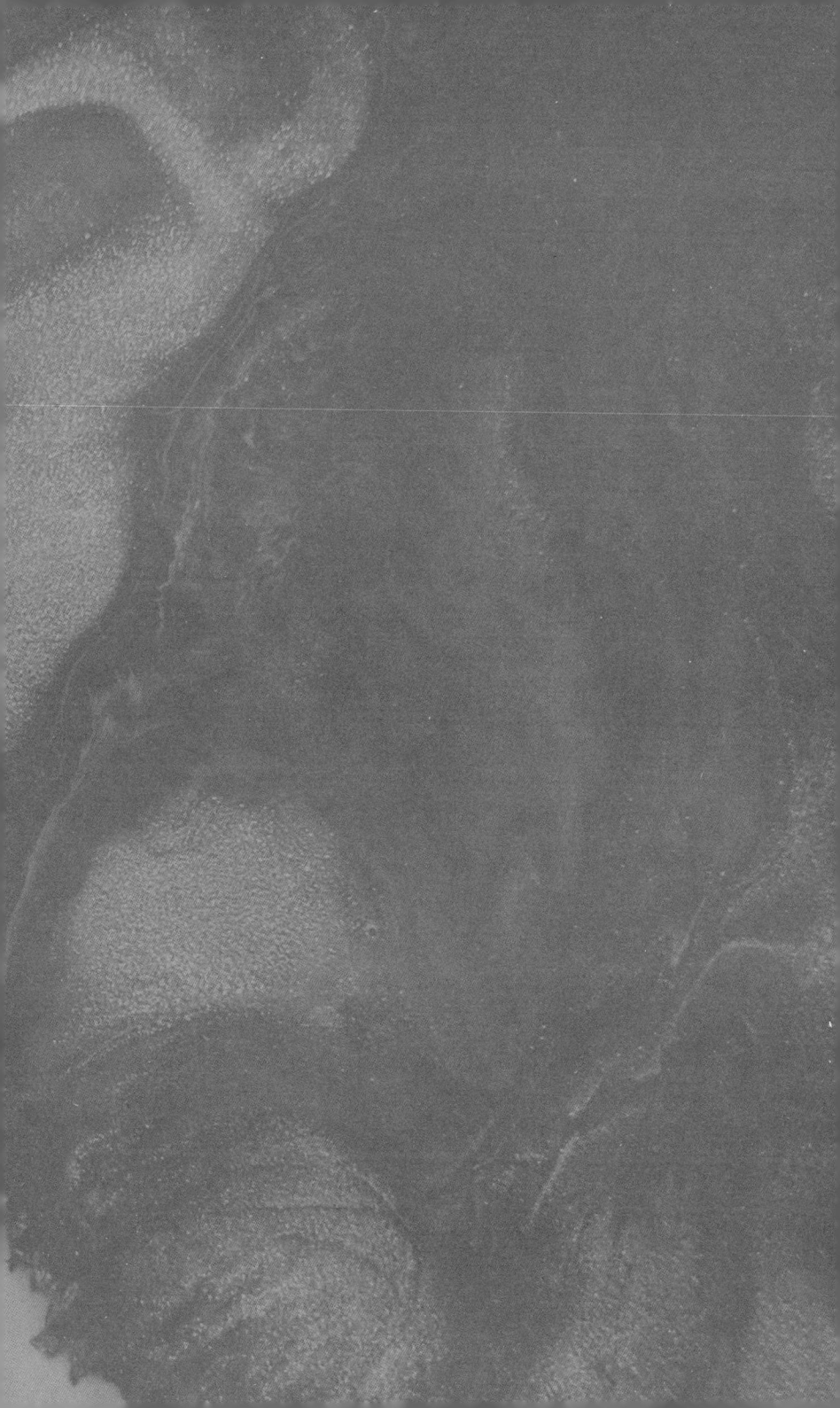